Castelo Animado

O Castelo Animado

DIANA WYNNE JONES

Tradução
Raquel Zampil

23ª edição

— Galera —

RIO DE JANEIRO
2025

CIP-BRASIL. CATALOGAÇÃO NA PUBLICAÇÃO
SINDICATO NACIONAL DOS EDITORES DE LIVROS, RJ

          Jones, Diana Wynne
J67c   O castelo animado / Diana Wynne Jones ; tradução Raquel Zampil.
23ª ed.   - 23ª ed. - Rio de Janeiro: Galera Record, 2025.
          (O castelo animado ; 1)

    Tradução de: Howl's moving castle
    ISBN: 978-65-5587-208-8

    1. Ficção. 2. Literatura infantojuvenil inglesa. I. Zampil, Raquel. II. Título. III. Série.

20-68536
          CDD: 808.899282
          CDU: 82-93(410.1)

Meri Gleice Rodrigues de Souza - Bibliotecária - CRB-7/6439

Título original:

Howl's Moving Castle

Copyright © Diana Wynne Jones, 1986
Publicado primeiramente por Methuen Children's Books Ltd, 1986.
Publicado primeiramente por Collins, 2000.

Leitura sensível: Wlange Keindé
Projeto gráfico: Renan Salgado e João Carneiro
Ilustrações: Isadora Zeferino

Todos os direitos reservados.
Proibida a reprodução, no todo ou em parte, através de quaisquer meios.
Os direitos morais da autora foram assegurados.

Texto revisado segundo o novo Acordo Ortográfico da Língua Portuguesa.

Direitos exclusivos de publicação em língua portuguesa
somente para o Brasil adquiridos pela
EDITORA RECORD LTDA.
Rua Argentina, 171 - Rio de Janeiro, RJ - 20921-380 - Tel.: (21) 2585-2000,
que se reserva a propriedade literária desta tradução.

Impresso no Brasil

ISBN 978-65-5587-208-8

Seja um leitor preferencial Record.
Cadastre-se no site www.record.com.br
e receba informações sobre nossos lançamentos e nossas promoções.
Atendimento e venda direta ao leitor: sac@record.com.br

Este é para Stephen

A ideia para este livro me foi sugerida, numa escola que eu visitava, por um menino que me pediu que escrevesse um livro chamado *O castelo animado*.

Anotei o nome do menino e o guardei num lugar tão seguro que até hoje não consegui encontrá-lo.

Gostaria de agradecer muito a ele.

CAPÍTULO UM
No qual Sophie fala com chapéus

Na terra de Ingary, onde coisas como botas de sete léguas e mantos de invisibilidade existem, é um verdadeiro infortúnio ser a mais velha de três irmãs. Todos sabem que é você quem vai sofrer o primeiro, e maior, fracasso se as três saírem em busca da sorte.

Sophie Hatter era a mais velha das três irmãs. E não era nem mesmo a filha de um pobre lenhador, o que poderia ter lhe dado alguma chance de sucesso. Seus pais eram abastados, donos de uma chapelaria feminina na próspera cidade de Market Chipping. Bem verdade que a mãe morrera quando Sophie tinha 2 anos e a irmã, Lettie, 1, e o pai se casara com a vendedora mais nova da loja, uma jovem linda e loura chamada Fanny — que logo deu à luz a terceira irmã, Martha. Isso deveria ter feito de Sophie e Lettie as Irmãs Feias, mas, na realidade, as três garotas cresceram muito bonitas, embora Lettie fosse considerada por todos a mais bonita. Fanny tratava as três garotas com a mesma bondade e de modo nenhum favorecia Martha.

O sr. Hatter tinha orgulho das três filhas e colocou todas na melhor escola da cidade. Sophie era a mais estudiosa. Lia muito e logo se deu conta de que tinha pouca chance de um futuro interessante. Para ela isso foi uma decepção, mas mesmo assim continuou feliz, cuidando das irmãs e preparando Martha para buscar sua sorte quando chegasse a hora. Como Fanny estava sempre ocupada na chapelaria, era Sophie quem cuidava das duas mais novas, que volta e meia se engalfinhavam, em meio a gritos e puxões de cabelo. Lettie não se sentia nem um pouco resignada em ser aquela que, depois de Sophie, estava destinada a ter menos sucesso.

— Não é justo! — gritava Lettie. — Por que Martha deve ficar com o melhor só porque nasceu caçula? Eu vou me casar com um príncipe, vou, sim!

Ao que Martha sempre replicava que *ela* seria muitíssimo rica sem ter de se casar com ninguém.

Então Sophie tinha de separá-las e consertar-lhes as roupas. Era muito hábil com a agulha. Com o passar do tempo, começou a fazer roupas para as irmãs. Havia um traje de um rosa vivo que fizera para Lettie usar no feriado de Primeiro de Maio antes do início desta história, que, segundo Fanny, parecia ter saído da loja mais cara de Kingsbury.

Nessa época todos recomeçaram a falar sobre a Bruxa das Terras Desoladas. Diziam que a Bruxa havia ameaçado a vida da filha do Rei e que este ordenara a seu mágico pessoal, o Mago Suliman, que fosse às Terras Desoladas enfrentar a Bruxa. E parecia que o Mago Suliman havia não só falhado ao enfrentar a Bruxa, como acabara morto por ela.

Assim, quando, alguns meses depois, um castelo alto e preto surgiu de repente nas colinas acima de Market Chipping, lançando nuvens escuras de fumaça de suas quatro torres altas e esguias, todos estavam quase certos de que a Bruxa saíra das Terras Desoladas outra vez e estava prestes a aterrorizar o país, como costumava fazer cinquenta anos antes. Todo mundo ficou muito assustado. Ninguém saía sozinho, principalmente à noite. Mais aterrorizante ainda era que o castelo não ficava sempre no mesmo lugar. Às vezes era uma mancha comprida e escura no pântano a noroeste, outras vezes se erguia acima dos rochedos ao leste, e às vezes descia e se assentava no urzal, pouco além da última fazenda ao norte. Em certas ocasiões dava para vê-lo se movendo, a fumaça saindo das torres em rolos cinzentos e sujos. Por algum tempo, todo mundo tinha certeza de que o castelo logo desceria até o vale, e o Prefeito falava em pedir ajuda ao Rei.

No entanto, o castelo continuou perambulando pelas colinas, e soube-se que ele não pertencia à Bruxa, mas sim ao Mago Howl, que já era mau o bastante. Embora não parecesse querer deixar as colinas, sabia-se que se divertia colecionando garotas e sugando-lhes a alma. Algumas pessoas diziam que ele devorava o coração delas. Era um mago cruel e desalmado, e nenhuma garota estava a salvo dele se fosse apanhada sozinha. Sophie, Lettie e Martha, assim como todas as outras jovens de Market Chipping, eram advertidas de que nunca saíssem sozinhas, o que era uma grande contrariedade para todas. Elas se perguntavam que fim o Mago Howl dava a todas as almas que colecionava.

Logo, porém, elas se viram com outras preocupações, pois o sr. Hatter morreu subitamente, assim que Sophie tinha idade suficiente para deixar a escola. Ficou evidente, então, que o sr. Hatter tinha mesmo muito orgulho das filhas. As mensalidades escolares que ele vinha pagando haviam deixado a chapelaria com dívidas bem pesadas. Logo após o enterro, Fanny sentou-se na sala de visitas da casa adjacente à chapelaria e explicou a situação.

— Infelizmente, vocês todas vão ter de deixar a escola — disse. — Estou fazendo todas as contas possíveis, *e* a única maneira que vejo de manter a loja e cuidar de vocês três é colocá-las como aprendizes em algum lugar. Não é prático mantê-las todas aqui na loja. Não podemos nos dar a esse luxo. Então, eis o que decidi: Lettie, primeiro...

Lettie ergueu o rosto, tão resplandecente de saúde e beleza que nem o sofrimento nem as roupas pretas conseguiam ocultar.

— Eu quero continuar estudando — disse ela.

— E você vai, querida — disse Fanny. — Arranjei para que você seja aprendiz no Cesari's, o café na Praça do Mercado. Eles são conhecidos por tratarem seus aprendizes como reis e rainhas, e você deve ser muito feliz lá, além de aprender uma profissão útil. A sra. Cesari é uma boa cliente e amiga, e concordou em aceitá-la, como um favor.

Lettie riu de uma forma que demonstrava que não estava nem um pouco satisfeita.

— Bem, obrigada — disse ela. — Não é uma sorte eu gostar de cozinhar?

Fanny pareceu aliviada. Lettie podia ser embaraçosamente determinada às vezes.

— Agora, Martha — disse ela. — Sei que você é jovem demais para trabalhar fora, então pensei em algo que lhe oferecesse um aprendizado longo e tranquilo e continuasse sendo útil a você, seja lá o que decidir fazer depois. Conhece minha velha amiga de escola Annabel Fairfax?

Martha, que era esguia e loura, fixou os olhos grandes e cinzentos em Fanny de maneira quase tão determinada quanto Lettie.

— Aquela que fala muito? — perguntou. — Ela não é uma feiticeira?

— É, com uma linda casa e clientes por todo o Folding Valley — disse Fanny, ansiosa. — Ela é uma boa mulher, Martha. Vai lhe ensinar tudo o que sabe e muito provavelmente a apresentará às pessoas importantes que conhece em Kingsbury. Você estará bem estabelecida quando tiver concluído o aprendizado com ela.

— É uma mulher simpática — admitiu Martha. — Tudo bem.

Sophie, ao ouvir, sentiu que Fanny havia resolvido tudo exatamente como deveria ser. Lettie, como a segunda filha, não tinha grandes chances de conquistar muito, então Fanny a colocou num local onde pudesse encontrar um jovem e belo aprendiz e viver feliz para sempre. Martha, destinada a se dar bem e fazer fortuna, teria a feitiçaria e amigos ricos para ajudá-la. Quanto a si própria, Sophie não tinha dúvidas do que estava por vir. Portanto, não ficou surpresa quando Fanny disse:

— Agora, Sophie querida, parece certo e justo que você, sendo a mais velha, herde a chapelaria quando eu me aposentar. Portanto, resolvi tomá-la eu mesma como aprendiz, para lhe dar a oportunidade de dominar o negócio. O que acha?

Sophie não podia dizer que simplesmente se sentia resignada à chapelaria. Agradeceu a Fanny.

— Então está resolvido! — afirmou Fanny.

No dia seguinte, Sophie ajudou Martha a arrumar suas roupas numa caixa, e na manhã do outro dia todas a ajudaram a embarcar numa carroça, parecendo pequena, empertigada e nervosa. O caminho para Upper Folding, onde morava a sra. Fairfax, ficava além das colinas, depois do castelo animado do Mago Howl. Martha estava assustada, o que era compreensível.

— Vai dar tudo certo para ela — disse Lettie, que recusou qualquer ajuda para fazer as malas. Quando a carroça estava fora do campo de visão, Lettie enfiou todos os seus pertences numa fronha e pagou ao criado do vizinho seis *pence* para levá-los num carrinho de mão até o Cesari's, na Praça do Mercado.

Lettie marchou atrás do carrinho de mão parecendo muito mais alegre do que Sophie esperava. De fato, ela teve a presença de espírito de limpar a poeira da chapelaria de seus pés.

O criado retornou com um bilhete rabiscado por Lettie, dizendo que ela havia colocado suas coisas no dormitório feminino e que o Cesari's parecia muito divertido. Uma semana depois, o carroceiro trouxe uma carta de Martha, dizendo que ela chegara em segurança e que a sra. Fairfax era "muito querida e usa mel em tudo. Ela cria abelhas". Isso foi tudo que Sophie soube de suas irmãs durante algum tempo, pois começou seu próprio aprendizado no dia em que Martha e Lettie partiram.

Sophie, naturalmente, já conhecia muito bem o negócio de chapéus. Desde garotinha entrava e saía correndo do grande galpão no pátio, onde os chapéus eram umedecidos e moldados em blocos, e flores e frutas e outras ornamentações eram feitas de cera e seda. Sophie conhecia as pessoas que trabalhavam na chapelaria. A maior parte já estava ali quando o pai dela era um garoto. Conhecia Bessie, a única balconista que restava. Conhecia os clientes que compravam os chapéus e o carroceiro que trazia chapéus de palha crua do interior para serem preparados no galpão. Conhecia os outros fornecedores e sabia como fazer feltro para chapéus de inverno. Não havia muito o que Fanny pudesse lhe ensinar, exceto, talvez, a melhor forma de fazer um cliente comprar um chapéu.

— Você conduz o cliente ao chapéu certo, querida — orientou Fanny. — Mostre primeiro os que não vão servir, de modo que eles vejam a diferença tão logo coloquem o certo.

Na verdade, Sophie não vendia muitos chapéus. Após um dia ou dois observando no galpão, e outro dia visitando o vendedor de tecido e o negociante de seda com Fanny, esta a pôs para aprender a decorar chapéus. Sophie ficava numa pequena alcova nos fundos da loja, costurando rosas em gorros e véus em chapéus, debruando-os todos com seda e decorando-os elegantemente com frutas de cera e fitas. Era boa nisso. E gostava desse trabalho. Mas sentia-se isolada e um pouco entediada. O pessoal da oficina era muito velho para ser divertido e, além disso, tratava-a como alguém à parte, a futura herdeira do negócio. Bessie a tratava da mesma forma. De qualquer maneira, o único assunto de Bessie era o fazendeiro com quem se casaria na semana seguinte ao Primeiro de Maio. Sophie quase invejava Fanny, que podia sair para negociar com o vendedor de seda sempre que quisesse.

A coisa mais interessante era a conversa dos fregueses. Ninguém compra um chapéu sem fofocar. Sophie ficava sentada em seu quartinho, costurando e ouvindo que o Prefeito não comia verduras, e que o castelo do Mago Howl havia se deslocado para os penhascos novamente, e aquele homem, sussurro, sussurro, sussurro... As vozes sempre baixavam quando falavam do Mago Howl, mas Sophie deduzia que ele havia capturado uma garota mais abaixo no vale no mês passado. "Barba-Azul!", diziam os sussurros, e então as vozes voltavam a se tornar audíveis para observar que Jane Farrier estava uma verdadeira desgraça com o cabelo daquele jeito. *Aquela* era uma que nunca atrairia nem mesmo o Mago Howl, muito menos um homem respeitável. Então se ouvia um fugaz e temeroso sussurro sobre a Bruxa das Terras Desoladas. Sophie começou a achar que o Mago Howl e a Bruxa das Terras Desoladas deviam era ficar juntos.

— Eles parecem feitos um para o outro. Alguém devia arranjar esse casamento — disse ela ao chapéu que costurava naquele momento.

No entanto, no fim do mês, as fofocas na loja pareciam, de repente, ser todas sobre Lettie. O Cesari's, aparentemente, estava repleto de cavalheiros, da manhã até a noite, comprando grandes quantidades de bolo e exigindo que fossem servidos por Lettie. Ela já recebera dez propostas de casamento – do filho do Prefeito ao rapaz que varria as ruas – e tinha recusado todas, dizendo que era muito jovem para se decidir.

— Eu diria que é muito sensato da parte dela — afirmou Sophie a um gorro em que prendia a seda.

Fanny ficou satisfeita com as notícias.

— Eu sabia que ela ia ficar bem! — disse, contente. Ocorreu a Sophie que Fanny estava feliz por Lettie não estar mais por perto.

— Lettie é ruim para a clientela — disse ela ao gorro, plissando a seda cor de cogumelo. — Ela faria até você parecer glamuroso, sua coisinha velha. Outras mulheres olham para Lettie e se desesperam.

À medida que as semanas se passavam, Sophie falava cada vez mais com os chapéus. Não havia muita gente com quem conversar. Fanny estava fora, negociando ou tentando atrair fregueses grande parte do dia, e Bessie estava ocupada servindo e contando a todos seus planos de casamento. Sophie adquirira o hábito de pôr, conforme ia terminando, cada chapéu em seu suporte, onde eles ficavam parecendo com uma cabeça sem corpo. Ela fazia uma pausa para dizer a cada um como o corpo dele deveria ser. Adulava os chapéus um pouco como o lojista devia adular os clientes.

— Você tem um encanto misterioso — disse ela a um que era todo de véus com brilhos ocultos.

A um de abas largas e cor creme, com rosas debaixo da aba, ela disse:

— Você vai ter de se casar por dinheiro!

E a um de palha cor de lagarta, com uma pena anelada e verde, falou:

— Você parece novo como uma folhinha da primavera.

Aos gorros cor-de-rosa, ela dizia que tinham charme e covinhas, e aos chapéus da moda, ornamentados com veludo, que eram espirituosos. Disse ao gorro plissado cor de cogumelo:

— Você tem um coração de ouro e alguém, de posição alta, verá isso e se apaixonará por você. — Isso porque ela sentia pena daquele gorro. Ele parecia tão exigente e feioso.

Jane Farrier foi à chapelaria no dia seguinte e o comprou. De fato, o cabelo dela parecia um pouco estranho, pensou Sophie, espiando de seu quartinho, como se Jane o houvesse enrolado em torno de uma série de atiçadores de brasa. Parecia uma pena que ela tivesse escolhido aquele gorro. Mas aparentemente todo mundo estava comprando chapéus e gorros naqueles dias. Talvez fosse a conversa de vendedora de Fanny ou quem sabe a chegada da primavera, mas a chapelaria estava, sem sombra de dúvida, se recuperando. Fanny começou a dizer, com um pouco de culpa:

— Acho que eu não deveria ter tido tanta pressa em arranjar um lugar para Martha e Lettie. Nesse ritmo, provavelmente conseguiríamos nos manter.

Havia tantos clientes à medida que abril chegava ao fim e o Primeiro de Maio se aproximava que Sophie teve de pôr um vestido cinza recatado e ajudar na loja também. No entanto, tamanha era a demanda que ela mal tinha tempo de costurar os chapéus entre um cliente e outro, e todas as noites os levava para a casa ao lado, onde trabalhava à luz da lamparina noite adentro para que tivessem chapéus à venda no dia seguinte. Chapéus verde-lagarta como o da mulher do Prefeito eram muito procurados, assim como os gorros cor-de-rosa. Então, na semana que antecedeu o Primeiro de

Maio, uma pessoa entrou na loja e pediu um cor de cogumelo com pregas, igual ao que Jane Farrier estava usando quando fugiu com o Conde de Catterack.

Naquela noite, enquanto costurava, Sophie admitiu para si mesma que sua vida era bastante sem graça. Em vez de conversar com os chapéus, ela experimentou cada um deles ao finalizá-los e olhou-se no espelho. Foi um erro. O vestido cinza muito sério não combinava com Sophie, principalmente quando seus olhos estavam avermelhados pelo esforço de costurar, e, como seu cabelo era cor de palha avermelhada, tampouco ficavam bem nela o verde-lagarta ou o cor-de-rosa. O de pregas cor de cogumelo a deixava com uma aparência simplesmente enfadonha.

— Como uma velha criada! — disse Sophie.

Não que ela quisesse fugir com algum conde, como Jane Farrier, ou mesmo sonhasse com toda a cidade lhe pedindo a mão, como Lettie. Mas queria fazer algo — não sabia bem o quê — um pouco mais interessante do que costurar chapéus. Ela pensou em encontrar tempo no dia seguinte para ir falar com Lettie.

Mas não foi. Ou não encontrou tempo ou não encontrou disposição, ou pareceu-lhe uma grande distância até a Praça do Mercado, ou ela se lembrou de que, sozinha, corria perigo com o Mago Howl — de qualquer forma, a cada dia parecia mais difícil sair para ver a irmã. Era muito estranho. Sophie sempre acreditara que era tão determinada quanto Lettie. Agora descobria que havia algumas coisas que ela só podia fazer quando não houvesse mais desculpas.

— Isso é um absurdo! — disse Sophie. — A Praça do Mercado fica a apenas duas ruas daqui. Se eu correr...

E jurou para si mesma que iria até o Cesari's quando a chapelaria fechasse para o Primeiro de Maio.

Nesse meio-tempo, um novo boato chegou à loja. Diziam que o Rei havia brigado com o irmão, Príncipe Justin, que então fora para o exílio. Ninguém sabia qual fora o motivo da briga, mas o Príncipe de fato passara por Market Chipping disfarçado alguns meses antes, e ninguém soubera. O Conde de Catterack fora enviado pelo Rei à procura do Príncipe, quando, por acaso, conheceu Jane Farrier. Sophie ouviu e ficou triste. Parecia que coisas interessantes aconteciam mesmo, mas sempre com outras pessoas. Ainda assim, seria bom ver Lettie.

Chegou o Primeiro de Maio. Os folguedos enchiam as ruas desde o amanhecer. Fanny saiu cedo, mas Sophie tinha alguns chapéus para terminar. Ela cantava enquanto trabalhava. Afinal, Lettie estava trabalhando também. O Cesari's ficava aberto até a meia-noite nos feriados. "Vou comprar um daqueles bolinhos com creme", decidiu Sophie. "Há séculos que não como um." Ela via as pessoas passarem pela janela com roupas coloridas, outras em pernas de pau, vendedores de suvenires, e sentiu-se muito animada.

Mas quando finalmente pôs um xale cinza sobre o vestido da mesma cor e saiu à rua, não estava mais animada. Sentia-se sufocada. Havia gente demais indo e vindo, rindo e gritando, barulho e agitação em excesso. Para Sophie, era como se os últimos meses que passara sentada costurando a tivessem transformado numa velha ou numa semi-inválida. Ela apertou o xale em torno do corpo e seguiu em frente, mantendo-se perto das casas, evitando ser pisoteada pelas pessoas com seus melhores sapatos ou empurrada por cotovelos em fartas mangas de seda. Quando veio uma saraivada de estrondos de algum lugar acima deles, Sophie pensou que fosse desmaiar. Ergueu os olhos e viu o castelo do Mago

Howl logo ali na colina acima da cidade, tão perto que parecia estar pousado sobre as chaminés. Chamas azuis eram lançadas de todas as quatro torres do castelo, trazendo consigo bolas de fogo azul que explodiam no céu, de forma medonha. O Mago Howl parecia ofendido pelo Primeiro de Maio. Ou talvez fosse uma tentativa de participar, à sua moda. Sophie estava aterrorizada demais para se importar com isso. Ela teria voltado para casa se a essa altura não estivesse a meio caminho do Cesari's. Então, correu.

— O que me fez pensar que eu queria uma vida interessante? — perguntou-se enquanto corria. — Eu teria muito medo. É o que dá ser a mais velha de três.

Quando alcançou a Praça do Mercado, estava pior, se isso fosse possível. A maior parte das pousadas ficava na praça. Turbas de jovens andavam para lá e para cá, pavoneando-se sob o efeito da cerveja, arrastando casacos e mangas longas e batendo botas afiveladas que jamais sonhariam usar num dia de trabalho, falando alto e abordando as garotas. Estas passeavam aos pares, prontas para serem abordadas. Era perfeitamente normal para o Primeiro de Maio, mas Sophie sentia medo disso também. E, quando um jovem num fantástico traje azul e prata avistou Sophie e resolveu abordá-la, ela se encolheu no vão da porta de uma loja e tentou se esconder.

O jovem a olhou, surpreso.

— Está tudo bem, meu ratinho cinzento — disse ele, rindo, com certa compaixão. — Só quero lhe oferecer uma bebida. Não fique tão assustada.

O olhar de pena fez Sophie sentir-se extremamente envergonhada. Ele era um tipo muito vistoso, com o rosto sofisticado e anguloso — um tanto velho, já passado dos 20

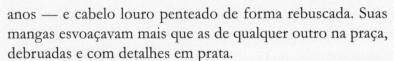

anos — e cabelo louro penteado de forma rebuscada. Suas mangas esvoaçavam mais que as de qualquer outro na praça, debruadas e com detalhes em prata.

— Ah, não, obrigada, senhor — gaguejou Sophie. — Eu... eu estou indo ver minha irmã.

— Então, por favor, faça isso — riu o ousado rapaz. — Quem sou eu para separar uma jovem tão bonita de sua irmã? Gostaria que eu a acompanhasse, já que parece tão assustada?

Ele falou com gentileza, o que deixou Sophie ainda mais envergonhada.

— Não. Não, obrigada, senhor! — arquejou ela e passou rapidamente por ele, que estava perfumado. O aroma de jacintos seguiu-a enquanto ela corria. Que homem refinado!, pensou Sophie, abrindo caminho entre as mesinhas do lado de fora do Cesari's.

As mesas estavam lotadas. O interior do estabelecimento também estava cheio e tão barulhento quanto a praça. Sophie localizou Lettie na fila de balconistas por causa do grupo de inequívocos filhos de fazendeiros debruçados no balcão, gritando comentários para ela. Lettie, ainda mais bonita e talvez um pouco mais magra, colocava bolos em sacolas o mais rápido que podia, torcendo cada sacola habilmente e olhando para trás, sob o cotovelo, com um sorriso e uma resposta para cada sacola que torcia. Ouviam-se muitas risadas. Sophie teve de lutar para conseguir chegar ao balcão.

Lettie a viu. Pareceu abalada por um momento. Então seus olhos e seu sorriso se abriram e ela gritou:

— Sophie!

— Posso falar com você? — berrou Sophie. — Em algum lugar — continuou, um tanto indefesa, enquanto um enorme e bem-vestido cotovelo a afastava do balcão.

— Só um momento! — respondeu Lettie. Virou-se para a garota ao seu lado e sussurrou algo. A garota assentiu, deu um sorriso e veio para o lugar de Lettie.

— Vocês terão de se contentar comigo — disse à multidão. — Quem é o próximo?

— Mas eu quero falar com você, Lettie! — disse um dos filhos de fazendeiros.

— Fale com Carrie — respondeu ela. — Eu quero conversar com minha irmã. — Ninguém pareceu de fato se importar. Empurraram Sophie até a extremidade do balcão, onde Lettie erguia uma aba e lhe um fazia sinal, e disseram-lhe que não retivesse Lettie o dia todo. Quando Sophie passou para o outro lado do balcão, a irmã a agarrou pelo pulso e a arrastou para os fundos da loja, até uma sala cercada por estantes de madeira, todas repletas por fileiras de bolos. Lettie puxou dois bancos.

— Sente-se — disse ela. Olhou na estante mais próxima, distraída, e entregou a Sophie um bolinho com creme tirado de lá. — Talvez precise disto.

Sophie afundou-se no banco, aspirando o cheiro delicioso do bolo e sentindo-se um pouco chorosa.

— Ah, Lettie! — disse. — Estou tão feliz em ver você!

— É, e eu estou feliz por você estar sentada — disse Lettie. — Olhe, eu não sou a Lettie. Sou a Martha.

CAPÍTULO DOIS
No qual Sophie é compelida a ir em busca do seu destino

—O quê? — Sophie fitava a garota no banco diante dela. Parecia Lettie. Estava usando o segundo melhor vestido azul de Lettie, um azul maravilhoso que combinava perfeitamente com ela. Tinha o cabelo escuro e os olhos azuis de Lettie.

— Eu sou Martha — disse a irmã. — Quem você pegou cortando as calcinhas de seda de Lettie? *Eu* nunca contei isso a ela. Você contou?

— Não — disse Sophie, perplexa. Agora ela podia ver que era Martha. Era o jeito de Martha inclinar a cabeça e segurar os joelhos com as mãos, girando os polegares. — Por quê?

— Eu estava apavorada com a possibilidade de você vir me ver — disse Martha —, porque sabia que teria de contar. Agora que contei, me sinto aliviada. Prometa que não vai dizer a ninguém. Sei que não dirá se prometer. Você é tão correta...

— Eu prometo — concordou Sophie. — Mas por quê? Como?

— Lettie e eu planejamos tudo — contou Martha, girando os polegares —, porque ela queria aprender feitiçaria e eu, não. Lettie tem cérebro, e quer um futuro em que possa usá-lo... Mas tente dizer isso à mamãe! Ela tem tanto ciúme de Lettie que não admite nem que ela tem cérebro!

Sophie não podia acreditar que Fanny fosse daquele jeito, mas não fez nenhum comentário.

— Mas e você?

— Coma o bolinho — disse Martha. — É gostoso. Ah, sim, eu posso ser esperta também. Só precisei de duas semanas com a sra. Fairfax para descobrir o feitiço que estamos usando. Eu me levantava à noite e lia os livros dela em segredo, e foi fácil, de verdade. Então perguntei se podia visitar minha família e a sra. Fairfax concordou. Ela é um amor. Pensou que eu estivesse com saudades de casa. Peguei o feitiço e vim para cá, e Lettie voltou para a casa da sra. Fairfax fingindo ser eu. O difícil foi a primeira semana, quando eu não sabia todas as coisas que deveria saber. Foi horrível. Mas descobri que as pessoas gostam de mim... elas gostam de você, sabe, se *você* gostar delas... E deu tudo certo. E a sra. Fairfax não expulsou Lettie de lá, portanto, acho que ela também conseguiu se virar.

Sophie mastigava o bolo sem sentir o sabor.

— Mas o que a levou a querer fazer isso?

Martha balançou-se no banco, mostrando um largo sorriso no rosto de Lettie e girando os polegares num alegre rodopio cor-de-rosa.

— Quero me casar e ter dez filhos.

— Você não tem idade suficiente! — disse Sophie.

— Ainda não — concordou Martha. — Mas, veja, eu preciso começar cedo para ter tempo de ter dez filhos. Além disso, dessa forma posso esperar e ver se a pessoa que eu quero gosta de mim como *eu mesma*. O feitiço vai diminuir gradualmente, e eu vou ficar cada vez mais parecida comigo, sabe?

Sophie estava tão atônita que terminou o bolinho sem ter percebido de que tipo era.

— Por que dez filhos?

— Porque esse é o número que eu quero — replicou Martha.

— Eu nunca soube disso!

— Bem, não seria bom falar sobre isso com você tão ocupada apoiando mamãe quando o assunto era eu fazer uma fortuna — disse Martha. — Você acreditava que a intenção de mamãe era boa. Eu também acreditei, até que papai morreu e vi que ela só estava tentando se livrar de nós, colocando Lettie onde ela encontraria um monte de homens e acabaria se casando, e me mandando para o lugar mais longe possível! Eu estava tão furiosa que pensei: por que não? E falei com Lettie, que estava tão furiosa quanto eu, e planejamos tudo. Agora estamos bem. Mas nós duas nos sentimos mal por sua causa. Você é inteligente e boa demais para ficar enfiada naquela loja o resto da vida. Conversamos sobre isso, mas não conseguimos pensar no que podíamos fazer.

— Eu estou bem — protestou Sophie. — Só é um pouco chato.

— Está bem? — exclamou Martha. — É, você provou que está bem não vindo aqui por meses e então aparecendo com esse vestido e esse xale cinza horrorosos, parecendo ter medo até mesmo de *mim*! O que mamãe está *fazendo* com você?

— Nada — disse Sophie, constrangida. — Estamos bastante ocupadas. Você não devia falar sobre Fanny desse jeito, Martha. Ela *é* sua mãe.

— É, e eu sou parecida com ela o bastante para entendê-la — replicou Martha. — Foi por isso que ela me mandou para tão longe, ou pelo menos tentou. Mamãe sabe que não é preciso ser cruel com uma pessoa para explorá-la. Ela sabe o quanto você é dedicada. Sabe que tem essa coisa de ser um fracasso por ser a mais velha. Ela manipula você perfeitamente e faz com que trabalhe para ela feito uma escrava. Aposto que não paga você.

— Ainda sou aprendiz — protestou Sophie.

— Eu também, mas recebo salário. Os Cesari sabem

que mereço — disse Martha. — Aquela chapelaria está ganhando uma *fortuna* agora, e tudo por sua causa! Você criou aquele chapéu verde que faz a mulher do Prefeito parecer uma colegial estonteante, não foi?

— Verde-lagarta. Eu o enfeitei — disse Sophie.

— E o gorro que Jane Farrier estava usando quando encontrou aquele nobre — prosseguiu Martha. — Você é um gênio com chapéus e roupas, e mamãe sabe disso! Você selou a sua sorte ao fazer aquela roupa para Lettie no Primeiro de Maio do ano passado. Agora ganha o dinheiro enquanto mamãe sai por aí passeando...

— Ela sai para fazer as compras — disse Sophie.

— Fazer as compras! — gritou Martha. Os polegares giraram. — Isso ela faz na metade de uma manhã. Eu já a vi, Sophie, e ouvi os comentários. Ela sai por aí numa carruagem alugada e de roupa nova à sua custa, visitando todas as mansões pelo vale! Dizem que ela vai comprar aquela propriedade grande no Fim do Vale e estabelecer-se lá com estilo. E onde você está?

— Bem, Fanny tem direito a algum prazer após todo o trabalho que teve em nos criar — disse Sophie. — Suponho que eu vá herdar a loja.

— Que destino! — exclamou Martha. — Ouça...

Mas, naquele momento, duas estantes vazias de bolo foram puxadas na outra extremidade do cômodo, e um aprendiz meteu a cabeça ali.

— Pensei ter ouvido sua voz, Lettie — disse ele, sorrindo de forma amistosa e sedutora. — Saiu a nova fornada. Avise a eles.

A cabeça de cabelos cacheados e com um pouco de farinha tornou a desaparecer. Sophie pensou que ele parecia um bom rapaz. Queria perguntar se era ele o rapaz de quem Martha gostava, mas não teve chance. A irmã levantou-se rapidamente, ainda falando.

— Preciso buscar as garotas para levar todas essas estantes para a confeitaria — disse ela. — Me ajude com a extremidade desta. — Arrastou a estante mais próxima e Sophie a ajudou a passá-la pela porta, entrando na loja cheia e barulhenta. — Você precisa fazer alguma coisa em relação a si mesma, Sophie — ofegou Martha enquanto prosseguiam. — Lettie vivia dizendo que não sabia o que aconteceria com você quando não estivéssemos por perto para lhe dar alguma autoestima. Ela estava certa em se preocupar.

Na confeitaria, a sra. Cesari segurou nos braços volumosos a estante que traziam, gritando instruções, e uma fila de pessoas passou por Martha, apressadas, indo buscar mais. Sophie gritou um até-logo e escapuliu no meio do alvoroço. Não parecia direito tomar mais tempo de Martha. Além disso, queria ficar sozinha para pensar. Correu para casa. Agora havia fogos de artifício sendo lançados do campo à margem do rio, onde acontecia a Feira, competindo com os disparos azuis do castelo de Howl. Mais do que nunca, Sophie sentiu-se como uma inválida.

Ela pensou e pensou durante quase toda a semana que se seguiu, e tudo que conseguiu foi ficar mais confusa e descontente. As coisas simplesmente não pareciam ser do jeito como ela havia acreditado que eram. Estava pasma com Lettie e Martha. Enganara-se com elas durante anos. Mas não podia acreditar que Fanny fosse o tipo de mulher que Martha descrevera.

Tinha muito tempo para pensar, pois Bessie se afastara para se casar e Sophie estava quase o tempo todo sozinha na loja. Fanny parecia mesmo estar muito ausente, passeando ou não, e os negócios ganharam um ritmo mais lento depois do Primeiro de Maio. Passados três dias, Sophie criou coragem para perguntar a Fanny:

— Eu não devia ganhar um salário?

— Com certeza, meu amor, com tudo o que você faz! — respondeu Fanny afetuosamente, ajeitando um chapéu adornado com rosas diante do espelho da loja. — Vamos ver isso assim que eu tiver acabado a contabilidade esta noite. — Então ela saiu e só voltou depois que Sophie já havia fechado a loja e levado os chapéus daquele dia para casa a fim de finalizá-los.

Sophie, a princípio, sentiu-se mesquinha por ter dado ouvidos a Martha, mas, quando Fanny não fez menção ao salário nem naquela noite nem em nenhum momento daquela semana, Sophie começou a pensar que Martha tinha razão.

— Talvez eu esteja mesmo sendo explorada — disse a um chapéu que estava enfeitando com seda vermelha e um cacho de cerejas de cera —, mas alguém tem de fazer isso. Caso contrário, não haverá nenhum chapéu para vender. — Ela terminou aquele e começou outro, preto e branco, muito elegante, e um pensamento novo lhe ocorreu: — O que importa se não tiver chapéu para vender? — Ela olhou para os chapéus reunidos, em suportes ou numa pilha, à espera de acabamento. — Para que servem todos vocês? — indagou-lhes. — A mim, certamente, não estão fazendo nenhum bem.

E viu-se a um triz de sair de casa e ir em busca de seu destino, até que se lembrou de que era a primogênita, e, portanto, isso de nada serviria. Ela apanhou o chapéu novamente, suspirando.

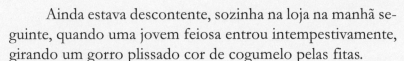

Ainda estava descontente, sozinha na loja na manhã seguinte, quando uma jovem feiosa entrou intempestivamente, girando um gorro plissado cor de cogumelo pelas fitas.

— Olhe para isto! — guinchou ela. — Você me disse que este era o mesmo gorro que Jane Farrier estava usando quando encontrou o conde. Você mentiu. Nada aconteceu comigo!

— Não é de surpreender — disse Sophie, antes que pudesse se controlar. — Se você é tola o bastante para usar este gorro com um rosto desses, não teria sabedoria para reconhecer o próprio Rei se ele lhe pedisse algo... Isso se ele não tivesse se transformado em pedra antes, ao olhar para você.

A freguesa fuzilou-a com os olhos. Então atirou o gorro em Sophie e saiu pisando duro da loja. Sophie cuidadosamente colocou o gorro no cesto de lixo, ofegante. A regra era: perca a paciência, perca um freguês. Ela acabara de confirmar a regra. E a perturbava saber o quanto fora divertido fazê-lo.

Mas Sophie não teve tempo para se recuperar. Ouviu-se o ruído de rodas e cascos de cavalo e uma carruagem escureceu a vitrine. A campainha da chapelaria soou e a freguesa mais altiva que ela já vira entrou, com uma estola de zibelina pendendo dos braços e diamantes piscando por todo o vestido preto. Os olhos de Sophie dirigiram-se primeiro ao amplo chapéu da senhora — plumas verdadeiras de avestruz tingidas para refletir os tons de rosa, verde e azul cintilando nos diamantes e ainda parecer negras. Esse era um chapéu de gente rica. O rosto da senhora era esmeradamente bonito. O cabelo castanho lhe dava uma aparência jovem, mas... Os olhos de Sophie alcançaram o jovem que seguia a senhora, o rosto ligeiramente sem forma, os cabelos avermelhados, bem-vestido, mas pálido e visivelmente preocupado. Ele fitou Sophie com uma espécie de horror suplicante. Era visivelmente mais novo do que a mulher. Sophie estava confusa.

— Srta. Hatter? — perguntou a mulher com voz musical porém autoritária.

— Sim — disse Sophie.

O homem pareceu ainda mais transtornado. Talvez a mulher fosse sua mãe.

— Ouvi dizer que vocês vendem os chapéus mais magníficos — disse a mulher. — Quero vê-los.

Sophie não confiava em si mesma, em seu atual humor, para responder. Foi buscar os chapéus. Nenhum deles condizia com a classe dessa senhora, mas Sophie podia sentir os olhos do homem a seguindo e isso a deixou constrangida. Quanto mais cedo a mulher descobrisse que os chapéus não lhe serviam, mais cedo o estranho casal iria embora. Ela seguiu o conselho de Fanny e mostrou os mais inadequados primeiro.

A mulher começou a rejeitar os chapéus imediatamente. "Covinhas", disse ela em relação ao gorro cor-de-rosa, e "Juventude", ao verde-lagarta. Para o que tinha brilho e véus, ela disse:

— Encanto misterioso. Que coisa mais óbvia. O que mais você tem?

Sophie apanhou o elegante preto e branco, que era o único chapéu com uma remota chance de interessar àquela senhora.

Ela o olhou com desprezo.

— Este não faz nada por ninguém. Está desperdiçando o meu tempo, srta. Hatter.

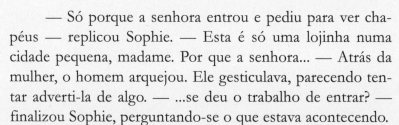

— Só porque a senhora entrou e pediu para ver chapéus — replicou Sophie. — Esta é só uma lojinha numa cidade pequena, madame. Por que a senhora... — Atrás da mulher, o homem arquejou. Ele gesticulava, parecendo tentar adverti-la de algo. — ...se deu o trabalho de entrar? — finalizou Sophie, perguntando-se o que estava acontecendo.

— Eu sempre me dou esse trabalho quando alguém tenta se posicionar contra a Bruxa das Terras Desoladas — respondeu a mulher. — Ouvi falar de você, srta. Hatter, e não dou a mínima para a sua competição ou sua atitude. Vim aqui para detê-la. Pronto. — Ela estendeu a mão, como se lançasse algo em direção ao rosto de Sophie.

— A senhora quer dizer que é a Bruxa das Terras Desoladas? — A voz de Sophie tremeu, parecendo ter se tornado outra por causa do medo e da perplexidade.

— Eu mesma — disse a mulher. — E que isso a ensine a não se meter com assuntos que me dizem respeito.

— Não creio que eu tenha feito isso. Deve haver algum engano — grasnou Sophie.

O homem agora a olhava totalmente horrorizado, embora ela não pudesse ver o porquê.

— Engano nenhum, srta. Hatter — disse a Bruxa. — Venha, Gaston. — Ela deu meia-volta e dirigiu-se à porta da loja. Enquanto o homem humildemente a abria para ela, a mulher voltou-se para Sophie. — Por falar nisso, você não vai conseguir dizer a ninguém que está sob o poder de um feitiço — disse ela.

A porta da chapelaria soou como um sino fúnebre quando ela saiu.

Sophie levou as mãos ao rosto, perguntando-se o que o homem tinha olhado com tanto horror. Então sentiu as rugas macias e profundas. Olhou para as mãos. Também estavam enrugadas e esqueléticas, com veias grossas no dorso e nós dos dedos salientes. Ela levantou a saia cinza e olhou os tornozelos e pés magricelas e decrépitos, o que deixara frouxos seus sapatos. Aquelas eram as pernas de alguém com uns 90 anos, e pareciam bem reais.

Sophie dirigiu-se ao espelho e percebeu que caminhava com dificuldade. O rosto no espelho refletia calma, pois ali estava o que ela esperava ver. Era o rosto de uma velha macilenta, murcho e encardido, emoldurado por cabelos brancos ralos. Seus olhos, amarelados e lacrimosos, fitavam-na do espelho, parecendo um tanto trágicos.

— Não se preocupe, sua velha — disse Sophie para o rosto. — Você parece ter bastante saúde. Além disso, essa aparência está bem mais próxima do que você é de verdade.

Ela pensou em sua situação com muita tranquilidade. Tudo parecia ter ficado calmo e distante. Não estava nem mesmo zangada com a Bruxa das Terras Desoladas.

— Bem, certamente vou cuidar dela quando tiver oportunidade — disse a si mesma —, mas, enquanto isso, se Lettie e Martha podem suportar ser uma a outra, eu posso suportar ser assim. Mas não posso ficar aqui. Fanny teria um ataque. Vamos ver. Este vestido cinza é bastante adequado, mas vou precisar do xale e de um pouco de comida.

Ela mancou até a porta da loja e cuidadosamente pendurou a placa de FECHADO. Suas articulações estalavam à medida que se movimentava. Tinha de andar curvada e devagar. Mas sentiu-se aliviada ao descobrir que era uma velha bem saudável. Não se sentia fraca ou doente, apenas rígida. Apanhou o xale e com ele envolveu a cabeça e os ombros, como fazem as mulheres idosas. Então arrastou os pés até a casa, onde pegou sua bolsa com algumas moedas e um pedaço de pão e de queijo. Deixou a casa, escondendo a chave cuidadosamente no lugar de hábito, e começou a descer a rua, surpresa com a tranquilidade que sentia.

Ainda se perguntou se devia dizer adeus a Martha, mas não gostava da ideia de a irmã não a reconhecer. Era melhor simplesmente partir. Sophie resolveu que escreveria às duas irmãs quando chegasse ao lugar a que estava indo, e atravessou mancando a área onde tivera lugar a Feira, cruzou a ponte e seguiu pelas estradinhas campestres mais além. Era um agradável dia de primavera. Sophie descobriu que ser uma velha não a impedia de desfrutar a visão e o aroma das flores nas cercas vivas, embora a visão estivesse um pouco embaçada. Suas costas começaram a doer. Ela caminhava ainda com firmeza, mas precisava de uma bengala. Enquanto prosseguia, examinava as sebes em busca de uma vara solta.

Evidentemente, seus olhos não eram tão bons quanto antes. Ela pensou ter visto um galho, uns dois quilômetros adiante, mas, quando o puxou, viu que era a extremidade de um velho espantalho que alguém havia jogado ali. Sophie suspendeu a coisa, que tinha um nabo murcho como rosto. Ela percebeu que sentia certa afinidade com ele. Em vez de desmontá-lo e pegar a vara, ela o prendeu entre dois galhos da sebe, de modo que ele se erguia despreocupadamente com as mangas esfarrapadas nos braços de gravetos esvoaçando sobre a cerca.

— Aí está — disse ela, e sua voz dissonante a surpreendeu dando um cacarejo como risada. — Nenhum de nós dois está em situação muito boa, não é, meu amigo? Talvez você consiga voltar para o seu campo se eu o deixar onde as pessoas possam vê-lo. — Ela recomeçou a andar pela estrada, mas um pensamento ocorreu-lhe e ela voltou. — Se eu não estivesse condenada ao fracasso por minha posição na família — disse ela ao espantalho —, você podia ganhar vida e me oferecer ajuda para eu fazer fortuna. Mas eu lhe desejo sorte, de qualquer forma.

Ela riu novamente, voltando a caminhar. Talvez fosse um pouco louca, mas, afinal, as velhas sempre são.

Encontrou uma vara cerca de uma hora depois, quando se sentou na beira da estrada para descansar e comer seu pão com queijo. Ouviu ruído nos arbustos atrás dela: pequenos guinchos estrangulados, seguidos por movimentos que arrancavam pétalas de flores da sebe. Sophie rastejou com os joelhos ossudos para espiar o interior da sebe, em meio a folhas, flores e espinhos, e descobriu um cão magro e cinzento ali. Ele estava aprisionado por uma sólida vara que, de alguma forma, se prendera numa corda amarrada no pescoço do animal. A vara havia se enfiado entre dois galhos do arbusto de forma que o cão mal podia se mover. Ele revirou os olhos selvagemente diante do rosto curioso de Sophie.

Jovem, Sophie tinha medo de cães. Mesmo como anciã, sentiu-se alarmada com as duas fileiras de dentes brancos visíveis na boca aberta do animal. No entanto, disse a si mesma: "Da maneira como estou agora, não vale muito a pena me preocupar com isso", e procurou a tesoura no bolso de costura. Com ela, começou a serrar a corda em torno do pescoço do cão.

Ele estava muito arisco. Encolheu-se, afastando-se dela, e rosnou. Mas Sophie continuou cortando bravamente.

— Você vai morrer de fome ou sufocar até a morte, meu amigo — disse ela ao cão, em sua voz desafinada —, a menos que me deixe soltá-lo. Na verdade, acho que alguém já tentou estrangular você. Talvez isso explique sua ferocidade.

A corda tinha sido amarrada bem apertada no pescoço do animal, e a vara fora enroscada perversamente nela. Foi preciso serrar bastante antes que a corda se partisse e o cão pudesse se ver livre da vara.

— Você quer pão com queijo? — perguntou-lhe Sophie então.

Mas o cão limitou-se a rosnar para ela, arrastando-se para o outro lado da sebe, e escapuliu.

— Assim é que você agradece? — perguntou Sophie, esfregando os braços, que formigavam. — Pelo menos me deixou um presente, mesmo sem querer.

Ela puxou a vara que havia prendido o cachorro e descobriu que era uma bengala bem razoável, bem aparada e arrematada com ferro. Sophie terminou seu pão com queijo e recomeçou a andar. A estrada foi se tornando cada vez mais íngreme e ela viu na bengala um grande auxílio. Também era algo com que falar. Sophie marchou adiante com vontade, tagarelando com sua bengala. Afinal, gente velha frequentemente fala sozinha.

— Já tive dois encontros — disse ela — e nem sequer uma migalha de gratidão da parte de nenhum deles. No entanto, você é uma boa bengala. Não estou me queixando. Mas com certeza vou ter um terceiro encontro, mágico ou não. Na verdade, faço questão. E me pergunto como vai ser.

O terceiro encontro aconteceu mais para o fim da tarde, quando Sophie já estava quase no topo da colina. Um camponês descia a estrada assoviando em sua direção. Um pastor, pensou ela, a caminho de casa depois de cuidar de suas ovelhas. Era um jovem bem forte, de uns 40 anos. "Santo Deus!", disse Sophie a si mesma. "Esta manhã eu o teria visto como um velho. Como o ponto de vista pode mudar rápido!"

Quando o pastor viu Sophie murmurando consigo mesma, passou cuidadosamente para o outro lado da estrada e gritou com grande entusiasmo.

— Boa noite para a senhora, tia! Para onde está indo?

— Tia? — replicou Sophie. — Eu não sou sua tia, meu jovem!

— É um modo de falar — explicou o pastor, avançando junto da sebe oposta. — Eu só estava tentando fazer uma pergunta educada, vendo a senhora andando na direção das colinas no fim do dia. Não vai chegar a Upper Folding antes de anoitecer, não é?

Sophie não havia pensado nisso. Ela parou ali na estrada e refletiu.

— Na verdade, isso não tem importância — disse, quase para si mesma. — Não se pode ser exigente quando se está em busca da própria sorte.

— Verdade, tia? — perguntou o pastor. Ele agora havia se afastado de Sophie, descendo o morro, e parecia sentir-se melhor com isso. — Então eu lhe desejo mesmo boa sorte, tia, desde que seu destino não tenha nada a ver com enfeitiçar o rebanho das pessoas. — E partiu estrada abaixo com grandes passadas, quase correndo, mas sem chegar a tanto.

Sophie ficou olhando-o, indignada.

— Ele pensou que eu fosse uma bruxa! — disse ela à bengala.

Teve vontade de assustar o pastor gritando-lhe coisas horríveis, mas isso lhe pareceu um pouco cruel. Então seguiu morro acima, resmungando. Pouco depois, as sebes deram lugar a encostas nuas e as terras à frente tornaram-se uma região montanhosa coberta por urzes, as encostas íngremes além dela revestidas por uma grama amarela e crepitante. Sophie seguiu adiante. A essa altura, seus velhos pés calejados doíam, assim como as costas e os joelhos. Ela ficou cansada demais para resmungar e continuou andando, ofegante, até o sol estar bem baixo. E, de repente, Sophie percebeu que não podia dar mais nem um passo sequer.

Ela desabou sobre uma pedra na beira da estrada, perguntando-se o que faria agora.

— A única sorte que me ocorre agora é uma cadeira confortável! — arquejou.

A pedra estava numa espécie de promontório, o que dava a Sophie uma visão magnífica do caminho por onde viera. Lá estava quase todo o vale estendendo-se abaixo dela à luz do sol poente, todos os campos, muros e sebes, as curvas do rio e as lindas e ricas mansões brilhando entre arvoredos, até as montanhas azuis a distância. Logo abaixo dela estava Market Chipping. Sophie podia ver as ruas bem conhecidas. E a Praça do Mercado e o Cesari's. Ela poderia ter atirado uma pedra na chaminé da casa ao lado da chapelaria.

— Estou ainda tão perto! — disse Sophie à bengala, desalentada. — Toda essa caminhada e cheguei pouco acima do meu telhado!

Foi ficando frio na pedra à medida que o sol se punha. Um vento desagradável soprava em qualquer direção para a qual Sophie se voltasse a fim de evitá-lo. Agora já não lhe parecia sem importância que ela estivesse nas colinas durante a noite. Ela se viu pensando cada vez mais numa cadeira confortável e numa lareira, e também na escuridão e em animais selvagens. Mas, se voltasse para Market Chipping, só chegaria no meio da noite. Era melhor ir adiante. Suspirou e se pôs de pé, as articulações estalando. Era horrível. Todo o seu corpo doía.

— Eu nunca tinha me dado conta do que as pessoas idosas têm de suportar! — ofegou, subindo a estrada com dificuldade. — Mas não acredito que um lobo vá me comer. Eu devo estar muito seca e dura. Isso já é um conforto.

A noite caía agora com rapidez e as montanhas cobertas de urzes estavam cinza-azuladas. O vento se tornava mais cortante. Os arquejos de Sophie e os rangidos de suas articulações eram tão altos em seus ouvidos que demorou algum tempo para ela perceber que parte do ruído não vinha dela. E levantou os olhos embaçados.

O castelo do Mago Howl vinha ribombando aos solavancos em sua direção através do pântano. Uma fumaça escura saía em nuvens de trás de suas ameias pretas. O castelo parecia alto e estreito, opressivo e feio, e muito sinistro de fato. Sophie apoiou-se na bengala e ficou observando. Não estava particularmente assustada. Perguntava-se como ele se movia. Mas o principal pensamento em sua mente era que toda aquela fumaça devia significar que havia uma grande lareira em algum lugar por trás daqueles muros altos e escuros.

— Ora, por que não? — perguntou à bengala. — É pouco provável que o Mago Howl vá querer a minha alma para sua coleção. Ele só gosta de moças jovens.

Ergueu a bengala e acenou com ela imperiosamente na direção do castelo.

— *Pare!* — gritou.

O castelo, obediente, parou ruidosamente a cerca de 15 metros acima do ponto onde ela estava. Sophie sentia certa satisfação enquanto mancava em sua direção.

CAPÍTULO TRÊS
No qual Sophie entra num castelo e num pacto

Havia uma imensa porta preta na parede também preta diante de Sophie, e ela foi até lá, mancando, animada. O castelo era ainda mais feio visto de perto. Era alto demais para a altitude em que se encontrava e seu formato não era muito regular. Tanto quanto Sophie podia ver na crescente escuridão era construído de enormes blocos pretos como carvão, e, assim como os de carvão, esses blocos tinham formatos e tamanhos diferentes. À medida que se aproximava, sentia a friagem que emanava deles, mas isso não a assustou. Ela só pensava em cadeiras e lareiras, e estendeu a mão ansiosamente para a porta.

Sua mão, porém, não conseguiu aproximar-se. Uma espécie de muro invisível a deteve a uns 30 centímetros da porta. Sophie tateou com um dedo irritado. Depois, o cutucou com a bengala. O muro parecia cobrir totalmente a porta, da altura onde a bengala alcançava até a urze que aparecia sob a soleira.

— Abra! — gritou Sophie.

Isso não teve nenhum efeito sobre o muro.

— Muito bem — disse Sophie. — Vou encontrar a porta dos fundos.

Ela foi cambaleando para o canto esquerdo do castelo, pois era ao mesmo tempo mais perto e se encontrava num declive. Mas Sophie não conseguiu dar a volta. O muro invisível a deteve novamente assim que ela alcançou as pedras angulares pretas e assimétricas. Nesse momento, Sophie proferiu uma palavra que aprendera com Martha, que nem senhoras nem jovens devem saber, e pôs-se a subir o morro, no sentido anti-horário, em direção ao canto direito do castelo. Ali não havia barreira. Ela dobrou a esquina e seguiu mancando impacientemente para a segunda grande porta preta no meio daquele lado do castelo.

Havia outra barreira ali.

Sophie fuzilou-a com o olhar.

— Acho isso muito inconveniente! — exclamou.

A fumaça preta soprou em nuvens vindas das ameias. Sophie tossiu. Agora ela estava zangada. Era velha, frágil, estava com frio e com dores pelo corpo todo. A noite estava chegando e aquele castelo ficava ali soprando fumaça nela.

— Vou falar com Howl sobre isso! — disse ela e dirigiu-se, furiosa, para o canto seguinte do castelo.

Ali não havia barreira — evidentemente era preciso dar a volta ao castelo no sentido anti-horário —, mas, um pouco mais para um lado na parede seguinte, havia uma terceira porta — esta muito menor e em pior estado.

— A porta dos fundos, finalmente! — disse Sophie.

O castelo recomeçou a mover-se quando Sophie se aproximou da porta dos fundos. O chão tremeu. A parede estremeceu e estalou, e a porta começou a deslizar para longe dela.

— Ah, não, você não vai fazer isso! — gritou Sophie. Correu atrás da porta e bateu violentamente nela com a bengala. — Abra! — berrou.

A porta abriu-se para dentro, ainda deslizando e afastando-se dela. Sophie, mancando furiosamente, conseguiu colocar um dos pés na soleira. Então saltou e agarrou-se, lutando para não cair, e tornou a saltar, enquanto os grandes blocos escuros em torno da porta sacolejavam e rangiam à medida que o castelo ganhava velocidade sobre a encosta irregular. Sophie não se surpreendeu que o castelo tivesse a aparência torta. O admirável era ele não cair aos pedaços de imediato.

— Que forma estúpida de tratar uma construção! — disse ela, ofegante, enquanto se atirava em seu interior.

Ela precisou largar a bengala e agarrar-se à porta aberta a fim de não ser atirada lá fora novamente.

Quando começou a recuperar o fôlego, percebeu que havia uma pessoa de pé diante dela, segurando a porta. Era uma cabeça mais alto que Sophie, mas dava para ver que era pouco mais do que uma criança, um pouquinho só mais velho do que Martha. E parecia estar tentando fechar a porta na cara dela e empurrá-la de volta para a noite, expulsando-a do cômodo aquecido e iluminado atrás dela.

— Não ouse fechar esta porta para mim, garoto! — disse ela.

— Eu não ia fazer isso, mas a senhora está mantendo a porta aberta — protestou ele. — O que deseja?

Sophie olhou à sua volta, para o que podia ver além do garoto. Havia várias coisas provavelmente próprias de magia pendendo das vigas — réstias de cebolas, molhos de ervas e feixes de estranhas raízes. Havia também outras, estas com certeza próprias de magia, como livros de couro, garrafas tortas e um velho e sorridente crânio humano de cor marrom. Do outro lado do garoto, via-se uma lareira com um fogo modesto queimando. Tratava-se de uma lareira muito menor do que toda a fumaça lá fora sugeria, mas, obviamente, essa era apenas uma salinha nos fundos do castelo. Muito mais importante para Sophie era que o fogo havia atingido o estágio rosa brilhante, com pequenas chamas azuis dançando nos troncos, e, ao lado, no local mais quente, havia uma cadeira baixa com uma almofada.

Sophie empurrou o garoto para o lado e atirou-se na cadeira.

— Ah! Que sorte! — disse, acomodando-se confortavelmente ali. Era uma bênção. O fogo aqueceu suas dores e a cadeira forneceu apoio para suas costas, e ela sabia que, se alguém quisesse expulsá-la agora, teria de usar uma magia extrema e violenta.

O garoto fechou a porta. Então apanhou a bengala de Sophie e educadamente a encostou à cadeira para ela. Sophie percebeu que não havia indício de que o castelo estivesse se movendo pela encosta: nem mesmo o fantasma de um ruído ou o menor dos tremores. Que estranho!

— Avise ao Mago Howl — disse ela ao menino — que este castelo vai desmoronar na cabeça dele se for muito mais adiante.

— O castelo tem um feitiço que não o deixa desmoronar — afirmou o garoto. — Além disso, infelizmente Howl não está aqui neste momento.

Essa era uma boa notícia para Sophie.

— Quando ele volta? — perguntou ela, um pouco nervosa.

— Provavelmente não antes de amanhã — respondeu o garoto. — O que a senhora deseja? Eu posso ajudá-la? Sou Michael, o aprendiz de Howl.

Essa notícia era melhor ainda.

— É uma pena, mas só o Mago pode me ajudar — disse Sophie rápida e com firmeza. E era provável que fosse verdade. — Vou esperar, se não se importa.

Era óbvio que Michael se importava. Ele ficou rondando-a, impotente. Para demonstrar que ela não tinha intenção de ser dispensada por um mero aprendiz, Sophie fechou os olhos e fingiu que dormia.

— Diga-lhe que meu nome é Sophie — murmurou ela. — A *velha* Sophie — acrescentou, por via das dúvidas.

— Isso provavelmente vai significar esperar a noite toda — disse Michael.

Como era exatamente isso que Sophie queria, ela fingiu não ouvir. Na verdade, logo em seguida, caiu no sono. Estava muito cansada por conta de toda aquela caminhada. Depois de um momento, Michael desistiu e voltou ao trabalho que fazia na bancada onde se encontrava o abajur.

Assim, ela teria abrigo por toda a noite, mesmo que fosse por razões ligeiramente falsas, pensou Sophie, sonolenta. Como Howl era um homem perverso, era bem-feito que abusassem dele. Mas Sophie pretendia estar bem longe dali quando ele voltasse e fizesse objeções.

Ela olhou sonolenta e sorrateiramente para o aprendiz. Ficou bastante surpresa com a bondade e educação do garoto. Afinal, ela entrara ali de forma um tanto descortês, e Michael nem se queixara. Talvez Howl o mantivesse em abjeta servidão. Michael, porém, não parecia servil. Era um rapaz alto e negro, com um rosto agradável e franco, e estava vestido de maneira bastante respeitável. Na verdade, se Sophie não o houvesse visto naquele momento cuidadosamente despejando um fluido verde de um frasco torto sobre um pó escuro num jarro de vidro, ela o tomaria como filho de um próspero fazendeiro. Que estranho!

No entanto, era esperado que as coisas fossem mesmo estranhas no que dizia respeito aos magos, pensou Sophie. E essa cozinha, ou oficina, era deliciosamente confortável e tranquila. Sophie caiu de verdade no sono e começou a roncar. E não acordou nem quando vieram um lampejo e uma pancada abafada da bancada, seguidos de um palavrão logo reprimido por Michael. Tampouco acordou quando Michael, lambendo os dedos queimados, deixou o feitiço de lado por aquele dia e apanhou pão e queijo no armário. Ela nem se moveu quando Michael derrubou a bengala com estardalha-

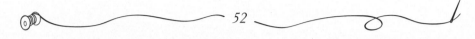

ço ao passar por ela para alimentar o fogo com um tronco, ou quando, examinando a boca aberta de Sophie, o rapaz comentou para a lareira:

— Tem todos os dentes. Ela não é a Bruxa das Terras Desoladas, não é?

— Eu não a teria deixado entrar se fosse — replicou a lareira.

Michael deu de ombros e tornou a apanhar a bengala de Sophie, cortês. Então pôs um tronco no fogo com a mesma polidez e foi para a cama em algum lugar no andar de cima.

No meio da noite, Sophie foi acordada por alguém roncando. Ela deu um pulo, empertigando-se, bastante irritada ao descobrir que era ela quem estava roncando. Parecia-lhe ter cochilado por alguns instantes, mas Michael havia aparentemente desaparecido naqueles poucos segundos, levando com ele a luz. Não restava dúvida de que um aprendiz de mago aprendia esse tipo de coisa em sua primeira semana. Ele tinha deixado o fogo muito baixo, e este emitia silvos e estalidos irritantes. Um vento frio bateu nas costas de Sophie. Ela lembrou-se de que estava no castelo de um mago, e, ainda, com desagradável nitidez, de que havia um crânio humano numa bancada de trabalho em algum lugar atrás dela.

Estremeceu e girou o pescoço rígido à sua volta, mas só havia escuridão.

— Que tal um pouquinho mais de luz, hein? — disse ela.

A vozinha esganiçada parecia não fazer mais barulho do que o crepitar do fogo. Sophie estava surpresa. Contava que a voz ecoasse pelas abóbadas do castelo. E ainda havia uma cesta de lenha ao lado dela. Ela estendeu o braço e atirou um pedaço de madeira ao fogo, o que lançou um jato de fagulhas verdes e azuis em direção à chaminé. Ela ergueu um segundo pedaço de lenha e recostou-se, não sem lançar um olhar nervoso atrás dela, onde a luz azul violácea do fogo dançava acima dos ossos marrons do crânio. O cômodo era bastante pequeno. Não havia ninguém ali, exceto Sophie e o crânio.

— Ele tem os dois pés no túmulo e eu só tenho um — consolou-se, tornando a voltar-se para o fogo, que agora se inflamava em chamas azuis e verdes. — Deve ter sal nessa madeira — murmurou Sophie.

Acomodou-se de maneira mais confortável, colocando os pés nodosos no guarda-fogo e a cabeça num canto da cadeira, de onde podia observar as chamas coloridas, e começou a considerar, sonhadora, o que devia fazer de manhã. Mas sua atenção desviou-se um pouco ao imaginar um rosto nas chamas.

— Seria um rosto azul e magro — murmurou ela —, muito comprido e fino, com um nariz azul. Mas aquelas chamas vermelhas aneladas no alto são, sem sombra de dúvida, os cabelos. E se eu não for embora antes de Howl chegar? Os magos podem suspender feitiços, eu suponho. E aquelas chamas púrpura perto do fundo formam a boca. Você tem dentes ferozes, meu amigo. E tem dois tufos de chamas verdes por sobrancelhas... — Curiosamente, as únicas chamas alaranjadas no fogo se encontravam debaixo das sobrancelhas verdes, como olhos, e ambas tinham um brilhozinho púrpura no meio, que Sophie podia quase imaginar que estivesse olhando para ela, como a pupila de um olho. — Por outro lado — continuou Sophie, examinando as chamas laranja —, se o feitiço fosse desfeito, eu teria o coração devorado antes mesmo de conseguir dar meia-volta.

— Você não quer que devorem seu coração? — perguntou o fogo.

Seguramente, era o fogo quem falava. Sophie viu-lhe a boca púrpura mover-se à medida que as palavras saíam. A voz era quase tão esganiçada quanto a dela, cheia de chuviscos e gemidos de madeira queimando.

— Naturalmente que não — respondeu Sophie. — O que você é?

— Um demônio do fogo — replicou a boca púrpura. Sua voz era mais um gemido quando disse: — Estou preso a essa lareira por contrato. Não posso sair daqui. — Então a voz se tornou enérgica. — E o que você é? — perguntou ele. — Posso ver que está sob o efeito de um feitiço.

Isso arrancou Sophie de seu estado sonolento.

— Você pode ver! — exclamou ela. — Pode tirar o feitiço?

Fez-se um silêncio espasmódico, intenso, enquanto os olhos laranja no rosto azul tremeluzente do demônio subiam e desciam por Sophie.

— Trata-se de um feitiço forte — disse ele, por fim. — Parece-me um da Bruxa das Terras Desoladas.

— E é — disse Sophie.

— Mas parece mais do que isso — crepitou o demônio. — Eu detecto duas camadas. E, naturalmente, você não poderá contar a ninguém sobre ele, a menos que já saibam. — Ele fitou Sophie um momento mais. — Vou ter de estudá-lo — disse.

— Quanto tempo isso vai levar? — perguntou Sophie.

— Pode levar algum tempo — respondeu o demônio. E acrescentou, num bruxuleio suave e persuasivo: — Que tal fazer um pacto comigo? Eu quebro o seu feitiço se você romper esse contrato a que estou preso.

Sophie olhou cautelosa para o fino rosto azul do demônio. Ele exibia uma expressão nitidamente ardilosa ao fazer
essa proposta. Tudo o que ela havia lido falava do extremo
perigo de se fazer um pacto com um demônio. E não havia dúvida de que esse parecia extraordinariamente maligno,
com aqueles longos dentes de cor púrpura.

— Está sendo sincero? — indagou ela.

— Não completamente — admitiu o demônio. — Mas
você quer ficar assim até morrer? Esse feitiço encurtou sua
vida em uns sessenta anos, se é que posso julgar essas coisas.

Esse foi um pensamento desagradável, que Sophie tentara evitar até ali. Isso fazia uma diferença e tanto.

— Esse contrato a que está preso — começou ela —,
é com o Mago Howl, não é?

— Evidente — disse o demônio. Sua voz tornou a ganhar um tom de lamento. — Estou amarrado a esta lareira
e não posso arredar pé daqui. Sou obrigado a fazer a maior
parte da magia por aqui. Tenho de manter o castelo e fazê-lo
mover-se e executar todos os efeitos especiais que assustam
as pessoas, afugentando-as, assim como qualquer outra coisa
que Howl queira. Howl é bastante impiedoso, você sabe.

Sophie não precisava que lhe dissessem que Howl era
impiedoso. Por outro lado, provavelmente o demônio era tão
perverso quanto ele.

— E você não ganha nada com esse contrato? — perguntou ela.

— Eu não teria entrado nele se não ganhasse — disse o
demônio, bruxuleando tristemente. — Mas não o teria feito
se soubesse como seria. Estou sendo explorado.

Apesar de sua cautela, Sophie sentiu compaixão pelo
demônio. Pensou em si mesma fazendo chapéus para Fanny,
enquanto ela passeava por aí.

— Tudo bem — disse ela. — Quais são os termos do contrato? Como posso quebrá-lo?

Um ávido sorriso púrpura espalhou-se pelo rosto azul do demônio.

— Você concorda com o pacto?

— Se você concordar em quebrar o feitiço que está sobre mim — respondeu ela, com a forte sensação de que dizia algo fatal.

— Feito! — gritou o demônio, o rosto comprido saltando alegremente em direção à chaminé. — Vou quebrar seu feitiço na hora em que você romper meu contrato!

— Então me diga como quebrar seu contrato! — replicou Sophie.

Os olhos laranja cintilaram e se desviaram.

— Não posso. Parte do contrato é que nem o Mago nem eu podemos dizer qual é a cláusula principal.

Sophie viu que fora enganada. Abriu a boca para dizer ao demônio que, nesse caso, podia ficar ali naquela lareira até o dia do Juízo Final.

O demônio percebeu o que ela diria.

— Não seja precipitada! — estalou ele. — Você pode descobrir o que é, se observar e ouvir com atenção. Eu lhe imploro que tente. O contrato não vai fazer bem a nenhum de nós dois a longo prazo. E eu mantenho a palavra. O fato de estar preso aqui *mostra* que mantenho mesmo!

Ele estava de fato saltando sobre a lenha de uma forma agitada. Novamente Sophie sentiu uma onda de compaixão.

— Mas, se devo observar e ouvir, isso significa que tenho de ficar aqui no castelo de Howl — objetou ela.

— Somente cerca de um mês. Lembre-se de que tenho de estudar seu feitiço também — alegou o demônio.

— Mas que desculpa posso dar para ficar aqui?

— Vamos pensar em uma. Howl é inútil em várias coisas. Na verdade — começou o demônio, sibilando malevolamente —, ele está tão voltado para o próprio umbigo que, na metade das vezes, não enxerga adiante do nariz. Podemos enganá-lo... desde que você concorde.

— Muito bem — disse Sophie. — Vou ficar. Agora encontre a desculpa.

Ela acomodou-se confortavelmente na cadeira enquanto o demônio pensava. Ele pensava em voz alta, num murmúrio crepitante, que fazia Sophie lembrar-se da forma como falara com sua bengala no caminho, e ardia enquanto pensava com um estrondo tão alegre e poderoso que ela tornou a dormir. Pensou ouvir o demônio fazer de fato algumas sugestões. Lembrava-se de sacudir a cabeça negativamente para a ideia de que devia fingir que era a tia-avó de Howl, havia muito desaparecida, e mais uma ou duas ainda mais absurdas. No entanto, não se lembrava com detalhes. Por fim, o demônio começou a cantar uma canção suave e bruxuleante. Não era em nenhuma língua que Sophie conhecesse — pelo menos assim ela imaginara até ouvir nitidamente a palavra "caçarola" cantada várias vezes —, e ela a puxava para o sono. Sophie caiu num sono profundo, com a leve suspeita de que agora estava sendo enfeitiçada, assim como enganada, mas isso não a aborrecia. Logo ela se livraria do feitiço...

CAPÍTULO QUATRO
No qual Sophie descobre vários fatos estranhos

Quando Sophie acordou, a luz do dia escoava à sua frente. Como não se lembrava de ter visto nenhuma janela no castelo, o primeiro pensamento de Sophie foi de que adormecera costurando os chapéus e que sonhara que estava indo embora de casa. O fogo à sua frente havia se reduzido a carvão rosado e cinza branca, o que a convenceu de que ela certamente sonhara que havia um demônio do fogo ali. Mas seus primeiros movimentos lhe disseram que algumas coisas ela não sonhara. Todo o seu corpo estalava.

— Ai! — exclamou ela. — Meu corpo todo está doendo! — A voz era um ruído agudo e fraco. Ela levou as mãos ossudas ao rosto e sentiu as rugas. Com isso, percebeu que estivera em estado de choque todo o dia de ontem. Estava muito zangada com a Bruxa das Terras Desoladas por ter feito isso com ela, muito, muito zangada. — Entrando em lojas e transformando as pessoas em velhos! — exclamou ela. — Ah, ela vai ver só!

Sua raiva a fez levantar-se numa salva de estalos e rangidos e dirigir-se mancando até a janela inesperada, que ficava acima da bancada de trabalho. Para sua perplexidade, a vista dali era a de uma cidade litorânea. Podia ver uma rua sem pavimentação que subia, ladeada por casinhas de aparência pobre, e mastros se projetando além dos telhados. Além dos mastros, ela divisava o brilho do mar, algo que nunca vira antes na vida.

— Onde estou? — perguntou Sophie ao crânio de pé na bancada. — Não espero que me responda isso, meu amigo — acrescentou, apressada, lembrando-se de que esta era a casa de um mago, e fez meia-volta para dar uma olhada na sala.

Era um cômodo bastante pequeno, com pesadas vigas pretas no teto. À luz do dia dava para ver que estava increvelmente sujo. As pedras do chão encontravam-se manchadas e engorduradas, a cinza empilhada junto ao guarda-fogo da lareira, teias de aranha pendendo das vigas. Havia uma camada de poeira no crânio. Distraída, Sophie a limpou quando foi espiar a pia ao lado da bancada de trabalho. Ela estremeceu com o lodo rosa e cinza ali dentro e o lodo branco que pingava da bomba acima dela. Howl obviamente não se importava com as péssimas condições em que seus criados viviam.

O restante do castelo tinha de estar além de uma das quatro portas pretas baixas que se viam ali. Sophie abriu a mais próxima, na parede oposta, depois da bancada. Atrás dela havia um grande banheiro. Em certos aspectos, era um banheiro que normalmente você só encontraria num palácio, cheio de luxos, como um vaso sanitário reservado, um boxe de chuveiro, uma banheira enorme com pés em forma de garras e espelho em todas as paredes. Mas estava ainda mais sujo do que o outro cômodo. Sophie estremeceu diante do vaso sanitário, encolheu-se com a cor da banheira, recuou diante do musgo que crescia no chuveiro e, com facilidade, evitou olhar sua figura enrugada refletida nos espelhos, pois o vidro estava coberto com borrões e fios de substâncias não identificadas. As substâncias não identificadas, propriamente ditas, amontoavam-se numa grande prateleira acima da banheira. Estavam em potes, caixas, tubos e centenas de pacotes e bolsas de papel pardo rasgados. O pote maior trazia um nome, anunciando em letras tortas: PODER SECANTE. Apanhou um pacote aleatoriamente. Leu PELE rabiscado nele e mais que depressa o colocou de volta no lugar. Em outro pote se lia OLHOS, escrito com a mesma garatuja. Um tubo exibia PARA DECOMPOSIÇÃO.

— Parece funcionar mesmo — murmurou Sophie, olhando para a pia com um estremecimento. A água jorrou quando ela virou uma torneira azul-esverdeada que devia ser de cobre e Sophie deixou a água levar um pouco daquela decomposição. Depois lavou as mãos e o rosto na água sem tocar a pia, mas não teve coragem de usar o PODER SE-CANTE. Secou as mãos na saia e foi em busca da próxima porta preta.

Esta se abriu para um lance de degraus de madeira frouxos. Sophie ouviu alguém mover-se lá em cima e fechou a porta, apressada. Parecia só levar a uma espécie de sótão, de qualquer forma. Então mancou até a porta seguinte. A essa altura, já caminhava com facilidade. Era uma velha em ótima forma, como havia descoberto ontem.

A terceira porta se abria para um quintal minúsculo com muros altos de tijolos. Ali havia uma grande pilha de toras e montes desordenados do que parecia uma mistura de ferro-velho, rodas, baldes, lâminas de metal e arame acumulados até quase o topo do muro. Sophie fechou também aquela porta, bastante confusa, porque aquilo não parecia ter nada a ver com o castelo. Não se via nenhuma parte do castelo acima dos muros de tijolos. Estes acabavam no céu. Sophie só podia pensar que essa parte era o que vinha logo depois do lado onde o muro invisível a havia detido na noite passada.

Ela abriu a quarta porta e era apenas um armário de vassouras, com dois mantos de veludo em bom estado, porém empoeirados, pendurados nas vassouras. Sophie tornou a fechar a porta, devagar. A única outra que restava era aquela na parede com a janela, e fora por ali que entrara ontem à noite. Ela foi mancando até lá e, com cuidado, a abriu.

Ficou um momento ali parada, olhando as colinas que se moviam lentamente, observando a vegetação passar debaixo da porta, sentindo o vento soprar seus cabelos ralos e ouvindo os estrondos e rangidos das grandes pedras pretas à medida que o castelo se deslocava. Então fechou a porta e foi para a janela. E lá estava a cidade portuária novamente. Não era um quadro. Uma mulher havia aberto uma porta oposta e varria, jogando a poeira na rua. Atrás da casa, uma vela de lona cinza subia pelo mastro em movimentos bruscos, fazendo um bando de gaivotas levantar voo em círculos sobre o mar trêmulo.

— Não compreendo — disse Sophie ao crânio humano. Em seguida, como o fogo parecia quase extinto, ela foi até lá e colocou alguns pedaços de madeira nele, remexendo as cinzas.

Chamas verdes subiram entre a madeira, pequenas e aneladas, e formaram um rosto comprido azul com cabelos verdes chamejantes.

— Bom dia — disse o demônio do fogo. — Não se esqueça de que temos um pacto.

Então nada daquilo fora sonho. Sophie não era muito dada a chorar, mas sentou-se na cadeira por um tempo, fitando um demônio indefinido e esquivo, e não prestou muita atenção aos ruídos de Michael se levantando, até que o viu de pé ao seu lado, parecendo constrangido e um pouco exasperado.

— Ainda está aqui — disse ele. — Algum problema?

Sophie fungou.

— Estou velha — começou ela.

Mas era exatamente como a Bruxa dissera e o demônio do fogo adivinhara. Michael disse com alegria:

— Bem, um dia acontece com todos nós. Quer tomar café?

Sophie descobriu que era mesmo uma velha muito saudável. Depois de comer apenas pão e queijo no almoço de ontem, ela estava faminta.

— Quero! — disse ela, e, quando Michael se dirigiu ao armário na parede, ela se pôs de pé e espiou sobre o ombro dele para ver o que havia para comer.

— Sinto muito, mas temos apenas pão e queijo — disse Michael com certa frieza.

— Mas tem uma cesta cheia de ovos aí dentro! — exclamou Sophie. — E aquilo ali não é bacon? E que tal algo quente para beber? Cadê sua chaleira?

— Não tem — disse Michael. — Howl é o único que pode cozinhar.

— Eu também posso — afirmou Sophie. — Pegue aquela frigideira que vou lhe mostrar.

Ela estendeu a mão para a grande frigideira preta pendurada na parede do armário, apesar de Michael tentar impedi-la.

— Você não entende — disse ele. — É Calcifer, o demônio do fogo. Ele não vai baixar a cabeça para cozinhar para ninguém, a não ser para Howl.

Sophie se virou e olhou para o demônio do fogo. Ele tremeluziu, olhando-a de forma malévola.

— Recuso-me a ser explorado — disse ele.

— Você quer dizer — Sophie falou a Michael — que tem de ficar sem nem mesmo uma bebida quente, a menos que Howl esteja aqui?

Michael concordou, constrangido.

— Então é *você* que está sendo explorado! — exclamou Sophie. — Me dê isto aqui.

Ela arrancou a frigideira dos dedos resistentes de Michael, jogou o bacon ali dentro, enfiou uma colher de pau na cesta de ovos e marchou com tudo aquilo para a lareira.

— Agora, Calcifer — disse ela —, chega de bobagens. Abaixe a cabeça.

— Você não pode me obrigar! — crepitou o demônio do fogo.

— Ah, posso, sim! — gritou Sophie de volta, com a ferocidade que muitas vezes havia detido suas duas irmãs no meio de uma briga. — Se não fizer, vou jogar água em você. Ou então vou tirar sua lenha — acrescentou ela, enquanto se ajoelhava diante da lareira. Ali, ela sussurrou: — Ou posso desistir de nosso pacto e contar a Howl sobre ele, não é?

— Ah, maldição! — cuspiu Calcifer. — Por que a deixou entrar aqui, Michael? — Amuado, ele baixou o rosto azulado até que tudo que pôde ser visto dele foi um anel de chamas verdes ondulantes dançando sobre a madeira.

— Obrigada — disse Sophie, e deixou cair a frigideira pesada sobre o anel verde para ter certeza de que Calcifer não se levantaria de repente.

— Espero que o seu bacon queime — disse Calcifer, abafado sob a frigideira.

Sophie jogou fatias de bacon na frigideira, que já estava quente. O bacon chiou e ela precisou enrolar a mão na saia para conseguir segurar o cabo da panela. A porta se abriu, mas Sophie não notou por causa do barulho da fritura.

— Não seja tolo — disse a Calcifer. — E fique firme porque quero quebrar os ovos.

— Ah, olá, Howl — disse Michael, impotente.

Nesse momento Sophie virou-se rapidamente. Ela fitou o jovem alto num vistoso traje azul e prata que acabara de entrar e fora detido no gesto de encostar o violão no canto da parede. Ele tirou os cabelos claros dos olhos verdes vítreos e curiosos e a fitou também. Seu rosto longo e anguloso estava perplexo.

— Quem diabos é você? — perguntou Howl. — De onde eu a conheço?

— Sou uma completa estranha — mentiu Sophie com firmeza. Afinal, Howl só estivera com ela por tempo suficiente para chamá-la de rato, portanto, isso era quase verdade. Ela devia agradecer às suas estrelas a feliz escapada que tivera, supunha, mas, na verdade, seu principal pensamento era: Santo Deus! O Mago Howl é só um garoto de 20 e poucos anos, apesar de toda a sua perversidade! Fazia tanta diferença ser velha, pensou ela, enquanto virava as fatias de bacon na frigideira. E ela teria morrido antes de permitir que esse garoto vestido com exagero soubesse que ela era a garota de quem ele sentira pena no Primeiro de Maio. Corações e almas não entravam nessa história. Howl não iria saber.

— Ela diz que o nome dela é Sophie — disse Michael. — Chegou na noite passada.

— Como é que fez Calcifer se submeter? — perguntou Howl.

— Ela me intimidou! — disse Calcifer numa voz patética e abafada, vinda de baixo da frigideira que chiava.

— Não são muitos os que podem fazer isso — disse Howl, pensativo.

Ele apoiou o violão num canto e aproximou-se da lareira. O aroma de jacintos misturou-se ao cheiro do bacon quando ele empurrou Sophie para um lado.

— Calcifer não gosta que nenhuma outra pessoa, a não ser eu, cozinhe nele — disse ele, ajoelhando-se e envolvendo

uma das mãos com a manga esvoaçante a fim de segurar a panela. — Passe-me mais duas fatias de bacon e seis ovos, por favor, e me diga por que veio até aqui.

Sophie fitou a joia azul que pendia da orelha de Howl e passou-lhe os ovos um a um.

— Por que vim, rapaz? — disse ela. Era óbvio depois do que ela vira do castelo. — Vim porque sou sua nova faxineira, óbvio.

— É mesmo? — disse Howl, quebrando os ovos com uma só mão e atirando as cascas no meio da lenha, onde Calcifer parecia comê-las com sofreguidão. — Quem disse que é?

— *Eu* disse — respondeu Sophie, acrescentando, submissa: — Posso limpar a sujeira deste lugar mesmo que não possa limpá-lo de sua perversidade, rapaz.

— Howl não é perverso — disse Michael.

— Sou, sim — contradisse-o Howl. — Você esquece o quanto estou sendo perverso neste momento, Michael. — Fez um gesto com o queixo na direção de Sophie. — Se está tão ansiosa para ser prestativa, minha boa senhora, ache algumas facas e garfos e limpe a bancada.

Havia bancos altos debaixo da bancada. Michael os puxou para que todos se sentassem e empurrou para um lado todas as coisas sobre ela para criar espaço para as facas e garfos que havia tirado de uma gaveta ao lado. Sophie foi até lá para ajudá-lo. Ela não tinha esperança de que Howl a recebesse bem, naturalmente, mas até agora ele nem mesmo concordara em deixá-la ficar além do café da manhã. Como Michael não parecesse precisar de ajuda, Sophie encaminhou-se para sua bengala e a colocou lenta e ostentosamente no armário das vassouras. Como isso não pareceu atrair a atenção de Howl, ela disse:

— Você pode ficar comigo por um mês como experiência, se quiser.

O Mago Howl não disse mais do que "Pratos, por favor, Michael", ficando lá parado, segurando a frigideira fumegante. Calcifer se ergueu com um rugido de alívio e inflamou-se chaminé adentro.

Sophie fez outra tentativa de encostar o mago na parede.

— Se vou ficar aqui limpando pelo próximo mês — disse ela —, gostaria de saber onde o restante do castelo está. Só consigo encontrar esta sala e o banheiro.

Para sua surpresa, tanto Michael quanto o mago deram uma gargalhada.

Foi só quando já quase terminavam o café da manhã que Sophie descobriu o que os fizera rir. Howl não só era difícil de encostar na parede; ele parecia não gostar de responder a nenhuma pergunta. Sophie desistiu de dirigir-lhe as perguntas e passou a fazê-las a Michael.

— Diga-lhe — disse Howl. — Vai fazê-la parar de importunar.

— Não existe mais nada no castelo — informou Michael —, exceto o que você viu e dois quartos lá em cima.

— O quê?! — exclamou Sophie.

Howl e Michael riram novamente.

— Howl e Calcifer inventaram o castelo — explicou Michael —, e Calcifer o mantém em movimento. O interior dele, na verdade, é só a velha casa de Howl em Porthaven, que é a única parte real.

— Mas Porthaven fica a quilômetros daqui! — disse Sophie. — Acho que isso é muita maldade! O que vocês querem fazendo este castelo enorme e feio ir de um lado para o outro pelas colinas quase matando todo mundo em Market Chipping de medo?

Howl deu de ombros.

— Que velha mais sem papas na língua! Cheguei àquela fase em minha carreira em que preciso impressionar todos com meu poder e minha maldade. Não posso deixar que o Rei pense bem de mim. E no ano passado ofendi alguém muito poderoso e preciso me manter fora do caminho dele.

Parecia uma maneira estranha de evitar alguém, mas Sophie supunha que os magos tivessem padrões diferentes das pessoas comuns. E não demorou para que descobrisse que o castelo tinha outras peculiaridades. Eles haviam acabado de comer e Michael estava empilhando os pratos na pia cheia de lodo ao lado da bancada quando se ouviu uma batida forte e oca na porta.

Calcifer inflamou-se.

— Porta de Kingsbury!

Howl, que estava a caminho do banheiro, dirigiu-se para a porta. Havia uma maçaneta quadrada de madeira acima da porta, engastada no lintel, com uma pincelada de tinta em cada um dos quatro lados. Naquele momento, via-se um borrão verde no lado voltado para baixo, mas Howl girou a maçaneta de modo que o borrão vermelho estivesse no lado de baixo antes de abrir a porta.

Do lado de fora estava um personagem usando uma peruca branca engomada e um amplo chapéu sobre ela. A roupa dele era escarlate, púrpura e dourada, e em suas mãos havia um pequeno bastão decorado com fitas. Ele curvou-se. Aromas de cravo e flor de laranjeira invadiram a sala.

— Sua Majestade, o Rei, apresenta seus cumprimentos e envia o pagamento por dois mil pares de botas de sete léguas — disse a pessoa.

Atrás dele, Sophie vislumbrava uma carruagem à espera numa rua cheia de casas suntuosas cobertas com entalhes pintados, e torres, espirais e domos além desta, de um esplendor que ela mal havia imaginado existir. Lamentou que a pessoa à porta levasse tão pouco tempo para entregar uma bolsa comprida de seda, tilintante, e para que Howl a apanhasse, se curvasse em resposta e fechasse a porta. Howl girou a maçaneta quadrada de volta, de modo que o borrão verde estivesse voltado para o chão novamente, e enfiou a bolsa comprida no bolso. Sophie viu os olhos de Michael seguirem a bolsa com urgência e preocupação.

Howl então se encaminhou diretamente para o banheiro, gritando:

— Preciso de água quente aqui, Calcifer! — e lá ficou por muito, muito tempo.

Sophie não conseguiu conter a curiosidade.

— Quem é que estava à porta? — perguntou a Michael. — Ou é melhor perguntar *onde* ele estava?

— Aquela porta dá para Kingsbury — disse Michael —, onde vive o Rei. Acho que aquele homem era o ajudante do Chanceler. E — acrescentou, preocupado, para Calcifer — eu gostaria que ele não tivesse dado a Howl todo aquele dinheiro.

— Howl vai me deixar ficar aqui? — perguntou Sophie.

— Se deixar, você nunca vai pressioná-lo a falar nada — respondeu Michael. — Ele odeia ser encostado na parede.

CAPÍTULO CINCO
O qual é muito cheio de limpeza

A única coisa a fazer, Sophie concluiu, era mostrar a Howl que ela era uma excelente faxineira, um verdadeiro tesouro. Amarrou um pano velho nos cabelos brancos e ralos, arregaçou as mangas, mostrando os braços velhos e magricelas, e enrolou uma toalha de mesa velha, apanhada no armário de vassouras, na cintura, como um avental. Era um alívio e tanto pensar que havia apenas quatro cômodos para limpar em vez de todo o castelo. Apanhou um balde e uma vassoura e se lançou ao trabalho.

— O que você está fazendo? — gritaram Michael e Calcifer num coro horrorizado.

— Uma faxina — replicou Sophie com firmeza. — Este lugar está uma vergonha.

— Não precisa — disse Calcifer.

— Howl vai pôr você daqui para fora! — murmurou Michael.

Mas Sophie os ignorou e a poeira começou a subir em nuvens. No meio do trabalho, ouviram-se novas batidas à porta.

Calcifer inflamou-se, anunciando:

— Porta de Porthaven! — e deu um grande espirro crepitante que lançou centelhas púrpura em meio às nuvens de poeira.

Michael saiu da bancada e encaminhou-se para a porta. Sophie espiou através da poeira que estava levantando e viu que dessa vez Michael girou a maçaneta quadrada acima da porta de modo que o lado com o borrão de tinta azul ficasse para baixo. Então abriu a porta para a rua que se via pela janela.

Lá estava uma garotinha.

— Por favor, sr. Fisher — disse ela —, vim buscar aquele feitiço para minha mãe.

— O feitiço de segurança para o barco do seu pai, não é? — perguntou Michael. — Não vai levar um minuto.

Ele voltou até a bancada e tirou um jarro da prateleira, medindo o pó que havia em seu interior num pedaço de papel. Enquanto fazia isso, a garotinha espiou Sophie com a mesma curiosidade com que Sophie a espiava. Michael torceu o papel em torno do pó e foi até ela, dizendo:

— Diga a ela que o espalhe ao longo do barco. Ele vai ficar lá mesmo que haja uma tempestade.

A garotinha pegou o papel e entregou uma moeda a ele.

— O Feiticeiro agora tem uma bruxa trabalhando para ele também? — perguntou ela.

— Não — respondeu Michael.

— Você se refere a mim? — perguntou Sophie. — Ah, sim, minha criança. Sou a melhor e mais limpa bruxa em Ingary.

Michael fechou a porta com uma expressão exasperada.

— Isso agora vai correr toda a Porthaven. Howl pode não gostar.

Ele girou a maçaneta verde para baixo novamente.

Sophie riu consigo mesma, sem remorso. Provavelmente deixara a vassoura que usava pôr ideias em sua cabeça. Mas talvez isso convencesse Howl a deixá-la ficar, se todos pensassem que ela estava trabalhando para ele. Era estranho. Como jovem, Sophie teria se encolhido de vergonha pela maneira como estava agindo. Como velha, não se importava com o que fazia ou dizia. E achou isso um grande alívio.

Ela se aproximou, bisbilhotando, quando Michael ergueu uma pedra na lareira e escondeu a moeda da menina debaixo dela.

— O que você está fazendo?

— Calcifer e eu tentamos manter uma reserva de dinheiro — disse Michael com ar de culpa. — Howl gasta todo o dinheiro que ganhamos, se não fizermos isso.

— Esbanjador irresponsável! — crepitou Calcifer. — Ele seria capaz de gastar o dinheiro do Rei em menos tempo do que eu levaria para queimar uma tora. Não tem juízo.

Sophie borrifou água da pia para abaixar a poeira, o que fez Calcifer se encolher contra a chaminé. Então varreu novamente o chão. Varreu na direção da porta a fim de dar uma olhada na maçaneta quadrada acima dela. O quarto lado, que ela ainda não vira ser usado, tinha um borrão de tinta preta. Perguntando-se onde aquele daria, Sophie começou a varrer energicamente as teias de aranha das vigas. Michael gemeu e Calcifer tornou a espirrar.

Nesse momento, Howl saiu do banheiro, envolto numa nuvem de perfume. Tinha um aspecto maravilhosamente elegante. Até os bordados de prata em seu traje pareciam ter se tornado mais brilhantes. Ele deu uma olhada e voltou para o banheiro com uma manga azul e prata protegendo-lhe a cabeça.

— Pare com isso, mulher! — disse ele. — Deixe essas pobres aranhas em paz!

— Essas teias são uma vergonha! — declarou Sophie, juntando-as em bolos.

— Então tire-as, mas deixe as aranhas — disse Howl.

Provavelmente ele tinha uma afinidade maléfica com aranhas, pensou Sophie.

— Elas só vão fazer mais teias — disse ela.

— E matar moscas, o que é muito útil — replicou Howl. — Fique com essa vassoura parada enquanto atravesso minha própria sala, por favor.

Sophie apoiou-se na vassoura e observou Howl atravessar a sala e pegar seu violão. Quando ele pôs a mão no trinco da porta, ela disse:

— Se o borrão vermelho leva a Kingsbury e o borrão azul dá em Porthaven, aonde leva o borrão preto?

— Que mulher bisbilhoteira você é! — exclamou Howl. — Esse leva ao meu refúgio particular e você não vai saber onde é.

Ele abriu a porta para a ampla e móvel paisagem do pântano e as colinas.

— Quando vai voltar, Howl? — perguntou Michael, um tanto desesperado.

Howl fingiu não ouvir. Ele disse a Sophie:

— Você não vai matar uma só aranha durante minha ausência. — E a porta bateu atrás dele. Michael lançou um olhar significativo para Calcifer e suspirou. Calcifer crepitou com uma risada maliciosa.

Como ninguém explicou aonde Howl havia ido, Sophie concluiu que ele tinha partido para caçar jovenzinhas novamente e se lançou ao trabalho com vigor mais justificado do que antes. Ela não ousou machucar nenhuma aranha depois do que Howl dissera. Então, batia nas vigas com a vassoura, gritando: "Fora, aranhas! Fora do meu caminho!" As aranhas saíam correndo para todos os lados, para se salvar, e as teias caíam em feixes. Depois, naturalmente, ela teve de varrer o chão novamente. Em seguida, ajoelhou-se e esfregou o piso.

— Queria que parasse com isso! — disse Michael, sentando-se na escada, fora do caminho dela.

Calcifer, agachando-se no fundo da lareira, murmurou:

— Gostaria de não ter feito aquele acordo com você!

Sophie continuou esfregando com vigor.

— Vocês vão ficar muito mais felizes quando estiver tudo limpo e bonito — disse ela.

— Mas estou infeliz *agora*! — protestou Michael.

Howl só voltou tarde da noite. A essa altura, Sophie tinha varrido e esfregado até o ponto em que mal podia se mexer. Estava sentada encurvada na cadeira, o corpo todo dolorido. Michael agarrou Howl pela manga esvoaçante e o arrastou para o banheiro, onde Sophie podia ouvi-lo despejando queixas num murmúrio acalorado. Expressões como "velha terrível" e "não ouve uma única *palavra*!" eram fáceis de se ouvir, embora Calcifer estivesse rugindo.

— Howl, detenha-a! Ela está matando a nós dois!

Mas tudo o que Howl disse, quando Michael o largou, foi:

— Você matou alguma aranha?

— É óbvio que não! — respondeu Sophie rispidamente. Suas dores a deixavam irritada. — Elas me olham e saem correndo. O que elas são? Todas as garotas cujo coração você devorou?

Howl riu.

— Não, apenas aranhas — disse ele, e subiu a escada com ar sonhador.

Michael suspirou. Então encaminhou-se para o armário de vassouras e procurou até encontrar uma velha cama de armar, um colchão de palha e alguns tapetes, que colocou no espaço sob a escada.

— É melhor você dormir aqui esta noite — disse ele a Sophie.

— Isso significa que Howl vai me deixar ficar? — perguntou ela.

— Eu não sei! — respondeu Michael, irritado. — Howl nunca se compromete com nada. Eu já estava aqui há seis meses quando ele pareceu perceber que eu estava morando aqui e fez de mim seu aprendiz. Eu só pensei que uma cama seria melhor do que a cadeira.

— Então, muito obrigada — disse Sophie, agradecida.

A cama era de fato mais confortável que a cadeira, e quando Calcifer se queixou de que estava com fome naquela noite, foi tarefa fácil para Sophie se levantar e lhe oferecer outro tronco.

Nos dias que se seguiram, Sophie limpou sem piedade o castelo. Ela se divertiu, de verdade. Dizendo a si mesma que estava procurando pistas, lavou as janelas, limpou a pia cheia de limo e fez Michael recolher tudo que estava sobre a bancada e nas prateleiras, para que pudesse esfregá-los bem. Ela tirou tudo do armário e das vigas e limpou estes também. O crânio humano, Sophie imaginou, começou a parecer tão resignado quanto Michael. Já mudara de lugar tantas vezes! Então ela prendeu um velho lençol às vigas mais próximas ao fogo e forçou Calcifer a abaixar a cabeça, enquanto varria a chaminé. Calcifer detestou isso. Ele crepitou com uma risada maligna quando Sophie descobriu que a fuligem se espalhara por toda a sala e que precisaria limpar tudo de novo. Esse era o problema de Sophie. Era impiedosa, mas lhe faltava método. No entanto, havia esse método em sua falta de piedade: calculou que não podia limpar o lugar completamente sem mais cedo ou mais tarde deparar com o tesouro oculto de Howl — almas de garotas, corações mastigados ou alguma outra coisa que explicasse o contrato de Calcifer. O interior da chaminé, guardada por Calcifer, parecia-lhe um bom esconderijo. Mas ali nada havia a não ser quilos de fuligem, o que Sophie guardou em sacos no quintal, que estava no topo de sua lista de esconderijos.

Todas as vezes que Howl chegava, Michael e Calcifer se queixavam de Sophie. Mas Howl não parecia lhes dar ouvidos. Também não parecia perceber a limpeza. Tampouco notou que a despensa estava muito bem abastecida com bolos e geleia e, ocasionalmente, alface.

Como Michael havia profetizado, a notícia havia se espalhado por Porthaven. As pessoas vinham até a porta olhar Sophie. Eles a chamavam de sra. Bruxa, em Porthaven, e Madame Feiticeira, em Kingsbury. A notícia se espalhara pela capital também. Embora as pessoas que vinham para a porta de Kingsbury fossem mais bem-vestidas do que as de Porthaven, ninguém em nenhum dos dois lugares gostava de ir à casa de alguém tão poderoso sem uma desculpa. Assim, Sophie estava sempre tendo de fazer uma pausa em seu trabalho para assentir e sorrir e receber um presente, ou buscar Michael para preparar um feitiço rápido para alguém. Alguns dos presentes eram bacanas — quadros, cordões de conchas e aventais úteis. Sophie usava os aventais diariamente e pendurava os cordões e os quadros em seu cubículo sob a escada, que logo começou a ter uma aparência de casa de fato.

Sophie sabia que sentiria saudades dali quando Howl a expulsasse. Temia cada vez mais que ele o fizesse. Sabia que ele não poderia continuar ignorando-a para sempre.

Ela limpou o banheiro em seguida. Isso lhe tomou dias, porque Howl passava muito tempo ali todos os dias antes de sair. Assim que ele saía, deixando-o cheio de vapor e feitiços perfumados, Sophie entrava.

— Agora vamos descobrir sobre aquele contrato! — murmurou ela no banheiro, mas seu principal alvo era, naturalmente, a prateleira de pacotes, jarros e tubos. Ela os tirou um a um, com o pretexto de esfregar a prateleira, e passou a maior parte do dia examinando-os cuidadosamente para ver se aqueles rotulados de PELE, OLHOS e CABELO eram, na verdade, pedaços de garotas. Até onde ela podia ver, eram apenas cremes, pós e tintas. Se algum dia foram garotas, então, pensou Sophie, Howl havia usado o tubo PARA DECOM-POSIÇÃO nelas e as mandado ralo abaixo para sempre. No entanto, Sophie esperava que fossem apenas cosméticos.

Ela recolocou as coisas na prateleira e continuou limpando. Naquela noite, sentada dolorida na cadeira, Calcifer rosnou que havia escoado uma fonte de águas termais para ela.

— Onde ficam as águas termais? — perguntou Sophie. Ultimamente sentia curiosidade em relação a tudo.

— Debaixo dos Pântanos de Porthaven, principalmen-te — respondeu Calcifer. — Mas, se continuar desse jeito, vou ter de buscar água quente nas Terras Desoladas. Quando é que você vai parar de limpar e descobrir como romper meu contrato?

— No momento oportuno — disse Sophie. — Como é que posso tirar os termos de Howl se ele nunca para em casa? Ele sempre fica tanto tempo assim fora?

— Só quando está atrás de alguma mulher — disse Calcifer.

Quando o banheiro estava limpo e brilhando, Sophie esfregou os degraus e o patamar no topo da escada. Em se-guida, passou para o pequeno quarto de Michael, que ficava na frente do castelo. Ele, que a essa altura parecia aceitar Sophie melancolicamente como uma espécie de desastre na-tural, deu um grito de aflição e disparou escada acima para resgatar seus mais prezados pertences. Estes estavam dentro de uma caixa velha debaixo da cama comida por cupins. En-

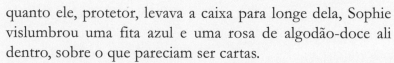

quanto ele, protetor, levava a caixa para longe dela, Sophie vislumbrou uma fita azul e uma rosa de algodão-doce ali dentro, sobre o que pareciam ser cartas.

— Então Michael tem uma namorada! — disse ela a si mesma enquanto abria a janela, que também dava para a rua de Porthaven, e estendia a roupa de cama no peitoril para tomar ar.

Considerando-se o quanto ela havia se tornado bisbilhoteira ultimamente, Sophie ficou bastante surpresa consigo mesma por não perguntar a Michael quem era sua namorada e como ele a mantinha a salvo de Howl.

Ela varreu tamanha quantidade de poeira e lixo do quarto de Michael que quase afogou Calcifer tentando queimar aquilo tudo.

— Você vai ser a minha morte! É tão sem coração quanto Howl! — engasgou Calcifer. Somente o cabelo verde e um pedaço azul de sua longa testa estavam visíveis.

Michael pôs sua preciosa caixa na gaveta da bancada e trancou a gaveta.

— Queria que Howl nos ouvisse! — disse ele. — Por que essa garota está tomando tanto o tempo dele?

No dia seguinte, Sophie tentou começar a trabalhar no quintal dos fundos. Mas estava chovendo em Porthaven naquele dia e a água escorria pela janela e tamborilava na chaminé, fazendo Calcifer sibilar, contrariado. O quintal era parte da casa de Porthaven também, portanto, a água caía quando Sophie abriu a porta. Ela colocou o avental sobre a cabeça e remexeu um pouco o lugar, e, antes de ficar encharcada, encontrou um balde de cal e um pincel grande. Levou-os para dentro e pôs-se a trabalhar nas paredes. Encontrou uma velha escada no armário de vassouras e caiou o teto entre as vigas também. Choveu nos dois dias seguintes em Porthaven; no entanto, quando Howl abriu a porta com o borrão verde da maçaneta para baixo e saiu para a colina, o tempo lá estava ensolarado, com as sombras de grandes nuvens correndo sobre a urze mais rápido do que o castelo conseguia se mover. Sophie caiou seu cubículo, a escada, o patamar e o quarto de Michael.

— O que aconteceu por aqui? — perguntou Howl quando entrou, no terceiro dia. — Parece muito mais claro.

— Sophie — disse Michael num tom de fatalidade.

— Eu deveria ter imaginado — disse Howl enquanto desaparecia no banheiro.

— Ele percebeu! — sussurrou Michael para Calcifer. — A garota deve estar se rendendo finalmente!

Ainda chuviscava em Porthaven no dia seguinte. Sophie amarrou seu lenço de cabeça, enrolou as mangas e prendeu o avental na cintura. Apanhou a vassoura, o balde e o sabão e, assim que Howl saiu pela porta, ela partiu como um anjo vingativo idoso para limpar o quarto dele.

Ela deixara aquele cômodo por último com medo do que encontraria ali. Nem mesmo ousara espiar o lugar. E isso era uma tolice, pensou ela, enquanto subia os degraus, mancando. A essa altura já estava evidente que Calcifer fazia toda a magia pesada no castelo e que Michael fazia o trabalho braçal, enquanto Howl caçava garotas e explorava os outros dois da mesma forma que Fanny a havia explorado. Sophie nunca achara Howl particularmente amedrontador. Agora não sentia por ele nada a não ser desprezo.

Ela chegou ao patamar e encontrou Howl de pé no vão da porta do quarto. Ele se apoiava preguiçosamente numa das mãos, bloqueando-lhe completamente a passagem.

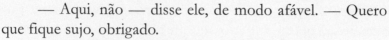

— Aqui, não — disse ele, de modo afável. — Quero que fique sujo, obrigado.

Sophie olhou-o, perplexa.

— De onde você veio? Eu o vi sair.

— Era o que eu queria — disse Howl. — Você foi inclemente com Calcifer e o pobre Michael. Era de se esperar que hoje seria a minha vez. E, seja lá o que for que Calcifer tenha lhe dito, eu *sou* um mago, você sabe. Não achou que eu pudesse fazer mágica?

Isso acabava com todas as suposições de Sophie. Mas ela preferia morrer a admiti-lo.

— Todos sabem que você é um mago, rapaz — disse ela com severidade. — Mas isso não altera o fato de que seu castelo é o lugar mais sujo em que já estive.

Ela olhou para o quarto além da manga azul e prata pendente de Howl. O tapete no chão estava cheio de lixo, como um ninho de pássaro. Ela avistou paredes descascando e uma prateleira cheia de livros, alguns de aparência bastante extravagante. Não havia nenhum sinal de uma pilha de corações mordidos, mas estes provavelmente estavam atrás ou debaixo da imensa cama de colunas. O dossel da cama era branco-acinzentado pela poeira e impedia Sophie de ver para que local dava a janela.

Howl sacudiu a manga diante de seu rosto.

— Hã-hã. Não seja bisbilhoteira.

— Não estou sendo bisbilhoteira! — protestou Sophie. — Este quarto...

— Sim, *é* bisbilhoteira, sim — disse Howl. — É uma velha terrivelmente bisbilhoteira, horrivelmente mandona, com uma espantosa mania de limpeza. Controle-se. Está sacrificando a todos.

— Mas isto aqui é um chiqueiro — disse Sophie. — Não posso deixar de ser o que sou!

— Sim, pode sim — disse Howl. — E eu gosto do meu quarto do jeito que está. Você tem de admitir que tenho o direito de viver num chiqueiro se quiser. Agora desça e arrume outra coisa para fazer. Por favor. Detesto discutir com as pessoas.

Não havia nada que Sophie pudesse fazer a não ser se afastar mancando, com o balde tilintando ao seu lado. Estava um pouco abalada, e muito surpresa por Howl não a ter expulsado do castelo imediatamente. Mas já que ele não o fizera, ela pensou na próxima tarefa que precisava ser feita de imediato. Abriu a porta ao lado da escada, viu que a chuva havia quase cessado e saiu para o quintal, onde começou a pôr em ordem pilhas de lixo gotejante.

Houve então um ruído metálico e Howl tornou a aparecer, tropeçando levemente na folha grande de ferro oxidado que Sophie se preparava para mover.

— Aqui também não — disse ele. — Você é um terror, não é mesmo? Deixe o quintal em paz. Eu sei exatamente onde está tudo aqui, e não vou conseguir encontrar as coisas de que preciso para meus feitiços de transporte se você arrumar tudo.

Então havia provavelmente um feixe de almas ou uma caixa de corações mordidos em algum lugar aqui fora, pensou Sophie. Sentiu-se frustrada de verdade.

— É para arrumar que eu estou *aqui*! — gritou ela para Howl.

— Então precisa pensar num novo sentido para sua vida — disse ele. Por um momento pareceu que ia perder a paciência também. Seus olhos estranhos e pálidos quase fuzilavam Sophie. Mas ele se controlou e disse: — Agora volte para dentro imediatamente, sua velha hiperativa, e encontre outro brinquedo antes que eu me aborreça. Detesto me aborrecer.

Sophie cruzou os braços esqueléticos. Não gostara de ser fuzilada por olhos que pareciam bolas de gude.

— É óbvio que detesta se aborrecer! — retorquiu ela. — Você não gosta de nada desagradável, não é? Escorregadio, é isso que você é! Escorrega e foge de tudo de que não gosta!

Howl deu uma espécie de sorriso forçado.

— Ora, ora — disse ele. — Agora nós dois conhecemos os defeitos um do outro. Então volte para dentro. Volte. Ande. — Ele avançou na direção de Sophie, gesticulando para ela na direção da porta. A manga do braço que agitava prendeu-se na ponta do metal enferrujado e se rasgou. — Maldição! — praguejou Howl, erguendo as pontas pendentes azuis e prata. — Olhe o que me fez fazer!

— Posso consertar — disse Sophie.

Howl lançou-lhe outro olhar vítreo.

— Lá vem você de novo — disse ele. — Como deve amar a servidão! — Ele segurou a manga rasgada delicadamente entre os dedos da mão direita e puxou-a por eles. No momento em que o tecido azul e prata deixava seus dedos, não havia mais nenhum rasgo. — Aí está — disse ele. — Entendeu?

Sophie voltou mancando para dentro, sentindo-se repreendida. Os magos não tinham nenhuma necessidade de trabalhar da maneira comum. Howl havia lhe mostrado que ele era de fato um mago para ser levado em conta.

— Por que ele não me botou para fora? — perguntou ela, meio para si mesma, meio para Michael.

— Não entendo — disse Michael. — Mas acho que ele se guia por Calcifer. A maior parte das pessoas que vêm aqui não percebe a presença de Calcifer ou morre de medo dele.

CAPÍTULO SEIS
No qual Howl expressa seus sentimentos com limo verde

Howl não saiu naquele dia, nem nos que se seguiram. Sophie ficava sentada calada na cadeira perto da lareira, mantendo-se fora do caminho dele e pensando. Ela viu que, por mais que Howl merecesse, ela estivera descontando no castelo, quando estava zangada, na verdade, era com a Bruxa das Terras Desoladas. E se sentia um pouco aborrecida com a ideia de que estava ali sob um falso pretexto. Howl podia pensar que Calcifer gostava dela, mas Sophie sabia que Calcifer havia simplesmente agarrado a chance de fazer um pacto com ela. Sophie achava que havia decepcionado Calcifer.

Esse estado de espírito não durou. Ela descobriu uma pilha de roupas de Michael que precisavam de conserto. Então pegou dedal, tesoura e linha em seu bolso de costura e pôs-se a trabalhar. Naquela noite estava alegre o bastante para juntar-se a eles na tola canção de Calcifer sobre caçarolas.

— Feliz no seu trabalho? — perguntou Howl, sarcástico.

— Preciso de mais coisas para fazer — disse Sophie.

— Meu traje antigo precisa de conserto, se você quer se sentir ocupada — disse Howl.

Isso parecia significar que Howl não estava mais aborrecido. Sophie se sentiu aliviada. Naquela manhã ela quase ficara com medo.

Era óbvio que Howl ainda não havia conseguido a garota que estava perseguindo. Sophie ouviu Michael fazer perguntas bastante óbvias sobre o caso, e Howl esquivou-se sistematicamente de responder a qualquer uma delas.

— Ele é escorregadio — murmurou Sophie para um par de meias de Michael. — Não consegue enfrentar sua própria maldade.

Ela observou Howl ocupando-se, agitado, a fim de esconder seu descontentamento. Isso era algo que Sophie compreendia muito bem.

Na bancada, Howl trabalhava com mais afinco e rapidez do que Michael, preparando feitiços com perícia, porém de forma descuidada. Pela expressão de Michael, a maior parte dos feitiços eram incomuns e difíceis de fazer. Mas Howl parava um feitiço no meio e corria para o quarto a fim de cuidar de algo oculto e, sem dúvida, sinistro, que acontecia lá em cima, e então rapidamente corria para o quintal a fim de ocupar-se de um grande feitiço lá fora. Sophie abriu uma fresta na porta e ficou perplexa ao ver o elegante mago ajoelhado na lama com as mangas longas amarradas atrás do pescoço, na intenção de mantê-las fora do caminho, enquanto ele cuidadosamente erguia numa espécie de armação um emaranhado de metal cheio de graxa.

Aquele feitiço era para o Rei. Outro mensageiro muito arrumado e perfumado chegou com uma carta e um discurso muito longo, no qual perguntava se Howl poderia ceder seu tempo, sem dúvida valiosamente empregado em outras coisas, para submeter sua poderosa e engenhosa mente a um pequeno problema vivido por Sua Majestade Real — a saber, como um exército poderia atravessar seus pesados carroções por terrenos pantanosos e acidentados. Howl foi admiravelmente cortês e prolixo na resposta. Ele disse não. O mensageiro, porém, falou por mais meia hora, ao fim da qual ele e Howl se curvaram um para o outro e Howl concordou em preparar o feitiço.

— Isso parece um agouro — disse Howl a Michael depois que o mensageiro se foi. — Por que Suliman tinha de se perder nas Terras Desoladas? O Rei parece pensar que eu vou substituí-lo.

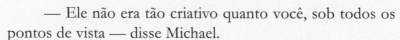

— Ele não era tão criativo quanto você, sob todos os pontos de vista — disse Michael.

— Sou paciente e educado demais — replicou Howl, sombrio. — Eu deveria ter cobrado ainda mais.

Howl era igualmente paciente e educado com clientes de Porthaven, mas, como Michael ressaltou com irritação, o problema era que Howl não cobrava dessa gente o suficiente. Isso depois de Howl ouvir por uma hora as razões por que a mulher de um marinheiro não podia lhe pagar um centavo e ainda prometer a um capitão do mar um feitiço de vento por quase nada. Howl fugiu dos argumentos de Michael dando-lhe uma aula de magia.

Sophie pregava botões nas camisas de Michael e ouvia Howl repassando um feitiço com Michael.

— Eu sei que *sou* descuidado — dizia ele —, mas não tem necessidade de você me copiar. Em primeiro lugar, leia sempre tudo com atenção. A forma deve lhe dizer muito, quer seja para autorrealização ou autodescoberta ou simples encantamento, ou um misto de ação e discurso. Quando decidir isso, reveja tudo e defina que partes significam o que dizem e que partes são incluídas como enigma. Você está chegando aos tipos mais poderosos. Vai descobrir que todo feitiço de poder tem nele pelo menos um erro ou mistério deliberado para evitar acidentes. Você precisa identificá-los. Agora, pegue este feitiço...

Ao ouvir as respostas hesitantes de Michael às perguntas de Howl e vendo Howl fazer anotações no papel com uma estranha e imemorial pena, Sophie percebeu que podia aprender muito também. Ocorreu-lhe que, se Martha pôde descobrir o feitiço para trocar de lugar com Lettie na casa da sra. Fairfax, então ela também devia ser capaz de fazer o mesmo aqui. Com um pouco de sorte, talvez não precisasse depender de Calcifer.

Quando se convenceu de que Michael havia esquecido o assunto de como ele cobrava das pessoas de Porthaven, Howl o levou para o quintal para ajudá-lo no feitiço do Rei. Sophie pôs-se de pé, estalando as juntas, e foi mancando até a bancada. O feitiço era simples, mas as observações nas garatujas de Howl a derrotaram.

— Nunca *vi* uma letra assim! — resmungou ela para o crânio humano. — Ele usa uma pena ou um atiçador de brasas? — Ela passou os olhos, ávida, por todos os pedaços de papel na bancada e examinou os pós e líquidos nos frascos. — Sim, vamos admitir — disse ao crânio. — Eu bisbilhoto. E tenho minha recompensa apropriada. Posso descobrir como curar a peste das aves e aliviar a coqueluche, criar um vento e remover pelos do rosto. Se Martha houvesse encontrado esses papéis, ainda estaria na casa da sra. Fairfax.

Howl, pareceu a Sophie, examinou todas as coisas em que ela mexera quando ele voltou do quintal. Mas aquilo parecia apenas inquietação. Pelo jeito, ele não sabia o que fazer consigo mesmo depois disso. Sophie ouviu-o perambulando para cima e para baixo durante a noite. Na manhã seguinte, ficou apenas uma hora no banheiro. Não parecia capaz de se conter, enquanto Michael vestia seu melhor traje de veludo roxo, pronto para ir ao Palácio de Kingsbury, e os dois embrulhavam o volumoso feitiço em papel dourado. O feitiço devia ser surpreendentemente leve para seu tamanho. Michael conseguia carregá-lo sozinho com facilidade, envolvendo-o com os dois braços. Howl posicionou a maçaneta acima da porta com o borrão vermelho para baixo e o despachou pela rua entre as casas pintadas.

— Eles estão aguardando o feitiço — disse Howl. — Você só deve ter de esperar uma boa parte da manhã. Diga--lhes que até uma criança pode operá-lo. Mostre a eles. E, quando voltar, terei um feitiço de poder para você trabalhar. Até logo.

Ele fechou a porta e se pôs a andar pela sala novamente.

— Meus pés estão comichando — disse de súbito. — Vou fazer uma caminhada nas colinas. Diga a Michael que o feitiço que prometi a ele está na bancada. E isso aqui é para você se ocupar.

Sophie viu um traje cinza e escarlate, tão extravagante quanto o azul e prata, cair em seu colo vindo de lugar nenhum. Enquanto isso, Howl apanhou o violão no canto, girou a maçaneta com o borrão verde para baixo e saiu para a urze que corria acima de Market Chipping.

— Os pés *dele* comicham! — resmungou Calcifer. Havia um nevoeiro sobre Porthaven. Calcifer estava encolhido em meio a suas achas, movendo-se inquieto de um lado para o outro a fim de escapar às goteiras na chaminé. — Como ele acha que *eu* me sinto, preso num caixote úmido como este?

— Então você vai ter de me dar pelo menos uma pista sobre como romper seu contrato — disse Sophie, sacudindo o traje cinza e escarlate. — Meu Deus, você é uma ótima roupa, mesmo que esteja um pouco batida! Feita para atrair as garotas, não é?

— Eu *já* lhe dei uma pista! — chiou Calcifer.

— Então vai ter de me dar de novo. Eu não a captei — disse Sophie, deixando o traje de lado e dirigindo-se, mancando, para a porta.

— Se eu lhe der uma pista e disser que é uma pista, vai ser informação, e eu não tenho permissão para isso — disse Calcifer. — Aonde você vai?

— Fazer algo que eu não ousaria fazer sem que os dois estivessem fora — disse Sophie. Ela girou a maçaneta quadrada da porta, deixando o borrão preto voltado para baixo. Então abriu a porta.

Não havia nada lá fora. Não era nem preto nem cinza nem branco. Não era espesso nem transparente. Não se movia. Não tinha cheiro nem tato. Quando Sophie esticou um dedo muito cauteloso no ar, não estava nem frio nem quente. Não tinha sensação. Parecia o completo e absoluto nada.

— O que *é* isto? — perguntou ela a Calcifer.

Este estava tão interessado quanto Sophie. Seu rosto azul se inclinava para fora da lareira, querendo ver a porta. Ele até se esqueceu do nevoeiro.

— Eu não sei — sussurrou. — Eu só o mantenho. Tudo o que sei é que fica do lado do castelo em que ninguém pode andar. Parece muito longe.

— Parece além da lua! — disse Sophie. Ela fechou a porta e virou o verde para baixo. Hesitou um minuto e então começou a mancar na direção da escada.

— Ele o trancou — avisou Calcifer. — Me pediu para lhe dizer, caso você tentasse bisbilhotar de novo.

— Ah — disse Sophie. — O que ele tem lá em cima?

— Não tenho a menor ideia — respondeu Calcifer. — Não sei nada lá de cima. Se você soubesse como isso é frustrante! Não consigo nem mesmo ver do lado de fora do castelo. Só o suficiente para saber em que direção estou indo.

Sophie, sentindo-se igualmente frustrada, sentou-se e começou a consertar o traje cinza e escarlate. Michael chegou logo depois.

— O Rei me atendeu imediatamente — disse. — Ele... — Ele olhou à sua volta. Seus olhos dirigiram-se ao canto vazio em que o violão costumava ficar. — Ah, não! — exclamou. — De novo a tal moça, não! Pensei que ela se apaixonara por ele e que tudo tivesse acabado há dias. O que a está impedindo?

Calcifer sibilou maliciosamente.

— Você está interpretando mal os sinais. O insensível Howl acha essa dama bastante difícil. Ele resolveu deixá-la de lado alguns dias para ver se isso ajudava. Isso é tudo!

— Que amolação! — disse Michael. — Isso certamente vai dar problema. E eu aqui esperando que Howl tivesse recuperado a sensatez!

Sophie bateu o traje em seus joelhos.

— Sinceramente! — disse ela. — Como é que vocês dois podem falar assim sobre tamanha maldade? Acho que não posso culpar Calcifer, visto que ele é um demônio maligno. Mas você, Michael...!

— Eu não acho que eu seja maligno — protestou Calcifer.

— Mas eu não estou tranquilo em relação a isso, se é o que você está pensando! — disse Michael. — Se soubesse os problemas que tivemos por Howl viver se apaixonando assim! Já tivemos ações judiciais, pretendentes armados com espadas, mães com rolos de pastel e pais e tios com porretes. E tias. As tias são terríveis. Elas caem em cima de você armadas com alfinetes de chapéu. Mas o pior é quando a própria garota descobre onde Howl mora e aparece aqui na porta, chorando, desgostosa. Howl sai pela porta dos fundos e Calcifer e eu temos de cuidar de todos eles.

— Odeio as infelizes — disse Calcifer. — Elas pingam em mim. Prefiro as furiosas.

— Bem, vamos explicar isso — disse Sophie, fechando os punhos ossudos na seda vermelha. — O que Howl faz a essas pobres mulheres? Disseram-me que ele devora seus corações e lhes rouba a alma.

Michael riu, constrangido.

— Então você deve vir de Market Chipping. Howl me enviou lá para sujar seu nome quando nos estabelecemos no castelo. Eu... hã... eu disse essas coisas. É o que as tias costumam dizer. É só um modo de falar.

— Howl é muito volúvel — disse Calcifer. — Ele só tem interesse até a garota se apaixonar por ele. Então não se preocupa mais com ela.

— Mas não sossega até fazê-la se apaixonar por ele — afirmou Michael, impaciente. — Não se consegue colocar bom senso naquela cabeça até ele conseguir isso. Eu sempre espero ansioso a hora em que a garota se apaixona por ele. As coisas melhoram então.

— Até o localizarem — disse Calcifer.

— Era de esperar que ele tivesse o bom senso de lhes dar um nome falso — observou Sophie, desdenhosa. O desdém era para esconder o fato de que ela estava se sentindo um tanto tola.

— Ah, ele sempre faz isso — disse Michael. — Ele adora dar nomes falsos e se fazer passar por coisas. Ele faz isso mesmo quando não está cortejando as garotas. Você não percebeu que ele é o Feiticeiro Jenkin em Porthaven, o Mago Pendragon em Kingsbury, assim como o Horrível Howl no castelo?

Sophie não percebera, o que a fez sentir-se ainda mais tola. E sentir-se tola a deixava furiosa.

— Bem, eu ainda acho que é cruel sair por aí fazendo a infelicidade de pobres moças — disse ela. — É insensível e insensato.

— Ele é assim — disse Calcifer.

Michael puxou um banco de três pernas até o fogo e sentou-se nele enquanto Sophie costurava, e contou a ela sobre as conquistas de Howl e alguns dos problemas que tiveram por causa delas. Sophie resmungava para o traje fino. Ela ainda se sentia tola.

— Então você devorava corações, não é, seu traje? Por que as tias falam de uma forma tão *estranha* quando se referem às sobrinhas? Provavelmente elas mesmas gostavam de você, meu bom traje. Como você se sentiria com uma tia furiosa atrás de você, hein?

Quando Michael lhe contava a história de uma determinada tia, ocorreu a Sophie que era uma boa coisa que os rumores sobre Howl houvessem chegado a Market Chipping. Ela podia imaginar uma garota decidida como Lettie interessando-se por Howl e terminando muito infeliz.

Michael acabara de sugerir que almoçassem, ao que Calcifer, como sempre, respondeu com um gemido quando Howl abriu a porta e entrou, mais descontente do que nunca.

— Quer comer alguma coisa? — perguntou Sophie.

— Não — disse ele. — Água quente no banheiro, Calcifer. — Ele parou, mal-humorado, na porta do banheiro por um momento. — Sophie, você arrumou esta prateleira de feitiços aqui, por acaso?

Sophie sentiu-se mais tola que nunca. Nada a teria feito admitir que havia examinado todos aqueles pacotes e jarros em busca de pedaços de garotas.

— Não toquei em nada — replicou ela, virtuosa, indo buscar a frigideira.

— Espero que não — disse Michael, inquieto, enquanto a porta do banheiro se fechava com um estrondo.

O ruído de água jorrando vinha do banheiro enquanto Sophie preparava o almoço.

— Ele está usando muita água quente — disse Calcifer debaixo da frigideira. — Acho que está tingindo o cabelo. Espero que você não tenha mexido nos feitiços de cabelo. Para um homem comum com cabelo cor de lama, ele é terrivelmente vaidoso.

— Ah, cale a boca! — retrucou Sophie. — Botei tudo de volta exatamente onde encontrei! — Ela estava com tanta raiva que despejou a frigideira de ovos e bacon em cima de Calcifer.

Calcifer, naturalmente, comeu com enorme entusiasmo e muito fulgor. Sophie fritou mais sobre as chamas que subiam. Ela e Michael comeram. Estavam limpando tudo, e Calcifer passava a língua azul pelos lábios púrpura quando a porta do banheiro se abriu bruscamente e Howl saiu de supetão, chorando de desespero.

— Olhe para isto! — gritou ele. — *Olhe* para isto! O que essa força do caos em forma de mulher fez com esses feitiços?

Sophie e Michael deram meia-volta e olharam para Howl. O cabelo dele estava molhado, mas, afora isso, nenhum deles podia ver que estivesse diferente.

— Se está se referindo a mim... — começou Sophie.

— É óbvio que estou me referindo a você! Olhe! — berrou Howl. Ele desabou sobre o banco de três pernas e enfiou o dedo nos cabelos molhados. — Olhe. Examine. Inspecione. Meu cabelo está arruinado! Estou parecendo uma frigideira de bacon e ovos.

Michael e Sophie debruçaram-se nervosamente sobre a cabeça de Howl. Parecia a mesma cor alourada de sempre

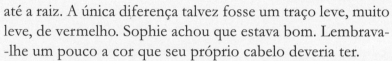

até a raiz. A única diferença talvez fosse um traço leve, muito leve, de vermelho. Sophie achou que estava bom. Lembrava-lhe um pouco a cor que seu próprio cabelo deveria ter.

— Acho que está muito bonito — disse ela.

— *Bonito!* — gritou Howl. — Como ousa? Você fez de propósito. Não pôde descansar até me fazer infeliz também. Olhe para isto! É cor de *gengibre*! Vou ter de me *esconder* até ele crescer! — Ele abriu os braços com veemência. — Desespero! — berrou ele. — Aflição! Horror!

A sala tornou-se sombria. Formas humanas enormes e nebulosas formaram-se em todos os quatro cantos e avançaram uivando sobre Sophie e Michael. Os uivos começaram como gemidos de horror e se transformaram em urros de desespero, e em seguida novamente em gritos de dor e terror. Sophie tapou os ouvidos com as mãos, mas os gritos faziam pressão contra elas, cada vez mais altos, mais horrendos a cada segundo. Calcifer encolheu-se rapidamente na lareira e enfiou-se debaixo de sua tora mais escondida. Michael agarrou Sophie pelo cotovelo e a arrastou para a porta. Ele girou a maçaneta, virando o azul para baixo, abriu a porta com um chute e saiu o mais rápido que pôde para a rua em Porthaven, levando Sophie com ele.

O barulho do lado de fora era quase tão horrível quanto lá dentro. As portas se abriam ao longo de toda a rua e as pessoas saíam correndo com as mãos cobrindo os ouvidos.

— Devemos deixá-lo sozinho nesse estado? — perguntou, trêmula, Sophie.

— Sim — disse Michael. — Se ele acha que a culpa é sua, com certeza sim.

Eles atravessaram a cidade correndo, perseguidos por gritos palpitantes. Uma multidão considerável os acompanhava. Apesar de o nevoeiro ter se tornado agora uma chuva fina vinda do mar, todos se dirigiram para o porto ou a praia, onde o ruído parecia mais suportável. A vastidão cinzenta do mar o abafava um pouco. As pessoas formavam grupos molhados, olhando o horizonte branco enevoado e as cordas gotejantes nos navios atracados, enquanto o ruído se transformava num soluço gigantesco, desesperado. Sophie refletiu que estava vendo o mar de perto pela primeira vez em sua vida. Era uma pena que não pudesse desfrutar mais o momento.

Os soluços diminuíram, tornando-se suspiros intensos e sofridos, e então veio o silêncio. Muitas pessoas começaram a voltar com cautela para a cidade. Algumas delas se aproximaram timidamente de Sophie.

— Tem alguma coisa errada com o pobre Feiticeiro, sra. Bruxa?

— Ele está um pouco infeliz hoje — disse Michael. — Venham. Acho que podemos arriscar voltar agora.

Quando seguiam ao longo do cais de pedra, vários marinheiros chamaram ansiosos dos navios atracados, querendo saber se o barulho significava tempestades ou má sorte.

— Nada disso — gritou Sophie de volta. — Já acabou.

Mas não tinha acabado. Eles voltaram à casa do mago, que por fora era uma construçãozinha torta comum e que Sophie não teria reconhecido se Michael não estivesse com ela. Michael abriu a porta pequena e velha com cuidado. Lá dentro, Howl ainda estava sentado no banquinho, numa atitude de extremo desespero. E estava todo coberto por um limo verde e espesso.

Havia uma quantidade horrenda, impressionante, violenta de limo verde — montanhas dele. E cobria Howl completamente. Pendia de sua cabeça e de seus ombros em gotas pegajosas, amontoando-se nos joelhos e nas mãos, escorrendo pelas pernas e pingando do banco em fios grudentos. Formava poças de lama que se espalhavam por quase todo o piso. Longos filetes dessa matéria haviam se insinuado na lareira. E o cheiro era horrível.

— Socorro! — gritava Calcifer numa voz rouca. Ele havia se reduzido a duas pequenas chamas que bruxuleavam desesperadas. — Essa coisa vai me apagar!

Sophie ergueu a saia e se aproximou o máximo que pôde — o que não era muito — de Howl.

— Pare com isso! — disse ela. — Pare imediatamente! Você está se comportando como um *bebê*!

Howl não se mexeu nem respondeu. Seu rosto a fitava por trás do lodo, branco, trágico e de olhos arregalados.

— O que vamos fazer? Ele está morto? — perguntou Michael, nervoso, ao lado da porta.

Michael era um bom garoto, pensou Sophie, só que um tanto inútil num momento de crise.

— Não, é óbvio que não — disse ela. — E, se não fosse por Calcifer, ele podia se comportar como uma enguia de gelatina o dia todo que eu não me importaria! Abra a porta do banheiro.

Enquanto Michael atravessava, entre poças de limo, até o banheiro, Sophie atirou seu avental na lareira, para evitar que uma quantidade maior da substância se aproximasse de Calcifer, e pegou a pá. Ela apanhou montes de cinza e jogou nas poças de limo maiores, que chiaram violentamente. A sala se encheu de vapor e o cheiro ficou pior do que nunca. Sophie dobrou as mangas, curvou-se para segurar bem os joelhos pegajosos do mago e empurrou Howl, com banco e tudo, na direção do banheiro. Seus pés escorregavam e deslizavam no lodo, mas a viscosidade também ajudava o banco a se mover. Michael veio e puxou Howl pelas mangas escorregadias. Juntos, rolaram-no até o banheiro. Lá, como Howl se recusava a se mover, empurraram o banco até o boxe do chuveiro.

— Água quente, Calcifer! — arfou Sophie, implacável. — Bem quente.

Levou uma hora para que lavassem todo o lodo de Howl. E mais uma hora para que Michael o persuadisse a descer do banquinho e vestir roupas secas. Felizmente, o traje cinza e escarlate que Sophie acabara de consertar estava dobrado no encosto da cadeira, fora do alcance do limo. O azul e prata estava arruinado. Sophie disse a Michael que o deixasse de molho na banheira. Enquanto isso, resmungando e grunhindo, ela foi buscar mais água quente. Virou o borrão verde da maçaneta para baixo e varreu todo o lodo para o pântano. O castelo deixou uma trilha como uma lesma na vegetação, mas aquela era uma maneira fácil de se livrar do lodo. Havia algumas vantagens em se morar num castelo móvel, pensou Sophie enquanto lavava o chão. Ela se perguntou se os ruídos de Howl também tinham sido emitidos do castelo. Nesse caso, teve pena dos moradores de Market Chipping.

A essa altura, Sophie estava cansada e mal-humorada. Sabia que o lodo verde era a vingança de Howl contra ela, e não estava nem um pouco preparada para ser simpática quando Michael finalmente trouxe Howl do banheiro, vestido em cinza e escarlate, e com doçura o fez sentar-se na cadeira perto da lareira.

— Isso foi pura estupidez! — crepitou Calcifer. — Você estava tentando se livrar da melhor parte de sua magia, ou algo parecido?

Howl não lhe deu atenção. Ficou ali sentado, dramático e trêmulo.

— Não consigo fazê-lo *falar*! — sussurrou Michael, infeliz.

— É só uma pirraça — disse Sophie. Martha e Lettie também eram boas nisso e ela sabia como lidar com a situação. Por outro lado, é bastante arriscado espancar um mago por ficar histérico por causa do cabelo. De qualquer forma, a experiência de Sophie dizia-lhe que pirraças raramente se devem à causa aparente. Ela fez Calcifer se mover para que pudesse equilibrar uma panela de leite na lenha. Quando estava quente, pôs uma caneca nas mãos de Howl.

— Beba — disse. — Agora, por que esse estardalhaço todo? É por causa dessa jovem que você sempre vai ver?

Howl bebericou o leite, desconsolado.

— É — disse ele. — Deixei-a em paz para ver se isso a faria lembrar-se de mim com carinho, e não deu certo. Ela estava em dúvida da última vez que a vi. Agora me diz que existe outro sujeito.

Ele parecia tão infeliz que Sophie teve pena dele. Agora que o cabelo estava seco, ela notou, com culpa, que estava mesmo quase cor-de-rosa.

— Ela é a garota mais linda que já existiu nessas bandas — prosseguiu Howl, choroso. — Eu a amo tanto, mas ela despreza minha profunda devoção e se lamenta por outro homem. Como *pode* se interessar por outro depois de toda a atenção que lhe dei? Em geral elas se livram dos outros homens quando eu apareço.

A compaixão de Sophie encolheu-se bruscamente. Ocorreu-lhe que se Howl podia cobrir-se de limo verde tão facilmente, então podia, com a mesma facilidade, dar ao seu cabelo a cor adequada.

— Então por que você não dá à garota uma poção do amor e acaba com isso? — perguntou ela.

— Ah, não — disse Howl. — O jogo não é assim. Isso acabaria com toda a diversão.

A compaixão de Sophie tornou a encolher. Um jogo, então era isso?

— Você não pensa nunca na pobre garota? — retrucou ela.

Howl terminou de beber o leite e fitou a caneca com um sorriso sentimental.

— Eu penso nela o tempo todo — disse ele. — Ah, linda, linda Lettie Hatter.

A compaixão de Sophie desapareceu completamente, de supetão, substituída por uma boa dose de ansiedade. Ah, Martha!, pensou ela. Você tem *mesmo* andado ocupada! Então não era de ninguém do Cesari's que você estava falando!

CAPÍTULO SETE
No qual um espantalho impede que Sophie deixe o castelo

Foi apenas uma crise de dor particularmente intensa que impediu que Sophie fosse para Market Chipping naquela noite. A chuva fina de Porthaven havia penetrado em seus ossos. Ela ficou deitada em seu cubículo, cheia de dores e preocupada com Martha. Talvez não fosse tão ruim, pensou. Só precisava dizer a Martha que o pretendente sobre o qual não tinha muita certeza não era ninguém menos do que o Mago Howl. Isso deixaria Martha apavorada. E ela diria a Martha que a maneira de afastar Howl era anunciar que estava apaixonada por ele, e então talvez ameaçá-lo com algumas tias.

Sophie ainda estava se espreguiçando quando se levantou na manhã seguinte.

— *Maldita* Bruxa das Terras Desoladas! — murmurou para a bengala quando a apanhou, pronta para sair. Podia ouvir Howl cantando no banheiro, como se nunca tivesse feito uma pirraça na vida. Ela andou na ponta dos pés até a porta o mais rápido que conseguia, mancando.

Howl, naturalmente, saiu do banheiro antes que ela chegasse lá. Sophie olhou para ele, azeda. Estava todo elegante, com um leve aroma de flor de maçã. A luz do sol que vinha da janela faiscava em seu traje cinza e escarlate e formava uma auréola levemente cor-de-rosa em seu cabelo.

— Acho que meu cabelo ficou muito bom nessa cor — disse ele.

— Acha mesmo? — resmungou Sophie.

— Combina com a roupa — disse Howl. — Você é bastante hábil com a agulha, não é? Deu mais estilo ao traje.

— Hum! — disse Sophie.

Howl parou com a mão na maçaneta acima da porta.

— As dores estão incomodando você? — perguntou ele. — Ou alguma coisa a deixou aborrecida?

— Aborrecida? — repetiu Sophie. — Por que eu estaria aborrecida? Alguém simplesmente encheu o castelo de geleia podre e ensurdeceu a todos em Porthaven, quase transformou Calcifer em cinzas e partiu algumas centenas de corações. Por que isso me aborreceria?

Howl riu.

— Peço desculpas — disse ele, virando a maçaneta com o vermelho para baixo. — O Rei quer me ver hoje. Provavelmente vou me divertir a valer no palácio até a noite, mas posso fazer algo para o seu reumatismo quando voltar. Não se esqueça de dizer a Michael que deixei aquele feitiço para ele na bancada. — Ele dirigiu a Sophie um sorriso luminoso e saiu para as torres de Kingsbury.

— E você acha que isso resolve tudo! — grunhiu Sophie enquanto a porta fechava. Mas o sorriso a abrandara. — Se aquele sorriso funciona *comigo*, então não é de admirar que a pobre Martha tenha perdido a cabeça! — murmurou ela.

— Preciso de mais lenha antes de você ir — lembrou-lhe Calcifer.

Sophie foi mancando colocar mais lenha na lareira. Então começou a dirigir-se para a porta novamente. Mas nesse momento Michael veio correndo escada abaixo e apanhou os restos de um pão na bancada, enquanto corria para a porta.

— Não se importa, não é? — perguntou, agitado. — Trago um pão fresco quando voltar. Tenho algo muito urgente para fazer hoje, mas estarei de volta no fim da tarde. Se o capitão do mar vier buscar seu feitiço, está na ponta da bancada, com um rótulo bem explicado. — Girou a maçaneta com o verde para baixo e saltou para a colina, onde ventava bastante, o pão apertado junto ao corpo. — Até mais! — gritou, enquanto o castelo passava por ele e a porta se fechava com força.

— Que amolação! — exclamou Sophie. — Calcifer, como a pessoa abre a porta quando não tem ninguém no castelo?

— Eu abro para você ou para Michael. Howl abre sozinho — disse Calcifer.

Então ninguém ficaria trancado do lado de fora quando Sophie saísse. Não estava muito certa de que voltaria, mas não tinha intenção de dizer isso a Calcifer. Deu a Michael tempo de se adiantar no caminho, aonde quer que estivesse indo, e se dirigiu à porta outra vez. Dessa vez Calcifer a deteve.

— Se você vai ficar fora por muito tempo — disse —, é melhor deixar algumas toras onde eu possa alcançá-las.

— Você *pode* pegar toras? — perguntou Sophie, intrigada, apesar de sua impaciência.

Como resposta, Calcifer estendeu uma chama azul em forma de braço dividida em chamas verdes semelhantes a dedos na extremidade. Não era muito longa nem parecia forte.

— Vê? Eu quase alcanço o chão da lareira — disse ele, orgulhoso.

Sophie fez uma pilha de toras na frente da lareira, de modo que Calcifer pudesse pelo menos alcançar a do topo.

— Você não deve queimá-las até que estejam na grelha — advertiu-o, e então se pôs a caminho da porta novamente.

Dessa vez alguém bateu antes que ela chegasse lá.

Esse era um daqueles dias, pensou Sophie. Deve ser o capitão do mar. Levantou a mão para girar o azul da maçaneta para baixo.

— Não, é a porta do castelo — disse Calcifer. — Mas eu não tenho certeza...

Então era Michael de volta por alguma razão, pensou Sophie enquanto abria a porta.

Um rosto de nabo olhou-a de soslaio. Ela sentiu o cheiro de bolor. Contra o amplo céu azul, um braço maltrapilho terminando no coto de um galho girou e tentou alcançá-la. Era um espantalho. Feito apenas de galhos e panos velhos, mas estava vivo e tentava entrar.

— Calcifer! — gritou Sophie. — Faça o castelo andar mais rápido!

Os blocos de pedra em torno da porta rangiam. A vegetação verde-amarronzada de repente passava velozmente por eles. O braço de galho do espantalho bateu na porta, e então foi raspando ao longo da parede do castelo, enquanto este o deixava para trás. Ele girou o outro braço e pareceu tentar agarrar as pedras na alvenaria. Estava determinado a entrar no castelo.

Sophie fechou a porta violentamente. Isso, ela pensou, só mostra o quanto é estúpido uma primogênita tentar buscar seu destino! Aquele era o espantalho que ela havia escorado na cerca quando ia para o castelo. Ela fizera piadas com ele. Agora, como se suas piadas o tivessem trazido para a vida perversa, ele a seguira até aqui e tentou bater no rosto dela. Sophie correu até a janela para ver se aquela coisa ainda estava tentando entrar no castelo.

Naturalmente, tudo o que pôde ver foi um dia ensolarado em Porthaven, com dúzias de velas subindo por dúzias de mastros além dos telhados diante da casa, e uma nuvem de gaivotas voando em círculos no céu azul.

— Esse é o problema de estar em vários lugares ao mesmo tempo! — disse Sophie ao crânio humano sobre a bancada.

Então, de repente, ela descobriu o verdadeiro inconveniente de ser velha. Seu coração deu um salto, falhou uma batida e então pareceu tentar encontrar o caminho de saída do peito. Doía. Todo o corpo dela estremecia e seus joelhos tremiam. Chegou a pensar que estivesse morrendo. A única coisa que pôde fazer foi alcançar a cadeira diante da lareira. Ficou ali sentada, arquejando, apertando o peito.

— Algum problema? — perguntou Calcifer.

— Sim. Meu coração. Havia um espantalho na porta! — arfou Sophie.

— O que um espantalho tem a ver com o seu coração? — quis saber Calcifer.

— Ele estava tentando entrar aqui. Me deu um susto medonho. E meu coração... Mas você não entenderia, seu demônio jovem e tolo! — arquejou Sophie. — Você não tem coração.

— Tenho, sim — disse Calcifer, com o mesmo orgulho com que havia exibido o braço. — Aí nas brasas que ardem sob a madeira. E não me chame de jovem. Sou uns bons milhões de anos mais velho do que você! Posso reduzir a velocidade do castelo agora?

— Apenas se o espantalho já tiver desaparecido — disse Sophie. — Ele já foi?

— Não sei dizer — respondeu Calcifer. — Não é de carne e osso, você sabe. Eu disse a você que não conseguia ver lá fora.

Sophie levantou-se e se arrastou outra vez até a porta, sentindo-se mal. Ela a abriu lenta e cuidadosamente. Aclives verdes, pedras e encostas púrpura passavam velozmente, deixando-a tonta, mas Sophie agarrou-se ao umbral da porta e inclinou-se para fora a fim de olhar ao longo do muro o pântano que estavam deixando para trás. O espantalho estava a cerca de 50 metros do castelo. Pulava de arbusto em arbusto, com uma sinistra espécie de valentia, mantendo os agitados braços de pau num determinado ângulo para equilibrar-se na encosta. Enquanto Sophie observava, o castelo afastou-se ainda mais. Embora fosse lento, o espantalho ainda os seguia. Ela fechou a porta.

— Ainda está lá — disse ela. — Pulando atrás da gente. Vá mais rápido.

— Mas isso atrapalha todos os meus cálculos — explicou Calcifer. — Eu pretendia circular as colinas e voltar para o ponto em que Michael nos deixou em tempo de apanhá-lo hoje à noite.

— Então vá duas vezes mais rápido e circule duas vezes as colinas. Contanto que deixe essa criatura horrível para trás! — disse Sophie.

— Que confusão! — resmungou Calcifer. No entanto, aumentou a velocidade do castelo. Sophie podia, pela primeira vez, senti-lo ribombando à volta dela enquanto se sentava encolhida na cadeira, perguntando-se se estaria morrendo. Não queria morrer ainda, antes de ter falado com Martha.

À medida que o dia avançava, tudo no castelo começou a sacudir-se com a velocidade. As garrafas tilintavam. O crânio batia ruidosamente na bancada. Sophie podia ouvir os objetos caindo da prateleira do banheiro e o ruído do choque com a água da banheira, onde o traje azul e prata ainda estava de molho. Começou a se sentir um pouco melhor. Arrastou-se novamente até a porta e espiou lá fora, o cabelo voando ao vento. O solo corria debaixo do castelo. As colinas pareciam rodopiar lentamente à medida que o castelo passava correndo. O rangido e os estrondos quase a ensurdeciam, e a fumaça vinha de trás em rajadas. O espantalho, porém, a essa altura, era um pontinho preto numa encosta distante. Quando voltou a olhar, ele estava inteiramente fora do seu campo de visão.

— Ótimo. Então vou parar para a noite — disse Calcifer. — Isso foi um estresse e tanto.

O ruído foi cessando. Os objetos pararam de sacudir. Calcifer adormeceu, da maneira como os fogos fazem, mergulhando entre a madeira até se tornarem cilindros cor-de--rosa cobertos por cinza branca, apenas com um leve sinal de azul e verde por baixo.

Sophie sentia-se novamente ágil. Ela foi para o banheiro e pescou seis pacotinhos e um frasco na água lodosa na banheira. Os pacotes estavam encharcados. Não ousaria deixá-los daquele jeito, depois de ontem, assim, os esticou no chão e, com muito cuidado, polvilhou-os com a substância rotulada PODER DE SECAGEM. Secaram quase instantaneamente. Isso era animador. Sophie escoou a água da banheira e experimentou o PODER no terno de Howl. Este também secou. Ainda estava manchado de verde e um pouco menor do que antes, mas descobrir que podia fazer alguma coisa certa encheu Sophie de alegria.

Sentia-se jovial o bastante para se ocupar do preparo da ceia. Reuniu tudo que estava na bancada numa pilha em torno do crânio e começou a picar cebolas.

— Pelo menos *seus* olhos não lacrimejam, meu amigo — disse ela ao crânio. — Olhe o lado positivo.

A porta se abriu repentinamente.

Sophie quase se cortou, de susto, achando que fosse o espantalho de novo. Mas era Michael. Ele entrou de supetão, todo contente. Colocou um pão, uma torta salgada e uma caixa de listras brancas e rosa em cima das cebolas. Então agarrou Sophie pela cintura fina e dançou com ela pela sala.

— Está tudo bem! Está tudo bem! — gritou ele, alegre.

Sophie pulava e tropeçava, esquivando-se das botas de Michael.

— Calma! Calma! — arfava, tonta, tentando segurar a faca de modo que não ferisse nenhum dos dois. — O *que* está bem?

— Lettie me ama! — gritou Michael, dançando com ela até quase o banheiro e depois à lareira. — Ela nunca nem mesmo viu Howl! Foi tudo um engano! — Ele rodopiou com ela no meio da sala.

— Você pode me soltar antes que esta faca corte um de nós? — berrou Sophie. — E quem sabe explicar um pouquinho o que está acontecendo.

— Iuuupi! — gritou Michael. Ele girou Sophie até a cadeira e deixou-a cair sobre ela, arquejante. — Na noite passada, desejei que você tivesse pintado o cabelo dele de azul! Agora não me importo. Quando Howl disse "Lettie Hatter" pensei em pintá-lo de azul eu mesmo. Você pode ver pelo jeito como ele fala. Eu sabia que ele ia se cansar dessa garota, assim como das outras, assim que a fizesse se apaixonar por ele. E, quando pensava que era a minha Lettie, eu... Bem, você sabe que ele disse que havia outro homem, e eu achei que fosse eu! Então corri para Market Chipping hoje. E estava tudo bem! Howl deve estar atrás de outra garota com o mesmo nome. Lettie nunca o viu.

— Vamos explicar isso — disse Sophie, tonta. — Estamos falando sobre a Lettie Hatter que trabalha no café Cesari's, não é?

— Certamente que estamos! — disse Michael, jovial. — Eu a amo desde que ela começou a trabalhar lá, e quase não pude acreditar quando ela disse que *me* amava. Ela tem centenas de admiradores. Eu não ficaria surpreso se Howl fosse um deles. Estou tão *aliviado*! Trouxe para você um bolo do Cesari's para comemorar. Onde foi que o coloquei? Ah, aqui está.

Ele empurrou a caixa rosa e branca na direção de Sophie. Pedaços de cebola caíram no colo dela.

— Quantos anos você tem, meu filho? — perguntou Sophie.

— Fiz quinze no dia Primeiro de Maio — disse Michael. — Calcifer soltou fogos de artifício aqui do castelo. Não foi, Calcifer? Ah, ele está dormindo. Você deve estar pensando que sou muito jovem para ficar noivo... Ainda tenho três anos como aprendiz pela frente, e Lettie tem ainda mais tempo... Mas nos comprometemos um com o outro e não nos importamos de esperar.

Então Michael tinha a idade certa para Martha, pensou Sophie. E ela sabia que ele era um bom rapaz, leal, com uma carreira como mago à frente. Que Deus abençoe Martha! Quando ela pensou naquele assustador Primeiro de Maio, percebeu que Michael tinha sido um dos que gritavam no balcão diante de Martha. Mas Howl estava lá fora, na praça.

— Tem certeza de que sua Lettie estava falando a verdade em relação a Howl? — indagou ela, ansiosa.

— Absoluta — afirmou Michael. — Eu sei quando ela está mentindo. Ela para de girar os polegares.

— Ela para, mesmo! — disse Sophie, rindo.

— Como é que *você* sabe? — perguntou Michael, surpreso.

— Porque ela é minha ir... hã... neta da minha irmã — disse Sophie —, e, quando garotinha, nem sempre era muito fiel à verdade. Mas ela é muito jovem e... hã... Bem, suponha

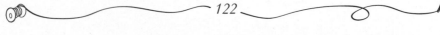

que ela mude enquanto cresce. Ela... hã... pode não ser a mesma daqui a um ano.

— Nem eu serei — disse Michael. — As pessoas na nossa idade mudam o tempo todo. Isso não vai ser problema. Ela ainda vai ser a Lettie.

De certa maneira, pensou Sophie.

— Mas suponha que ela estivesse falando a verdade — prosseguiu ela, ansiosa —, só que conhece Howl com um nome falso?

— Não se preocupe, eu pensei nisso! — disse Michael. — Descrevi Howl para ela... e você tem de admitir que ele é bastante marcante... E ela nunca viu nem ele nem seu violão. Nem precisei dizer a ela que ele não sabe tocar aquilo. Ela nunca pôs os olhos nele, e girou os dedos todo o tempo enquanto dizia que nunca o viu.

— Isso é um alívio! — disse Sophie, recostando-se, rígida, na cadeira. E era certamente um alívio em relação a Martha. Mas não chegava a ser um grande alívio, pois Sophie sabia que a única outra Lettie Hatter na cidade era a verdadeira. Se houvesse outra, alguém teria fofocado sobre isso na chapelaria. Parecia mesmo Lettie: resoluta, não cedendo a Howl. O que preocupava Sophie era que Lettie tinha dito a Howl seu nome verdadeiro. Podia não estar segura em relação a ele, mas gostava dele o bastante para lhe confiar um segredo importante como esse.

— Não fique tão ansiosa! — riu Michael, recostando-se na cadeira. — Dê uma olhada no bolo que eu trouxe.

Quando Sophie começou a abrir a caixa, ocorreu-lhe que Michael deixara de vê-la como um desastre natural e passara a gostar dela de verdade. Sentiu-se tão contente e agradecida que decidiu contar a ele toda a verdade sobre Lettie e

Martha, e também sobre si mesma. Era justo deixá-lo saber o tipo de família na qual pretendia entrar. A caixa se abriu. Era o bolo mais sofisticado do Cesari's, coberto de creme, cerejas e lascas de chocolate.

— Oh! — exclamou Sophie.

A maçaneta quadrada na porta girou, deixando o borrão vermelho para baixo, e Howl entrou.

— Que bolo maravilhoso! O meu favorito! — disse ele. — Onde o conseguiu?

— Eu... hã... fui até o Cesari's — disse Michael, acanhado. Sophie olhou para Howl. Algo sempre iria interrompê-la quando ela decidisse contar que estava sob o efeito de um feitiço. Até mesmo um mago, ao que parecia.

— Parece ter valido a pena andar até lá — observou Howl, examinando o bolo. — Ouvi dizer que o Cesari's é melhor do que qualquer confeitaria de Kingsbury. Que estúpido eu sou de nunca ter ido até lá. E isso que vejo na bancada é uma torta salgada? — Ele foi até lá olhar. — Torta num leito de cebolas cruas. Crânio humano sendo abusado. — Ele apanhou a caveira e tirou um anel de cebola de seu globo ocular. — Estou vendo que Sophie andou se ocupando de novo. Você não poderia tê-la contido, meu amigo?

A caveira batia os dentes para ele. Howl pareceu surpreso e a pôs de lado rapidamente.

— Alguma coisa errada? — perguntou Michael. Ele parecia conhecer os sinais.

— Há, sim — disse Howl. — Preciso encontrar alguém que fale mal de mim para o Rei.

— Alguma coisa deu errado com o feitiço do vagão? — indagou Michael.

— Não. Ele funcionou perfeitamente. É esse o problema — disse Howl, girando, inquieto, um anel de cebola num dos dedos. — O Rei está tentando me pressionar a fazer outra coisa agora. Calcifer, se não tomarmos muito cuidado, ele vai me nomear Mago Real.

Como Calcifer não respondeu, Howl foi até a lareira e percebeu que ele estava dormindo.

— Acorde-o, Michael. Preciso consultá-lo.

Michael atirou duas achas em Calcifer e o chamou. Nada aconteceu, afora uma fina espiral de fumaça.

— Calcifer! — gritou Howl. Isso também não funcionou. Howl lançou um olhar perplexo a Michael e apanhou o atiçador de brasas, algo que Sophie nunca o vira fazer.

— Desculpe, Calcifer — disse, revolvendo a madeira não queimada. — *Acorde!*

Uma densa nuvem de fumaça preta se ergueu e parou.

— Vá embora — grunhiu Calcifer. — Estou cansado.

Com isso, a expressão de Howl era de total alarme.

— O que há de errado com ele? Eu nunca o vi assim!

— Acho que foi o espantalho — disse Sophie.

Howl, de joelhos, girou o corpo e dirigiu os olhos de bola de gude para ela.

— O que foi que você fez *desta vez*? — Ele continuou a fitá-la, enquanto Sophie explicava. — Um espantalho? Calcifer concordou em mover o castelo mais velozmente por causa de um *espantalho*? Querida Sophie, por favor, me diga como você força um demônio do fogo a ser tão prestativo. Eu adoraria saber!

— Não o forcei — disse Sophie. — O espantalho me deu um susto e Calcifer ficou com pena de mim.

— Ele lhe deu um susto e Calcifer ficou com pena — repetiu Howl. — Minha boa Sophie, Calcifer nunca tem pena de ninguém. De qualquer forma, espero que goste de cebolas cruas e torta fria para o jantar, pois quase apagou Calcifer.

— Ainda tem o bolo — disse Michael, tentando apaziguar os ânimos.

A comida pareceu melhorar o humor de Howl, embora ele continuasse lançando olhares ansiosos à lenha não queimada na lareira o tempo todo em que comiam. Mesmo fria, a torta estava boa e a cebola bastante saborosa, pois Sophie a mergulhara no vinagre. O bolo estava sensacional. Enquanto o comiam, Michael arriscou perguntar a Howl o que o Rei queria.

— Nada definitivo ainda — respondeu Howl, desanimado. — Mas ele estava me sondando em relação a seu irmão. Pelo jeito, tiveram uma bela discussão antes de o Príncipe Justin sair furioso, e as pessoas estão comentando. O Rei obviamente queria que eu me oferecesse para procurar seu irmão. E, como um tolo, eu fui dizer que não acreditava que o Mago Suliman estivesse morto, e isso piorou mais ainda as coisas.

— Por que você não quer procurar o Príncipe? — perguntou Sophie. — Não acha que pode encontrá-lo?

— Rude e desafiadora você, não? — retrucou Howl. Ele ainda não a havia perdoado por Calcifer. — Quero sair dessa porque sei que *posso* encontrá-lo, se quer saber. Justin era amigo de Suliman, e a causa da discussão foi ele ter dito ao Rei que ia procurar o mago. Achava que o Rei não devia ter mandado Suliman para as Terras Desoladas. Até mesmo você deve saber que existe uma certa senhora nas Terras Desoladas que é sinônimo de problema. Ela prometeu me fritar vivo ano passado e me lançou uma praga que só consegui evitar até agora porque tive o bom senso de dar a ela um nome falso.

Sophie estava quase estupefata.

— Está querendo dizer que rejeitou a Bruxa das Terras Desoladas?

Howl serviu-se de outro pedaço de bolo, parecendo triste e digno.

— Essa não é a melhor forma de expressar a situação. Admito que pensei que estivesse apaixonado por ela durante algum tempo. Ela é, de certa forma, uma mulher muito triste, pouco amada. Todos os homens em Ingary morrem de medo dela. *Você* devia saber como é isso, Sophie, querida.

A boca de Sophie se abriu em absoluta indignação. Michael apressou-se em intervir:

— Acha que devemos mover o castelo? Foi para isso que o inventou, não foi?

— Isso depende de Calcifer. — Howl olhou por cima do ombro novamente a madeira que mal lançava um fiapo de fumaça. — Tenho de dizer que, quando penso que tanto o Rei quanto a Bruxa estão atrás de mim, sinto um forte anseio de plantar o castelo numa bela pedra a mais de mil quilômetros daqui.

Michael obviamente se arrependeu de ter falado. Sophie podia ver que ele estava pensando que mil quilômetros eram uma distância terrivelmente longa, separando-o de Martha.

— Mas o que acontece com sua Lettie Hatter — perguntou ela a Howl —, se você for embora?

— Espero que a essa altura tudo isso já tenha acabado — disse Howl, distraído. — Mas se eu conseguisse uma forma de tirar o Rei das minhas costas... Já sei! — Ele ergueu o garfo, com um pedaço de creme e bolo derretendo, e o apontou para Sophie. — *Você* pode sujar meu nome com o Rei. Pode fingir ser minha velha mãe e pedir por seu garoto de olhos azuis. — Ele ofereceu a Sophie o sorriso que sem dúvida havia encantado a Bruxa das Terras Desoladas e possivelmente também Lettie, disparando-o, deslumbrante, ao longo do garfo, atravessando o creme, e indo direto aos olhos de Sophie. — Se pode obrigar Calcifer, o Rei não deve representar nenhum problema para você.

Sophie olhou-o, em meio ao deslumbramento, e não disse nada. Aqui, pensou ela, era onde *ela* escapulia. Ia dar o fora. Sentia muito pelo acordo com Calcifer. Já tivera o bastante de Howl. Primeiro, o limo verde, depois, o olhar de reprovação por algo que Calcifer fizera espontaneamente, e agora isso! Amanhã ela escaparia para Upper Folding e contaria tudo a Lettie.

CAPÍTULO OITO
No qual Sophie deixa o castelo e toma várias direções ao mesmo tempo

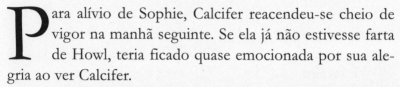

Para alívio de Sophie, Calcifer reacendeu-se cheio de vigor na manhã seguinte. Se ela já não estivesse farta de Howl, teria ficado quase emocionada por sua alegria ao ver Calcifer.

— Achei que ela tivesse acabado com você, sua velha bola de gás — disse Howl, ajoelhando-se na lareira com as mangas se arrastando nas cinzas.

— Eu só estava cansado — disse Calcifer. — Parece que alguma coisa estava segurando o castelo. Eu nunca o tinha conduzido tão rápido assim.

— Bem, não deixe que ela o force a fazer isso de novo — disse Howl, pondo-se de pé e limpando delicadamente as cinzas do traje cinza e escarlate. — Comece aquele feitiço hoje, Michael. E, se vier alguém da parte do Rei, estarei fora resolvendo assuntos particulares urgentes até amanhã. Vou ver Lettie, mas não precisa dizer isso a ele. — Apanhou o violão e abriu a porta com o verde para baixo, saindo para as vastas e enevoadas colinas.

O espantalho estava lá outra vez. Quando Howl abriu a porta, ele se lançou de lado contra Howl, com o rosto de nabo em seu peito. O violão emitiu um terrível *tóiiiim*. Sophie deu um débil grito de terror e agarrou-se à cadeira. Um dos braços de madeira do espantalho tentava obstinadamente agarrar a porta. Pela forma como os pés de Howl se posicionavam, era evidente que ele estava sendo empurrado com muita força. Não havia dúvida de que aquela coisa estava determinada a entrar no castelo.

O rosto azul de Calcifer inclinou-se para fora da lareira. Michael deteve-se imóvel mais adiante.

— O espantalho existe mesmo! — gritaram ambos.

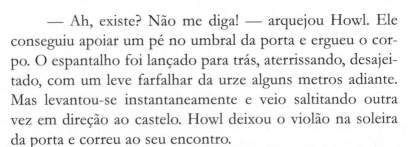

— Ah, existe? Não me diga! — arquejou Howl. Ele conseguiu apoiar um pé no umbral da porta e ergueu o corpo. O espantalho foi lançado para trás, aterrissando, desajeitado, com um leve farfalhar da urze alguns metros adiante. Mas levantou-se instantaneamente e veio saltitando outra vez em direção ao castelo. Howl deixou o violão na soleira da porta e correu ao seu encontro.

— Você não, meu amigo — disse, com uma das mãos estendida. — Volte para o lugar de onde veio.

Caminhava adiante lentamente, ainda com a mão à frente. O espantalho recuou um pouco, saltando devagar e com cuidado para trás. Quando Howl parou, o espantalho fez o mesmo, com sua única perna plantada na urze e os braços maltrapilhos inclinando-se para um lado e para o outro, como uma pessoa lutando. Os farrapos esvoaçando em seus braços pareciam uma louca imitação das mangas de Howl.

— Não vai, não é? — perguntou Howl.

E a cabeça de nabo lentamente se moveu de um lado para o outro. Não.

— Sinto muito, mas vai ter de ir — disse Howl. — Você assusta Sophie e não dá para saber o que ela é capaz de fazer quando está assustada. Pensando bem, você me assusta também.

Os braços de Howl moveram-se pesadamente, como se estivessem erguendo um grande peso, até se encontrarem acima da cabeça. Ele gritou uma palavra estranha, que foi parcialmente abafada por um súbito trovão. E lá se foi o espantalho voando pelos ares. Para cima e para trás, os farrapos esvoaçando, os braços girando em protesto, sem parar, até que nada mais fosse do que uma mancha voando no céu, depois um ponto desaparecendo em meio às nuvens, até que, finalmente, tornou-se invisível.

Howl baixou os braços e voltou à soleira da porta, enxugando o rosto com o dorso da mão.

— Retiro minhas palavras duras, Sophie — disse ele, arfando. — Aquela coisa era assustadora. Deve ter puxado o castelo para trás o dia todo ontem. Tinha uma das magias mais fortes que já vi. O que quer que fosse... foi o que restou da última pessoa para quem você trabalhou?

Sophie deixou escapar uma risadinha fraca. Seu coração não estava funcionando bem novamente.

Howl percebeu que havia algo errado com ela. Entrou novamente, saltando sobre o violão, segurou-a pelo cotovelo e fez com que se sentasse na cadeira.

— Agora, calma!

Algo aconteceu entre Howl e Calcifer naquele momento. Sophie sentiu, pois estava segura por Howl e Calcifer ainda se inclinava para fora da lareira. O que quer que fosse, seu coração voltou a funcionar adequadamente quase de imediato. Howl olhou para Calcifer, deu de ombros e afastou-se para dar a Michael várias instruções para que ele fizesse Sophie ficar quieta pelo resto do dia. Então ele apanhou o violão e partiu, por fim.

Sophie permaneceu na cadeira, fingindo que se sentia duas vezes pior do que se sentia na verdade. Ela precisava deixar Howl sumir de vista. Era um inconveniente que ele estivesse indo para Upper Folding também, mas ela andaria tão mais devagar que chegaria na hora em que ele estivesse dando início à volta. O importante era não encontrá-lo no caminho. Ela espiou Michael enquanto ele desenrolava o feitiço e coçava a cabeça, pensativo. Esperou até ele arrastar grandes livros de capa de couro das prateleiras e começar a tomar notas de modo frenético.

Quando ele parecia devidamente absorto, Sophie murmurou várias vezes:

— Está abafado aqui.

Michael não percebeu.

— Abafado demais — insistiu Sophie, levantando-se e andando, trôpega, na direção da porta. — Ar fresco.

Ela abriu a porta e saiu. Calcifer, prestativo, deteve o castelo enquanto ela saía. Sophie aterrissou na urze e olhou ao redor, orientando-se. A estrada acima das colinas, que levava até Upper Folding, era uma linha arenosa que cortava a urze, um pouco abaixo de onde se encontrava o castelo. Naturalmente, Calcifer não dificultaria nada para Howl. Sophie partiu em direção à estrada. Sentia-se um pouco triste. Ia sentir saudades de Michael e de Calcifer.

Estava quase na estrada quando ouviu gritos atrás dela. Michael saltava morro abaixo em sua direção, e o castelo alto e preto vinha atrás dele, lançando baforadas ansiosas de fumaça das quatro torres.

— O que está *fazendo*? — perguntou Michael quando a alcançou. Pela maneira como a olhava, Sophie viu que ele estava pensando que o espantalho a havia deixado desnorteada.

— Estou perfeitamente bem — disse Sophie, indignada. — Eu vou só ver minha... a outra neta da minha irmã. Ela também se chama Lettie Hatter. Agora você entende?

— Onde ela mora? — perguntou Michael, como se pensasse que Sophie pudesse não saber.

— Em Upper Folding — respondeu Sophie.

— Mas isso fica a mais de quinze quilômetros daqui! — disse Michael. — Prometi a Howl que a faria descansar. Não posso deixá-la ir. Disse a ele que não permitiria que saísse das minhas vistas.

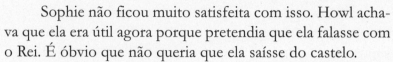

Sophie não ficou muito satisfeita com isso. Howl achava que ela era útil agora porque pretendia que ela falasse com o Rei. É óbvio que não queria que ela saísse do castelo.

— Hum! — disse ela.

— Além disso — prosseguiu Michael, compreendendo lentamente a situação —, Howl também deve ter ido para Upper Folding.

— Tenho quase certeza de que foi — disse Sophie.

— Então você está ansiosa por causa dessa garota, se ela é sua sobrinha-neta — deduziu Michael, finalmente chegando ao ponto. — Entendo! Mas não posso deixá-la ir.

— Eu vou — disse Sophie.

— Mas, se Howl a vir lá, vai ficar furioso — prosseguiu Michael, elaborando o argumento. — Como eu prometi a ele, vai ficar uma fera com nós dois. Você devia descansar. — Então, quando Sophie estava quase pronta para bater nele, Michael exclamou: — Espere! Tem um par de botas de sete léguas no armário das vassouras!

Ele pegou Sophie pelo punho magricela e a puxou morro acima até o castelo, que aguardava. Ela foi forçada a dar pulinhos a fim de não prender os pés na urze.

— Mas... — arfou ela — ...sete léguas são mais de 33 quilômetros! Eu estaria a meio caminho de Porthaven em dois passos!

— Não, são 16 quilômetros por passo — disse Michael. — Essa é quase a distância exata até Upper Folding. Se cada um de nós calçar uma bota e dermos um passo juntos, então não estarei deixando você sair das minhas vistas nem você estará fazendo algo muito cansativo, e vamos chegar lá antes de Howl, e assim ele nem vai saber que estivemos lá. Isso resolve os nossos problemas divinamente!

Michael estava tão contente consigo mesmo que Sophie não teve coragem de protestar. Ela deu de ombros e supôs que era melhor Michael descobrir sobre as duas Letties antes de elas trocarem de aparência novamente. Era mais honesto assim. Mas, quando Michael apanhou as botas no armário das vassouras, Sophie começou a ter dúvidas. Até ali ela pensara que aqueles eram dois baldes de couro que haviam de alguma forma perdido a alça e ficado um pouco amassados.

— Você deve pôr o pé em um deles, com sapato e tudo — explicou Michael enquanto levava aquelas duas coisas pesadas, em formato de balde, até a porta. — Estes são os protótipos das botas que Howl fez para o exército do Rei. Conseguimos fabricar os últimos um pouco mais leves e mais semelhantes a uma bota. — Ele e Sophie sentaram-se na soleira da porta e cada um pôs o pé numa das botas. — Volte-se para Upper Folding antes de pisar com a bota no chão — advertiu-a Michael. Ele e Sophie apoiaram o pé com o sapato comum e giraram cuidadosamente o corpo, ficando de frente para Upper Folding. — Agora caminhe — disse Michael.

Zip! A paisagem passou por eles tão rápido que era somente um borrão, um borrão verde-acinzentado para a terra e cinza-azulado para o céu.

O vento provocado por eles fustigava os cabelos de Sophie e empurrava cada ruga em seu rosto para trás, até ela pensar que chegaria com metade do rosto atrás das orelhas.

A corrida parou tão de repente quanto havia começado. Tudo estava calmo e ensolarado. Eles se encontravam mergulhados até os joelhos em um canteiro de botões-de--ouro, no povoado de Upper Folding. Uma vaca nas proximidades encarou-os. Além dela, cabanas cobertas com sapê cochilavam sob árvores. Infelizmente, a bota semelhante a um balde era tão pesada que Sophie tropeçou ao aterrissar.

— Não apoie esse pé no chão! — gritou Michael, tarde demais.

Houve mais um borrão sibilante e mais ventos velozes. Quando estes pararam, Sophie se viu no fundo de Folding Valley, quase em Marsh Folding.

— Ah, droga! — disse ela, e fez meia-volta pulando com cuidado com o pé do sapato. Então tentou de novo.

Zip! Borrão. E ela estava de volta aos campos de Upper Folding, cambaleando para a frente com o peso da bota. Vislumbrou Michael mergulhando para pegá-la...

Zip! Borrão.

— Ah, droga! — gemeu Sophie. Lá estava ela no alto da colina. A forma escura e retorcida do castelo deslizava pacificamente ali perto. Calcifer se divertia soprando anéis de fumaça preta de uma torre. Sophie viu tudo isso antes de seu sapato prender-se na urze e ela tropeçar novamente.

Zip! Zip! Dessa vez Sophie visitou em rápida sucessão a Praça do Mercado de Market Chipping e o gramado diante de uma mansão imponente.

— Maldição! — gritou ela. — Droga! — Uma palavra para cada lugar. E lá foi ela de novo com seu próprio impulso e mais um Zip! até o fundo do vale, em algum campo.

Um grande touro vermelho que pastava ergueu o nariz com a argola e, pensativo, baixou os chifres.

— Já estou indo embora, sua fera! — gritou Sophie, pulando freneticamente.

Zip! De volta à mansão. Zip! Para a Praça do Mercado. Zip! E lá estava o castelo outra vez. Ela estava pegando o jeito da coisa. Zip! Aqui estava Upper Folding — mas como se parava aquilo? Zip!

— Ah, *que droga!* — gritou Sophie, quase em Marsh Folding novamente.

Dessa vez ela girou num pé só com muito cuidado e caminhou com grande cautela. Zip! E felizmente a bota aterrissou num monte de estrume de boi e ela sentou-se com um baque. Michael adiantou-se antes que Sophie pudesse se mexer e arrancou a bota do pé dela.

— Obrigada! — Sophie gritou sem fôlego. — Parecia que eu nunca ia parar!

O coração de Sophie palpitava um pouco enquanto caminhavam até a casa da sra. Fairfax, da maneira como acontece com os corações quando a gente faz muita coisa com rapidez. Ela se sentia muito grata pelo que Howl e Calcifer tinham feito.

— Belo lugar — observou Michael, escondendo as botas na cerca viva da sra. Fairfax.

Sophie concordou. A casa era a maior da vila. Tinha telhado de colmo, com paredes brancas entre vigas pretas e, como Sophie se lembrava das visitas na infância, chegava-se à varanda atravessando um jardim cheio de flores e zumbido de abelhas. Acima da varanda, uma madressilva e uma rosa trepadeira branca competiam para saber quem poderia dar mais trabalho às abelhas. Era uma manhã de verão quente e perfeita em Upper Folding.

A própria sra. Fairfax atendeu à porta. Ela era uma daquelas senhoras gordas e tranquilas, com mechas de cabelos cor de manteiga enroscadas em torno da cabeça, que faziam você se sentir de bem com a vida só de olhar para ela. Sophie sentiu uma pontinha de inveja de Lettie. A sra. Fairfax olhou de Sophie para Michael. A última vez que vira Sophie fora um ano antes, como uma garota de dezessete anos, e não havia razão para que a reconhecesse como uma senhora de noventa.

— Bom dia para vocês — disse ela, educadamente.

Sophie suspirou.

— Esta é a tia-avó de Lettie Hatter — disse Michael. — Eu a trouxe aqui para ver Lettie.

— Ah, *pensei* mesmo que o rosto parecia familiar! — exclamou a sra. Fairfax. — É nítida a semelhança. Entrem. Lettie está um pouquinho ocupada agora, mas comam alguns biscoitos com mel enquanto esperam.

Ela abriu mais a porta. De imediato um grande cão *collie* espremeu-se pelas saias da sra. Fairfax, passou entre Sophie e Michael e atravessou correndo o canteiro mais próximo, quebrando flores de um lado e de outro.

— Ah, detenham-no! — arquejou a sra. Fairfax, indo no encalço do cão. — Não quero que ele saia justamente agora!

Seguiu-se uma perseguição tresloucada de um minuto mais ou menos, durante a qual o cão correu de um lado para o outro, ganindo de forma perturbada, e a sra. Fairfax e Sophie correram atrás dele, saltando canteiros de flores e pondo-se uma no caminho da outra enquanto Michael corria atrás de Sophie, gritando:

— Pare! Você vai passar mal!

Então o cão começou a dobrar uma das esquinas da casa. Michael percebeu que a maneira de parar Sophie era deter o cão. Ele disparou numa linha transversal em meio aos canteiros, lançando-se atrás do animal, e agarrou seu pelo espesso no momento em que o animal alcançava o pomar nos fundos.

Sophie mancou até lá, e encontrou Michael puxando o cachorro de volta e fazendo umas caras tão estranhas para ela que, a princípio, ela achou que ele estivesse doente. Mas ele sacudia a cabeça com tanta insistência na direção do pomar que ela se deu conta de que ele estava tentando lhe dizer algo. Ela esticou o pescoço, olhando do outro lado da casa, esperando ver um enxame de abelhas.

Lá estava Howl com Lettie. Eles se encontravam num pequeno bosque de macieiras em flor, com uma fileira de colmeias a distância. Lettie sentava-se num banco de jardim branco. Howl estava ajoelhado, com um dos joelhos apoiado na grama aos pés dela, segurando-lhe uma das mãos, com ar nobre e ardente. Lettie sorria amorosamente para ele. Mas o pior, para Sophie, era que Lettie não parecia Martha em absoluto. Era sua própria pessoa, extremamente bela. Usava um vestido nos mesmos tons de rosa e branco que as macieiras em floração acima deles. O cabelo escuro cascateava em sedosos cachos sobre um dos ombros e os olhos brilhavam de devoção a Howl.

Sophie recuou, ocultando-se na quina da casa, e olhou consternada para Michael, que segurava o cão ganindo.

— Ele devia ter um feitiço de velocidade com ele — sussurrou Michael, igualmente aflito.

A sra. Fairfax os alcançou, arfando e tentando prender um cacho que se soltara de seu cabelo cor de manteiga.

— Cachorro malvado! — disse ela num sussurro feroz para o *collie*. — Vou lançar um feitiço sobre você se fizer isso mais uma vez!

O cão piscou e se abaixou. A sra. Fairfax apontou-lhe um dedo severo.

— Para dentro! Fique dentro de casa! — O *collie* libertou-se das mãos de Michael e tornou a escapulir para a frente da casa. — Muito obrigada — disse a sra. Fairfax a Michael, enquanto todos seguiam o cão. — Ele fica tentando morder o visitante de Lettie. *Para dentro!* — gritou ela com dureza no jardim diante da casa, quando o animal parecia pensar em dar a volta e chegar ao pomar pelo outro lado. Ele lhe lançou um olhar pesaroso e arrastou-se, melancólico, para dentro de casa, passando pela varanda.

— Esse cachorro pode estar certo — disse Sophie. — Sra. Fairfax, a senhora sabe quem é o visitante de Lettie?

A sra. Fairfax deu uma risadinha.

— O Mago Pendragon, ou Howl, ou seja lá que nome ele esteja usando — disse ela. — Mas Lettie e eu não admitimos que sabemos. Achei divertido a primeira vez que ele apareceu aqui, apresentando-se como Sylvester Oak, porque eu podia ver que ele tinha se esquecido de mim, embora eu não o tivesse esquecido, apesar de seus cabelos serem pretos nos tempos de estudante.

A sra. Fairfax, a essa altura, tinha as mãos cruzadas diante de si e encontrava-se de pé, empertigada, preparada para falar o dia todo, como Sophie a vira fazer com frequência antes.

— Ele foi o último aluno da minha velha professora, sabe, antes de ela se aposentar. Quando o sr. Fairfax estava vivo, ele gostava que eu nos transportasse para Kingsbury para ver uma exibição de tempos em tempos. Dou conta muito bem de dois, se fizer devagar. E eu costumava ir visitar a velha sra. Pentstemmon enquanto estava lá. Ela gosta que os alunos antigos mantenham contato. E uma vez ela me apresentou esse jovem Howl. Ah, ela tinha muito orgulho dele. Ela ensinou o Mago Suliman também, sabe, e disse que Howl era duas vezes melhor...

— Mas a senhora não sabe a reputação que Howl tem? — interrompeu-a Michael.

Entrar na conversa da sra. Fairfax era como entrar numa brincadeira de pular corda. Era preciso escolher o momento exato, mas uma vez que tivesse passado pela corda, era difícil sair. A sra. Fairfax virou-se ligeiramente para encarar Michael.

— A maior parte é só conversa, na minha opinião — disse ela. Michael abriu a boca para discordar, mas era a sua vez na corda. — E eu disse a Lettie: "Eis aqui a sua grande chance, meu amor." Eu sabia que Howl podia lhe ensinar vinte vezes mais do que eu... pois eu não me importo de lhes dizer: o cérebro de Lettie vai além do meu, e ela pode acabar na mesma liga da Bruxa das Terras Desoladas, só que para o *bem*. Lettie é uma boa garota e eu me afeiçoei a ela. Se a sra. Pentstemmon ainda estivesse ensinando, eu levaria Lettie para ela amanhã mesmo. Mas não está mais. Então eu disse: "Lettie, eis aqui o Mago Howl a cortejando e não seria de todo mau se você também se apaixonasse por ele e o tomasse como professor. Vocês dois vão longe." Não creio que Lettie tenha gostado muito da ideia a princípio, mas vem amolecendo ultimamente, e hoje parece que está tudo indo às mil maravilhas.

A sra. Fairfax fez uma pausa para sorrir benevolentemente para Michael, e foi a vez de Sophie correr para a corda em movimento.

— Mas alguém me disse que Lettie estava gostando de outra pessoa — disse ela.

— Tem pena dele, você quer dizer — disse a sra. Fairfax. Então abaixou a voz. — Ele tem um terrível problema — ela suspirou sugestivamente —, e isso é pedir muito de qualquer garota. Eu disse isso a ele. Lamento muito...

Sophie conseguiu emitir um perplexo:

— Hã?

— ...mas se trata de um feitiço terrivelmente forte. É muito triste — a sra. Fairfax prosseguiu. — Eu tive de lhe dizer que não há como alguém de minhas habilidades quebrar qualquer feitiço que tenha sido lançado pela Bruxa das Terras Desoladas. Howl talvez consiga, mas naturalmente ele não pode pedir a Howl, não é?

Michael, que olhava nervoso para a esquina da casa, temendo que Howl aparecesse e os descobrisse, conseguiu pisar na corda em movimento e a deteve, dizendo:

— Acho que é melhor irmos embora.

— Tem certeza de que não querem entrar e provar o meu mel? — convidou a sra. Fairfax. — Eu o uso em praticamente todos os meus feitiços, sabem? — E lá foi ela de novo, dessa vez discorrendo sobre as propriedades mágicas do mel. Michael e Sophie percorreram, decididos, o caminho que levava ao portão e a sra. Fairfax os seguiu, falando sem parar e, pesarosa, endireitando as plantas que o cachorro havia pisoteado, ao mesmo tempo que falava. Enquanto isso, Sophie dava tratos à bola em busca de uma forma de descobrir como a sra. Fairfax sabia que Lettie era Lettie, sem aborrecer Michael. A sra. Fairfax fez uma pausa para respirar, ao arrumar um grande lupino.

Sophie arriscou:

— Sra. Fairfax, não era minha sobrinha Martha que devia ter vindo para a senhora?

— Meninas levadas! — disse a sra. Fairfax, sorrindo e sacudindo a cabeça ao erguer o rosto da planta. — Como se eu não fosse reconhecer um de meus feitiços à base de mel! Mas, como eu disse a ela na ocasião: "Não sou eu que vou manter alguém aqui contra a vontade. E vou sempre preferir ensinar quem queira aprender. Mas não quero fingimentos. Você fica como você mesma ou nada feito", disse a ela. E tem dado tudo muito certo, como vocês podem ver. Têm certeza de que não querem ficar e perguntar diretamente a ela?

— Acho que temos de ir — disse Sophie.

— Precisamos voltar — acrescentou Michael, lançando outro olhar nervoso em direção ao pomar. Ele apanhou as botas de sete léguas na cerca viva e pôs uma no chão, do outro lado do portão, para Sophie. — Dessa vez vou segurar você — disse ele.

A sra. Fairfax debruçou-se sobre o portão enquanto Sophie enfiava o pé na bota.

— Bota de sete léguas — disse ela. — Vocês acreditam que faz anos que não vejo uma dessas? Algo muito útil para alguém da sua idade, senhora. Hã... eu não me incomodaria de ter um par delas atualmente. Então é da senhora que Lettie herdou o talento para a feitiçaria, é? Não que isso seja necessariamente de família, mas com muita frequência...

Michael segurou o braço de Sophie e a puxou. Ambas as botas se firmaram no chão e o resto da conversa da sra. Fairfax desapareceu no Zip! e no movimento do ar. No momento seguinte, Michael teve de firmar os pés para não colidir com o castelo. A porta estava aberta. Lá dentro, Calcifer rugia:

— Porta de Porthaven! Alguém está batendo insistentemente ali desde que vocês saíram.

CAPÍTULO NOVE
No qual Michael tem problemas com um feitiço

Era o capitão do mar à porta, que vinha em busca do seu feitiço do vento, por fim, e não estava nem um pouco satisfeito por ter precisado esperar.

— Se eu perder minha maré, garoto — disse ele a Michael —, vou dar uma palavrinha com o Feiticeiro sobre você. Não gosto de garotos preguiçosos.

Michael, na opinião de Sophie, foi excessivamente educado com ele, mas ela estava se sentindo muito desalentada para interferir. Depois que o capitão se foi, Michael voltou para a bancada para debruçar-se novamente sobre seu feitiço e Sophie ficou sentada em silêncio, remendando suas meias. Tinha apenas aquele par e os pés ossudos haviam aberto imensos buracos nelas. O vestido cinza, a essa altura, estava puído e sujo. Ela se perguntou se teria coragem de cortar as partes menos manchadas do traje azul e prata arruinado de Howl para fazer para si mesma uma saia. Mas não ousou.

— Sophie — disse Michael, erguendo os olhos de sua décima primeira página de notas —, quantas sobrinhas você tem?

Sophie receara que Michael começasse a fazer perguntas.

— Quando se chega à minha idade, meu rapaz — disse ela —, você perde as contas. Elas todas parecem tão iguais. Aquelas duas Letties podiam ser gêmeas, na minha opinião.

— Ah, não, não mesmo — disse Michael, para surpresa dela. — A sobrinha em Upper Folding não é tão bonita quanto a *minha* Lettie. — Ele rasgou a décima primeira página e fez uma décima segunda. — Fico feliz que Howl não tenha encontrado a *minha* Lettie — disse ele. Começou a escrever na décima terceira página e rasgou essa também. — Tive vontade de rir quando aquela sra. Fairfax disse que sabia quem era Howl, você não?

— Não — disse Sophie. Não fizera a menor diferença para os sentimentos de Lettie. Ela pensou no rosto vivaz e adorável da irmã sob as macieiras. — Será que não existe a menor chance de Howl estar apaixonado de verdade dessa vez? — perguntou ela, sem esperança.

Calcifer bufou fagulhas verdes chaminé acima.

— Temia que você começasse a pensar assim — disse Michael. — Mas você estaria se iludindo, exatamente como a sra. Fairfax.

— Como sabe? — perguntou Sophie.

Calcifer e Michael trocaram olhares.

— Ele esqueceu de passar pelo menos uma hora no banheiro esta manhã? — indagou Michael.

— Ficou lá duas horas — disse Calcifer —, colocando feitiços no rosto. Tolo vaidoso!

— Aí está, então — disse Michael. — O dia em que Howl se esquecer de fazer isso vai ser o dia em que acreditarei que ele está apaixonado de verdade, não antes disso.

Sophie pensou em Howl ajoelhado no pomar, fazendo pose para parecer o mais bonito possível, e soube que eles tinham razão. Ela pensou em ir ao banheiro e jogar todos os feitiços de beleza de Howl ralo abaixo. Mas não ousaria. Em vez disso, mancando, pegou o traje azul e prata e passou o resto do dia cortando pequenos triângulos azuis a fim de fazer uma saia de retalhos.

Michael deu tapinhas em seu ombro gentilmente quando veio jogar as 17 páginas de suas notas para Calcifer.

— Todo mundo supera as coisas no fim, você sabe — disse ele.

A essa altura, já tinha ficado evidente que Michael estava tendo problemas com seu feitiço. Ele desistiu das notas e raspou um pouco de fuligem da chaminé. Calcifer esticou o pescoço para observá-lo, perplexo. Michael pegou uma raiz murcha em uma das bolsas penduradas nas vigas e a colocou sobre a fuligem. Em seguida, após muito pensar, girou a maçaneta com o azul para baixo e desapareceu por vinte minutos em Porthaven. Voltou com uma grande concha do mar espiralada e a colocou junto à raiz e à fuligem. Depois disso, rasgou páginas e mais páginas e as juntou aos outros itens. Colocou tudo diante do crânio humano e começou a soprar, de forma que a fuligem e pedaços de papel rodopiassem por toda a bancada.

— O que ele está fazendo? O que você acha? — perguntou Calcifer a Sophie.

Michael desistiu de soprar e começou a amassar tudo, inclusive o papel, com um soquete e um pilão, olhando, de tempos em tempos, para o crânio, em expectativa. Nada aconteceu, então ele tentou ingredientes diferentes, retirados de sacolas e potes.

— Eu me sinto mal em espionar Howl — anunciou, enquanto triturava vigorosamente um terceiro grupo de ingredientes numa tigela. — Ele pode ser volúvel com as mulheres, mas tem sido muitíssimo bom para mim. Ele me acolheu quando eu era apenas um órfão indesejado sentado na soleira de sua porta em Porthaven.

— Como foi que isso aconteceu? — perguntou Sophie, enquanto recortava mais um triângulo azul.

— Minha mãe morreu e meu pai se afogou numa tempestade — disse Michael. — E ninguém quer você quando isso acontece. Tive de deixar a nossa casa porque não podia pagar aluguel, e tentei viver nas ruas, mas as pessoas me expulsavam das soleiras de suas portas e dos barcos até que o único lugar aonde podia pensar em ir era um do qual todos tivessem muito medo e com que não ousassem se meter. Howl estava começando modestamente como Feiticeiro Jenkin. Mas todos diziam que a casa dele tinha demônios, e então eu dormi em sua porta durante algumas noites até que Howl a abriu um dia de manhã, quando saía para comprar pão, e eu caí lá dentro. Ele disse que eu podia esperar ali dentro enquanto ele ia comprar algo para comer. Entrei e lá estava Calcifer, e comecei a conversar com ele, pois nunca antes havia encontrado um demônio.

— Sobre o que vocês conversaram? — perguntou Sophie, imaginando se Calcifer tinha pedido também a Michael que quebrasse seu contrato.

— Ele me contou seus problemas e chorou em cima de mim. Não foi? — disse Calcifer. — Não pareceu ocorrer a ele que eu também tivesse problemas.

— E acho que não tem. Você só resmunga muito — disse Michael. — Você foi bem legal comigo naquele dia, e acho que Howl ficou impressionado. Mas você sabe como ele é. Não me disse que eu podia ficar. Só não me mandou embora. Assim, comecei a me fazer útil sempre que podia, como, por exemplo, cuidando do dinheiro para que ele não gastasse tudo assim que ganhasse, e assim por diante.

O feitiço fez uma espécie de *uuuufff* numa pequena explosão. Michael limpou a fuligem do crânio, suspirando, e tentou novos ingredientes. Sophie começou a confeccionar uma colcha de retalhos com triângulos azuis em torno de seus pés, no chão.

— Eu cometi muitos erros estúpidos quando comecei — continuou Michael. — Howl sempre foi muitíssimo amável. Pensei que já tivesse passado dessa fase agora. E acho

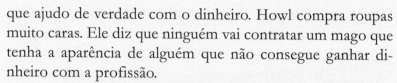

que ajudo de verdade com o dinheiro. Howl compra roupas muito caras. Ele diz que ninguém vai contratar um mago que tenha a aparência de alguém que não consegue ganhar dinheiro com a profissão.

— Isso é só porque ele gosta de roupas — disse Calcifer. Seus olhos laranja fitaram Sophie trabalhando de modo significativo.

— Este traje estava estragado — disse Sophie.

— Não são só roupas — observou Michael. — Lembra-se do inverno passado, quando estávamos no seu último pedaço de lenha e Howl saiu e comprou o crânio e aquele violão estúpido? Fiquei muito aborrecido com ele, que disse que *pareciam* bons.

— O que vocês fizeram em relação à lenha? — perguntou Sophie.

— Howl conjurou um pouco, por meio de magia, de alguém que lhe devia dinheiro — disse Michael. — Pelo menos, foi isso o que ele disse, e eu torci para que estivesse dizendo a verdade. E comemos alga. Howl diz que é bom para a saúde.

— Muito bom — murmurou Calcifer. — Seco e crocante.

— Eu detesto — replicou Michael, olhando distraidamente sua tigela com os ingredientes triturados. — Eu não sei... deviam ser sete ingredientes... a menos que se trate de sete processos... mas vamos tentar como um pentáculo. — Ele pôs a tigela no chão e riscou com giz uma espécie de estrela de cinco pontas em torno dela.

O pó explodiu com uma força que atirou os triângulos de Sophie na lareira. Michael xingou e mais que depressa apagou as linhas de giz.

— Sophie — disse ele —, estou empacado com esse feitiço. Será que você poderia me ajudar?

Assim como alguém levando dever de casa para a avó, pensou Sophie, catando os triângulos e pacientemente posicionando-os no chão novamente.

— Vamos dar uma olhada — disse ela, com cuidado. — Não conheço nada sobre magia, você sabe.

Michael apressou-se a enfiar um papel estranho, levemente brilhante, na mão dela. Parecia pouco comum, mesmo para um feitiço. Estava impresso em letras em negrito, mas estas eram ligeiramente acinzentadas e borradas, e havia manchas cinza, como nuvens de tempestade se recolhendo, em torno de todas as bordas.

— Veja o que acha — disse Michael.

Sophie leu:

"Vá e apanhe uma estrela cadente,
Pegue, com uma criança, da mandrágora a raiz,
Diga-me onde estão todos os anos precedentes,
Ou, da fenda no pé do Diabo, de quem era a matriz.
Ensine-me a ouvir as sereias cantando,
Ou a ignorar a inveja ferroando,
* E descubra*
* Qual vento na Terra*
* Pode impelir uma mente sincera.*

Decida do que se trata aqui
E escreva você uma segunda estrofe."

Aquilo deixou Sophie muito intrigada. Não era como nenhum dos outros feitiços que ela havia bisbilhotado antes. Ela o examinou duas vezes, apesar das explicações ansiosas de Michael enquanto ela tentava ler.

— Sabe que Howl me disse que os feitiços avançados trazem um enigma próprio? Bem, a princípio cheguei à conclusão de que cada linha se destinava a ser um enigma. Usei fuligem com centelhas para a estrela cadente, e uma concha do mar para o canto das sereias. E pensei que *eu* podia contar como a criança, então peguei uma raiz de mandrágora, e escrevi listas de anos precedentes tiradas de almanaques, mas eu não tinha certeza sobre isso... talvez aí eu tenha errado... E será que a coisa que cessa a dor de uma ferroada é a folha da erva-do-amor? Eu não tinha pensado nisso antes... De qualquer forma, nada *funciona*!

— O que não me surpreende — disse Sophie. — Para mim, parece um conjunto de coisas impossíveis de fazer.

Michael, porém, não ia aceitar isso. Se as coisas fossem impossíveis, observou com sensatez, ninguém jamais seria capaz de preparar o feitiço.

— E estou tão envergonhado de ter espionado Howl — acrescentou — que quero compensar fazendo esse trabalho bem-feito.

— Muito bem — disse Sophie. — Vamos começar por "Decida do que se trata aqui". Isso deve ser o começo, já que decidir é parte do feitiço.

Michael, porém, não ia aceitar isso também.

— Não — disse ele. — Esse é o tipo de feitiço que se revela à medida que você o prepara. É isso que significa a última linha. Quando você escreve a segunda metade, dizendo o que significa o feitiço, isso o faz funcionar. Os desse tipo são muito avançados. Precisamos decifrar a primeira parte antes.

Sophie tornou a recolher seus triângulos azuis, formando uma pilha.

— Vamos perguntar a Calcifer — sugeriu ela. — Calcifer, quem...?

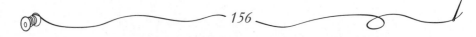

Mas essa foi outra coisa que Michael não a deixou fazer.

— Não, fique quieta. Acho que Calcifer é parte do feitiço. Olhe como diz "Diga-me" e "Ensine-me". A princípio, pensei que isso significasse ensinar o crânio, mas não funcionou, então deve ser Calcifer.

— Você pode fazer sozinho, se vai rejeitar todas as minhas sugestões! — disse Sophie. — De qualquer forma, certamente Calcifer deve saber quem fez a fenda em seu próprio pé!

Calcifer flamejou um pouco nesse momento.

— Eu não tenho pés. Sou um demônio, não um diabo.

Com isso, ele se retirou para baixo de sua lenha, onde podiam ouvi-lo tinindo e murmurando "Quanta bobagem!" durante todo o restante do tempo em que Sophie e Michael ficaram discutindo o feitiço.

A essa altura o enigma já havia prendido a atenção de Sophie. Ela guardou os triângulos azuis, pegou pena e papel e começou a tomar notas no mesmo ritmo de Michael antes. Pelo resto do dia ela e Michael ficaram ali sentados fitando a distância, mordiscando as penas e lançando sugestões um para o outro.

Numa página de notas de Sophie se lia:

Alho afasta inveja? Eu poderia cortar uma estrela de papel e deixá-la cair. Podíamos contar a Howl? Howl ia gostar mais de sereias do que Calcifer. Não acho que a mente de Howl seja sincera. E a de Calcifer? Em todo caso, onde estão os anos precedentes? Isso significa que uma daquelas raízes secas deve dar frutos? Plantá-la? Perto de uma folha de erva-do-amor? Numa concha? Casco fendido exclui os cavalos? Vento? Cheiro? Vento de botas de sete léguas? Howl é o diabo? Dedos fendidos em botas de sete léguas? Sereias de botas?

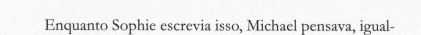

Enquanto Sophie escrevia isso, Michael pensava, igualmente desesperado:

— Será que o "vento" é algum tipo de roldana? Um homem sincero sendo enforcado? Mas isso é magia *das trevas*.

— Vamos comer — disse Sophie.

Eles comeram pão e queijo, ainda fitando a distância. Por fim, Sophie disse:

— Michael, pelo amor de Deus, vamos desistir de tentar adivinhar e fazer exatamente o que diz. Qual o melhor lugar para pegar uma estrela cadente? Nas colinas?

— Os pântanos de Porthaven são planos — disse Michael. — Acha que *conseguimos*? As estrelas cadentes são rápidas demais.

— E nós também, com as botas de sete léguas — lembrou Sophie.

Michael ergueu-se de um salto, cheio de alívio e satisfação.

— Acho que você resolveu! — disse ele, correndo para ir buscar as botas. — Vamos tentar.

Dessa vez, Sophie, prudentemente, apanhou a bengala e o xale, pois já estava bem escuro. Michael ia virando a maçaneta com o azul para baixo quando duas coisas estranhas aconteceram. Sobre a bancada, os dentes do crânio começaram a bater. E Calcifer inflamou-se, subindo pela chaminé.

— Não quero que vocês saiam! — disse ele.

— Vamos voltar logo — tranquilizou-o Michael.

Eles saíram para a rua em Porthaven. Era uma noite clara e refrescante. Assim que alcançaram o fim da rua, porém, Michael lembrou-se de que Sophie estivera doente naquela manhã e começou a se preocupar com o efeito do ar noturno sobre a saúde dela. Sophie lhe disse que não fosse tolo. Ela seguiu corajosamente adiante com sua bengala até terem deixado as janelas iluminadas para trás e a noite ter se tornado vasta, úmida e fria. O pântano cheirava a sal e terra. O mar brilhava e sibilava suavemente atrás deles. Sophie podia sentir, mais do que ver, os quilômetros e quilômetros de planície estendendo-se à sua frente. O que ela conseguia ver eram faixas de uma neblina baixa e azulada e o brilho fraco das poças pantanosas, milhares de vezes, até formarem uma linha pálida onde o céu começava. O céu estava por toda parte, cada vez mais imenso. A Via Láctea parecia uma faixa de névoa que se erguera do pântano, e as estrelas, nítidas, cintilavam através dela.

Michael e Sophie ficaram ali parados, cada um com uma bota pronta no chão diante deles, esperando que uma das estrelas se movesse.

Depois de cerca de uma hora, Sophie precisou fingir que não estava tremendo, com medo de preocupar Michael.

Passada mais meia hora, Michael disse:

— Maio não é a época certa do ano. Agosto ou novembro é melhor.

Outra meia hora depois, ele disse, preocupado:

— O que fazemos em relação à raiz de mandrágora?

— Vamos cuidar desta parte antes de nos preocuparmos com isso — disse Sophie, trincando os dentes enquanto falava, com medo de que batessem.

Algum tempo depois, Michael disse:

— Você vai para casa, Sophie. Afinal, o feitiço é meu.

Sophie abriu a boca para dizer que era uma ideia muito boa, quando uma das estrelas se descolou do firmamento e lançou-se num rastro branco pelo céu.

— *Lá* vai uma! — gritou então Sophie.

Michael enfiou o pé na bota e partiu. Sophie preparou-se com a bengala e partiu um segundo depois. Zip! *Splash*. No meio do pântano, com a névoa, o vazio e as poças de brilho embaciado espalhando-se em todas as direções, Sophie cravou a bengala no chão e conseguiu parar.

A bota de Michael era uma mancha escura parada ao lado da sua. E Michael era um som de pés correndo loucamente em algum ponto à frente.

E lá estava a estrela cadente. Sophie podia vê-la, uma pequena forma branca descendente, parecendo uma chama, alguns metros à frente dos movimentos escuros que eram Michael. A forma brilhante agora descia lentamente e parecia que Michael ia conseguir pegá-la.

Sophie conseguiu tirar o sapato de dentro da bota.

— Vamos, bengala! — gritou ela. — Leve-me até lá!

E lá se foi ela, tropegamente, o mais rápido que conseguia, saltando entre moitas e cambaleando em meio às poças, com os olhos naquela pequenina luz branca.

Quando ela o alcançou, Michael espreitava a estrela com passos leves, ambos os braços estendidos para agarrá-la. Sophie podia ver-lhe a silhueta contra a luz da estrela, que estava no nível das mãos de Michael e apenas um passo à sua frente, virando-se para trás e olhando-o nervosamente. Que estranho!, pensou Sophie. Era feita de luz, iluminava um anel claro de grama, junco e poças escuras em torno de Michael e, no entanto, tinha grandes olhos ansiosos que o espiavam, e um rosto pequeno e pontudo.

A chegada de Sophie a assustou. Ela deu uma volta súbita e gritou numa voz aguda e quebradiça:

— O que foi? O que vocês querem?

Sophie tentou dizer a Michael: Pare — ela está aterrorizada! Mas não tinha fôlego para falar.

— Eu só quero pegar você — explicou Michael. — Não vou machucá-la.

— Não! Não! — gritou a estrela desesperada. — Isso é errado! Eu vou morrer!

— Mas eu posso salvá-la se você me deixar pegá-la — disse Michael gentilmente.

— Não! — gritou a estrela. — Prefiro morrer!

E despencou, afastando-se dos dedos de Michael, que mergulhou atrás dela. A estrela, porém, era rápida demais para ele. Ela se lançou na poça mais próxima e a água escura tornou-se uma labareda de alvura por um único instante. Então ouviu-se um chiado leve, agonizante. Quando Sophie chegou mancando, Michael observava a última luz desaparecer numa pequena protuberância arredondada na água escura.

— Que tristeza — disse Sophie.

Michael suspirou.

— É. Senti um aperto no coração. Vamos para casa. Estou cansado desse feitiço.

Eles levaram vinte minutos para encontrar as botas. Sophie pensou que era um milagre que as encontrassem.

— Sabe — disse Michael, enquanto percorriam, desanimados, as ruas escuras de Porthaven —, posso ver que nunca conseguirei fazer esse feitiço. É muito avançado para mim. Vou ter de perguntar a Howl. Detesto desistir, mas pelo menos vou conseguir tirar alguma sensatez de Howl agora que essa Lettie Hatter está se rendendo a ele.

Isso não animou Sophie em nada.

CAPÍTULO DEZ
No qual Calcifer promete a Sophie uma pista

Howl devia ter voltado enquanto Sophie e Michael estavam fora. Ele saiu do banheiro quando Sophie preparava o café da manhã sobre Calcifer e sentou-se elegantemente na cadeira, arrumado, animado e cheirando a madressilva.

— Querida Sophie — disse ele. — Sempre ocupada. Você trabalhou muito ontem, apesar do meu conselho, não foi? Por que fez um quebra-cabeça da minha melhor roupa? É só uma perguntinha amistosa, sabe?

— Você a transformou em gelatina no outro dia — respondeu Sophie. — Eu a estou reformando.

— Eu posso fazer isso — disse Howl. — Pensei que tivesse lhe mostrado. Também posso fazer um par de botas de sete léguas para você, se me disser o tamanho. Algo prático, em couro de bezerro marrom, talvez. É impressionante como alguém pode dar um passo de 16 quilômetros e ainda pisar num monte de estrume de vaca.

— Pode ter sido estrume de boi — replicou Sophie. — Suponho que tenha encontrado lama dos pântanos nelas também. Uma pessoa da minha idade precisa de muito exercício.

— Então você esteve ainda mais ocupada do que pensei — disse Howl. — Porque, quando desviei meus olhos do rosto adorável de Lettie por um instante ontem, eu posso jurar que vi seu nariz comprido bisbilhotando na esquina da casa.

— A sra. Fairfax é uma amiga da família — disse Sophie. — Como eu ia adivinhar que você também estaria lá?

— Você tem instinto, Sophie, é isso — disse Howl. — Nada está a salvo de você. Se eu fosse cortejar uma garota que vivesse num *iceberg* no meio do oceano, mais cedo ou mais tarde... provavelmente mais cedo... eu depararia com você voando acima da minha cabeça numa vassoura. Na verdade, agora eu ficaria decepcionado com você se isso *não* acontecesse.

— Você está de partida para o *iceberg* hoje? — retorquiu Sophie. — Pela expressão no rosto de Lettie ontem, não há nada que precise mantê-lo lá!

— Você não está sendo justa comigo, Sophie — disse Howl. Ele parecia profundamente magoado. Sophie olhou-o de lado, desconfiada. Além da joia vermelha balançando na orelha de Howl, seu perfil parecia triste e nobre. — Longos anos vão se passar antes que eu deixe Lettie — disse ele. — E, na verdade, vou ver o Rei novamente hoje. Satisfeita, sra. Bisbilhoteira?

Sophie não estava convicta de acreditar numa única palavra dele, embora certamente tenha sido para Kingsbury, com o vermelho da maçaneta voltado para baixo, que Howl partiu depois do café da manhã, desvencilhando-se de Michael quando este tentou consultá-lo acerca do intrigante feitiço. Michael, como não tinha nada para fazer, também saiu. Disse que então poderia ir para o Cesari's.

Sophie ficou sozinha. Ainda não acreditava totalmente no que Howl dissera sobre Lettie, mas já havia se enganado com ele antes, e tinha apenas a palavra de Michael e Calcifer como testemunho do comportamento de Howl, afinal. Ela recolheu todos os triangulozinhos azuis de tecido e, sentindo-se culpada, começou a costurá-los de volta à rede de pesca prateada que era tudo o que sobrara do terno. Quando alguém bateu à porta, ela se assustou violentamente, pensando que era o espantalho de novo.

— Porta de Porthaven — disse Calcifer, bruxuleando um sorriso púrpura para ela.

Deve estar tudo bem, então. Sophie mancou até lá e a abriu, o azul para baixo. Havia um cavalo de tração do lado de fora. O camarada de 50 anos que o conduzia perguntou se a sra. Bruxa teria algo para fazê-lo parar de perder as ferraduras o tempo todo.

— Vamos ver — disse Sophie. Ela mancou até a lareira. — O que eu *devo* fazer? — sussurrou ela.

— Pó amarelo, quarto frasco na segunda prateleira — sussurrou Calcifer de volta. — Esses feitiços são crença, na maior parte. Não pareça insegura quando o der a ele.

Assim, Sophie despejou o pó amarelo num quadrado de papel, como vira Michael fazer, torceu-o com destreza e mancou até a porta com ele.

— Aí está, meu filho — disse ela. — Isso vai colar as ferraduras com mais força do que uma centena de cravos. Está me ouvindo, cavalinho? Você não vai precisar de ferreiro pelo próximo ano. Custa um *penny*, obrigada.

Foi um dia bastante movimentado. Sophie teve de deixar de lado sua costura e vender, com a ajuda de Calcifer, um feitiço para desentupir ralos, outro para recolher cabras e algo para fabricar cerveja boa. O único que lhe deu trabalho foi o cliente que bateu à porta em Kingsbury. Sophie a abriu, com o vermelho para baixo, e deparou com um rapaz ricamente vestido, não muito mais velho do que Michael, de rosto branco, suando e torcendo as mãos na soleira da porta.

— Sra. Feiticeira, por piedade! — pediu ele. — Tenho de travar um duelo amanhã ao alvorecer. Dê-me alguma coisa que me garanta a vitória. Eu pago qualquer quantia que pedir!

Sophie olhou sobre o ombro para Calcifer, e este lhe devolveu caretas, o que significava que não havia tal coisa pronta.

— Isso não seria certo, em absoluto — disse Sophie com severidade ao rapaz. — Duelar já é errado.

— Então me dê algo que me deixe ter uma chance justa! — disse o jovem, desesperado.

Sophie olhou para ele, que era de pequena estatura e estava visivelmente com muito medo. Ele tinha o olhar desesperançado de alguém que sempre perde.

— Vou ver o que posso fazer — disse Sophie.

Ela mancou até as prateleiras e vasculhou os potes. O vermelho, rotulado PIMENTA-DE-CAIENA, parecia o mais adequado. Sophie despejou uma generosa pilha do pó num quadrado de papel e colocou o crânio humano ao lado.

— Porque você deve saber mais disso do que eu — murmurou para ele.

O jovenzinho enfiava a cabeça ansiosamente pela porta para espiar. Sophie pegou uma faca e fez o que esperava que fosse parecer passes místicos sobre o monte de pimenta.

— Você vai fazer com que a luta seja justa — murmurou ela. — Uma luta justa. Entende? — Ela torceu o papel e mancou até a porta com ele. — Atire isto no ar quando o duelo começar — disse ela ao pequeno rapaz — e terá a mesma chance do outro homem. Depois disso, ganhar ou perder vai depender de você.

O pequeno rapaz ficou tão grato que tentou lhe dar uma moeda de ouro. Sophie recusou e então ele lhe deu uma de dois *pence* e se foi, assoviando, feliz.

— Sinto-me uma impostora — disse Sophie, enquanto guardava o dinheiro debaixo da pedra da lareira. — Mas gostaria de assistir a essa luta!

— Eu também! — crepitou Calcifer. — Quando é que você vai me libertar para que eu possa ir ver coisas desse tipo?

— Quando eu tiver ao menos uma pista sobre o contrato — respondeu Sophie.

— Talvez você tenha uma ainda hoje, mais tarde — disse Calcifer.

Michael retornou animado no fim da tarde. Lançou um olhar ansioso à sua volta, para se certificar de que Howl não chegara primeiro, e dirigiu-se à bancada, onde arranjou as coisas de modo a parecer que estivera ocupado, cantando alegremente ao fazê-lo.

— Invejo sua capacidade de andar tanto com tamanha facilidade — disse Sophie, cosendo um pequeno triângulo num debrum prata. — Como é que está Ma... minha sobrinha?

De bom grado, Michael deixou a bancada e sentou-se no banquinho diante da lareira para lhe contar tudo sobre seu dia. Então perguntou como foi o de Sophie. O resultado foi que, quando Howl abriu a porta, empurrando-a com o ombro, os braços carregados de pacotes, Michael não parecia nada ocupado. Ele estava girando no banquinho, rindo do feitiço do duelo.

Howl deu um passo para trás, fechando a porta com as costas, e recostou-se nela, numa atitude trágica.

— Olhem vocês todos! — disse ele. — A ruína me espreita, eu trabalho intensamente o dia todo por vocês e ninguém, nem mesmo Calcifer, se dá ao trabalho de me dizer olá!

Michael levantou-se, culpado, e Calcifer disse:

— Eu nunca digo olá!

— Algum problema? — perguntou Sophie.

— Assim está melhor — disse Howl. — Alguns de vocês estão fingindo me notar, finalmente. Que gentileza sua perguntar, Sophie. Sim, *temos* um problema. O Rei me pediu oficialmente que encontrasse o irmão dele... com uma forte insinuação de que destruir a Bruxa das Terras Desoladas também viria a calhar... E vocês todos aí sentados rindo!

A essa altura já estava evidente que Howl estava com um humor capaz de produzir limo verde a qualquer segundo. Mais que depressa Sophie deixou a costura de lado.

— Vou fazer torradas com manteiga — disse ela.

— Isso é tudo que você pode fazer diante da tragédia? — perguntou Howl. — Torradas! Não, não se levante. Eu me arrastei até aqui carregado de coisas para você, portanto, o mínimo que pode fazer é mostrar um interesse cortês. Aqui está. — Ele despejou uma chuva de pacotes no colo de Sophie e entregou um a Michael.

Curiosa, Sophie desfez os embrulhos: vários pares de meias de seda; dois pacotes com as mais finas anáguas de cambraia, com detalhes de babados, renda e cetim; um par de botas com elástico lateral em camurça cinza; um xale de renda; e um vestido de seda cinza adornado com renda, que combinava com o xale. Sophie examinou cada um deles com um olhar profissional e arquejou. Só a renda valia uma fortuna. Ela alisou a seda do vestido, admirada.

Michael desembrulhou um belo traje novo de veludo.

— Você deve ter gastado cada centavo que estava na bolsa de seda! — disse ele, mal-agradecido. — Eu não preciso disso. É você quem precisa de roupa nova.

Howl enganchou a bota no que restava do traje azul e prata e o ergueu, pesaroso. Sophie estava trabalhando arduamente, mas ainda havia mais buraco do que roupa.

— Quanta generosidade da minha parte! — disse ele. — Mas não posso mandar você e Sophie sujarem meu nome junto ao Rei vestidos com farrapos. O Rei pensaria que não cuido bem de minha velha mãezinha. Então, Sophie? As botas são do tamanho certo?

Sophie ergueu os olhos do tecido que ela afagava, admirada.

— Você está sendo generoso — perguntou ela — ou covarde? Muito obrigada, mas não, eu não vou.

— Que ingratidão! — exclamou Howl, abrindo ambos os braços. — Vamos ter limo verde de novo! E depois vou ser obrigado a mover o castelo uns dois mil quilômetros daqui e nunca mais vou ver minha adorável Lettie!

Michael olhou para Sophie, suplicante. Sophie fechou a cara. Sabia muito bem que a felicidade de suas duas irmãs dependia de ela concordar em ver o Rei. Com o limo verde, de quebra.

— Você ainda não me pediu para fazer nada — afirmou ela. — Apenas disse que eu vou fazer.

Howl sorriu.

— E você vai, não vai?

— Está bem. Quando quer que eu vá? — perguntou Sophie.

— Amanhã à tarde — disse Howl. — Michael pode ir como seu pajem. O Rei estará à sua espera.

Ele sentou-se no banquinho e começou a explicar com gravidade exatamente o que Sophie deveria dizer. Não havia o menor vestígio do humor de limo verde agora que as coisas corriam à maneira de Howl, Sophie percebeu. Teve vontade de bater nele.

— Quero que você cumpra uma missão muito delicada — explicou Howl —, de forma que o Rei continue a me dar trabalhos como os feitiços de transporte, mas não me confie nada do tipo encontrar o irmão. Você deve dizer a ele como eu enfureci a Bruxa das Terras Desoladas e explicar que filho bom eu sou para você, mas quero que faça de tal forma que ele entenda que sou, na verdade, um imprestável.

Howl explicou tudo em detalhes. Sophie, as mãos segurando com força os pacotes, tentava absorver tudo, embora não pudesse evitar pensar: se eu fosse o Rei, não entenderia uma só palavra do que a velha estava querendo dizer!

Enquanto isso, Michael rondava Howl, tentando perguntar sobre o intrigante feitiço. Howl prosseguia pensando em novos e sutis detalhes para dizer ao Rei, repelindo Michael.

— Agora não, Michael. E me ocorreu, Sophie, que você pode querer um pouco de prática para não achar o Palácio opressivo. Não queremos que você se sinta tonta no meio da entrevista. Ainda não, Michael. Então, providenciei para que você faça uma visita à minha antiga professora, a sra. Pentstemmon. Ela é uma senhora formidável. Em alguns aspectos é mais magnífica do que o Rei. Assim, você vai estar bastante acostumada a esse tipo de coisa quando chegar ao Palácio.

A essa altura, Sophie já desejava nunca ter concordado em ir. Ficou aliviada quando Howl finalmente se voltou para Michael.

— Certo, Michael. Sua vez. O que foi?

Michael agitou o brilhante papel cinza no ar e explicou, num ímpeto infeliz, como o feitiço parecia impossível.

Howl pareceu levemente admirado ao ouvir isso, mas pegou o papel, dizendo:

— Ora, onde está o problema? — E abriu o papel, fitando-o. Uma de suas sobrancelhas se ergueu.

— Tentei como um enigma e tentei fazer exatamente o que diz — explicou Michael. — Mas Sophie e eu não conseguimos pegar a estrela cadente...

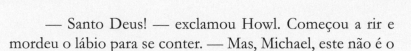

— Santo Deus! — exclamou Howl. Começou a rir e mordeu o lábio para se conter. — Mas, Michael, este não é o feitiço que lhe deixei. Onde você encontrou isto?

— Na bancada, naquela pilha de coisas que Sophie juntou perto do crânio — disse Michael. — Era o único feitiço novo ali, assim pensei...

Howl se ergueu de um pulo e examinou as coisas sobre a bancada.

— Sophie ataca outra vez — disse ele. As folhas deslizavam para a direita e para a esquerda, à medida que ele procurava. — Eu devia ter adivinhado! Não, o feitiço certo não está aqui. — Pensativo, ele deu um tapinha no domo marrom e brilhante do crânio. — Obra sua, amigo? Tenho a impressão de que você veio de lá. O violão eu tenho certeza de que veio. Hã... Sophie, querida...

— O quê? — respondeu Sophie.

— A velha, tola, intrometida e indisciplinada Sophie — disse Howl. — Estou certo ao pensar que você virou minha maçaneta com o preto para baixo e meteu ali seu nariz comprido?

— Só o dedo — respondeu Sophie, com dignidade.

— Mas você abriu a porta — disse Howl —, e isso que Michael acha que é um feitiço deve ter entrado. Não ocorreu a nenhum de vocês dois que isso não tem nada a ver com a forma que os feitiços em geral têm?

— Os feitiços muitas vezes parecem estranhos — respondeu Michael. — O que é isso, então?

Howl deu uma gargalhada.

— Verifique do que se trata. E escreva você uma segunda estrofe! Meu Deus! — disse ele e saiu correndo para a escada. — Vou lhes mostrar — gritou, enquanto seus pés ecoavam acima deles.

— Acho que perdemos nosso tempo correndo de um lado para o outro nos pântanos ontem à noite — disse Sophie.

Michael assentiu, abatido. Sophie podia ver que ele estava se sentindo um tolo.

— Foi minha culpa — disse ela. — Eu abri a porta.

— O que havia lá fora? — perguntou Michael com grande interesse.

Mas Howl desceu correndo exatamente naquele momento.

— Eu não tenho o livro, afinal — disse ele, que agora parecia aborrecido. — Michael, ouvi você dizer que saiu e tentou pegar uma estrela cadente?

— Sim, mas ela estava morta de medo, caiu numa poça e se afogou — disse Michael.

— Graças a Deus por isso! — afirmou Howl.

— Foi muito triste — disse Sophie.

— Triste, é? — replicou Howl, mais aborrecido do que nunca. — Foi *sua* ideia, não foi? Tinha de ser! Eu posso bem imaginar você pulando pelos pântanos, encorajando-o! Pois vou lhe dizer: essa foi a coisa mais estúpida que ele já fez na vida. Estaria mais do que triste se tivesse conseguido pegar aquela coisa! E você...

Calcifer bruxuleou, sonolento, chaminé acima.

— Qual o motivo de toda essa confusão? — perguntou. — Você mesmo pegou uma, não foi?

— Sim, e eu...! — começou Howl, voltando seu olhar feroz de bola de gude para Calcifer. Mas recuperou a compostura e voltou-se para Michael. — Prometa que nunca mais vai tentar pegar uma.

— Eu prometo — disse Michael, de bom grado. — E o que é aquilo, se não é um feitiço?

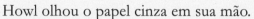

Howl olhou o papel cinza em sua mão.

— O título é "Canção"... e é isso que é, eu suponho. Mas não está completo, e eu não me lembro do restante. — Ele ficou de pé e pensou, como se uma nova ideia lhe tivesse ocorrido, ideia que obviamente o preocupava. — Acho que a estrofe seguinte era importante — disse ele. — É melhor eu ficar com ele e ver... — Encaminhou-se para a porta e virou a maçaneta com o preto para baixo. Então parou. Olhou para Michael e Sophie, que, mais do que naturalmente, fitavam a maçaneta. — Muito bem — disse ele. — Sei que Sophie vai ficar se contorcendo se eu deixá-la para trás, e isso não é justo com Michael. Venham os dois, para que eu possa ficar de olho em vocês.

Ele abriu a porta para o vazio e entrou nele. Michael caiu do banquinho em sua pressa de seguir. Sophie derrubou pacotes à direita e à esquerda da lareira quando saiu correndo também.

— Não deixe nenhuma fagulha cair nesses pacotes! — disse, apressada, para Calcifer.

— Se prometer me contar o que tem lá fora — disse ele. — A propósito, você já teve a sua pista.

— Tive? — perguntou Sophie.

Mas estava com muita pressa para ouvir.

CAPÍTULO ONZE
No qual Howl vai a um estranho país à procura de um feitiço

O vazio tinha apenas alguns centímetros, no fim das contas. Além dele, numa noite cinzenta e de chuva fina, havia um caminho de cimento que levava ao portão do jardim. Howl e Michael esperavam no portão. Além deste, via-se uma estrada plana, precária, ladeada por casas nos dois lados. Sophie olhou para trás, para o ponto de onde viera, tremendo bastante no chuvisco, e viu que o castelo havia se transformado numa casa de tijolos amarelos e janelas amplas. Como todas as outras casas, era quadrada e nova, com a porta da frente de vidro ondulado. Não parecia ter ninguém entre as casas. Talvez isso se devesse à chuva, mas Sophie tinha a sensação de que, na verdade, era porque, apesar de haver tantas casas, estavam na periferia de alguma cidade.

— Quando você tiver acabado de bisbilhotar — chamou Howl.

Sua roupa cinza e escarlate estava molhada da chuva fina. De sua mão pendia um molho de estranhas chaves, a maior parte das quais era achatada e amarela, e parecia combinar com as casas. Quando Sophie percorreu o caminho, ele disse:

— Precisamos estar vestidos de acordo com este lugar. — Suas roupas tornaram-se embaçadas, como se a chuva ao seu redor houvesse repentinamente se transformado em neblina. Quando ganharam foco novamente, ainda eram escarlate e cinza, mas tinham uma forma bem diferente. As mangas pendentes haviam desaparecido e toda a roupa era larga. Parecia velha e surrada.

O casaco de Michael virara uma coisa acolchoada até a cintura. Ele ergueu o pé, com um sapato de lona, e observou as coisas azuis apertadas que envolviam suas pernas.

— Mal posso dobrar o joelho — disse ele.

— Vai se acostumar — afirmou Howl. — Vamos, Sophie.

Para surpresa de Sophie, Howl os guiou de volta pelo caminho no jardim na direção da casa amarela. As costas da jaqueta folgada, ela viu, exibiam palavras misteriosas: RÚGBI GALÊS. Michael seguiu Howl, o andar tenso por conta daquelas coisas em suas pernas.

Sophie olhou para si mesma e viu um pedaço duas vezes maior das pernas finas aparecendo acima dos sapatos arredondados. Afora isso, não havia muitas mudanças nela.

Howl destrancou a porta de vidro ondulado com uma de suas chaves. Ao lado dela pendia de correntes uma placa de madeira. *Rivendell*, leu Sophie, enquanto Howl a puxava para um saguão limpo e arrumado. Parecia haver pessoas na casa. Vozes altas vinham de trás da porta mais próxima. Quando Howl abriu aquela porta, Sophie percebeu que as vozes vinham de imagens coloridas e mágicas que se moviam na parte da frente de uma caixa grande e quadrada.

— Howell! — exclamou uma mulher que estava ali sentada fazendo tricô.

Ela deixou de lado o trabalho, parecendo um tanto aborrecida, mas, antes que pudesse se levantar, uma garotinha, que estivera observando muito séria, com o queixo nas mãos, a caixa mágica, deu um salto e se lançou para Howl.

— Tio Howell! — gritou ela e pulou no colo de Howl, envolvendo-o com as pernas.

— Mari! — gritou Howl em resposta. — Como você está, *cariad*? Tem sido uma boa menina? — Ele e a garotinha começaram, então, a falar numa língua estrangeira, rápido e alto. Sophie podia ver que eram muito especiais um para o outro. Ela se perguntou que língua seria aquela. Parecia a mesma da tola canção da caçarola de Calcifer, mas era difícil ter certeza. Entre explosões daquela tagarelice estranha, Howl conseguiu dizer, como se fosse um ventríloquo:

— Estas são minha sobrinha, Mari, e minha irmã, Megan Parry. Megan, estes são Michael Fisher e Sophie... hã...

— Hatter — completou Sophie.

Megan apertou as mãos de ambos de uma forma contida, desaprovadora. Era mais velha do que Howl, mas bastante parecida com ele, com o mesmo rosto comprido e anguloso; os olhos dela, porém, eram azuis e cheios de inquietudes, e o cabelo era mais escuro.

— Quieta agora, Mari! — disse numa voz que interrompeu a conversa em língua estrangeira. — Howell, você vai ficar por muito tempo?

— Só passei por um instante — disse Howl, colocando Mari no chão.

— Gareth ainda não chegou — disse Megan de um modo que queria dizer algo mais.

— Que pena! Não podemos ficar — afirmou Howl, oferecendo-lhe um sorriso afetuoso e falso. — Só pensei em apresentar você aos meus amigos aqui. E queria lhe fazer uma pergunta que pode parecer boba. Por acaso Neil perdeu um pedaço do dever de casa dele recentemente?

— Que *engraçado* você perguntar isso! — exclamou Megan. — Ele procurou o dever por toda parte na quinta-feira passada! Ele tem essa professora nova, veja você, e ela é muito rígida, e não se preocupa apenas com a ortografia. Ela os aterroriza com a história de entregar os trabalhos no prazo. E isso não faz mal nenhum a Neil, aquele preguiçoso! Então quinta-feira, lá estava ele, procurando em todos os cantos, e tudo que encontrou foi um texto velho e engraçado...

— Ah — disse Howl. — O que ele fez com esse texto?

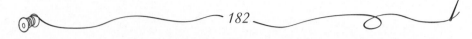

— Eu lhe disse que o entregasse a essa srta. Angorian — disse Megan. — Poderia mostrar a ela que, pelo menos uma vez, ele tentou.

— E ele fez isso? — perguntou Howl.

— Não sei. É melhor perguntar a Neil. Ele está lá no quarto da frente, com aquela sua máquina — respondeu Megan. — Mas você não vai conseguir arrancar dele nada que faça sentido.

— Venham — disse Howl a Michael e a Sophie, que estavam observando a reluzente sala marrom e laranja.

Ele pegou a mão de Mari e conduziu todos escada acima. Mesmo os degraus eram cobertos por tapete, um rosa e verde. Assim, o cortejo liderado por Howl mal fazia barulho à medida que seguia pela passagem rosa e verde que levava ao segundo andar, a um quarto com tapete azul e amarelo. Sophie, porém, não estava muito certa de que os dois garotos debruçados sobre as várias caixas mágicas numa mesa grande perto da janela teriam levantado os olhos mesmo para um exército com uma banda de metais. A principal caixa mágica tinha uma frente de vidro, como a do primeiro andar, mas parecia mostrar texto e diagramas mais do que imagens. Todas as caixas cresciam em caules brancos compridos e moles que pareciam enraizados em uma das paredes do quarto.

— Neil! — chamou Howl.

— Não interrompa — disse um dos garotos. — Ele vai perder a vida.

Vendo que era uma questão de vida ou morte, Sophie e Michael recuaram em direção à porta. Mas Howl, imperturbável diante da possibilidade de matar o sobrinho, caminhou até a parede e arrancou as caixas pelas raízes. A imagem na caixa desapareceu. Os dois garotos disseram palavras que

Sophie acreditava que nem Martha conhecia. O segundo menino girou na cadeira, gritando:

— Mari, vou pegar você por essa!

— Não fui eu desta vez! — gritou Mari em resposta.

Neil girou ainda mais e olhou acusadoramente para Howl.

— Como vai, Neil? — perguntou Howl, divertido.

— Quem é ele? — indagou o outro garoto.

— Meu tio imprestável — disse Neil, olhando, furioso, para Howl. Ele era negro, com sobrancelhas espessas, e seu olhar furioso era impressionante. — O que você quer? Ponha essa tomada de volta no lugar.

— É assim que se dá as boas-vindas por aqui? — disse Howl. — Eu a ponho de volta depois que tiver feito uma pergunta e você respondido.

Neil suspirou.

— Tio Howell, eu estou no meio de um jogo de computador.

— Novo? — perguntou Howl.

Os dois garotos pareciam aborrecidos.

— Não, é um que ganhei no Natal — disse Neil. — Você devia saber o que falam sobre perder tempo e dinheiro com coisas inúteis. Não vão me dar outro até meu aniversário.

— Então isso é fácil — disse Howl. — Você não vai se importar de parar se já fez isso antes, e eu posso suborná-lo com um novo...

— Verdade? — disseram os dois garotos com entusiasmo, e Neil acrescentou: — Pode ser um daqueles que ninguém mais tem?

— Pode. Mas dê uma olhada nisto aqui antes e me diga o que é — disse Howl, e segurou o brilhante papel cinza diante de Neil.

Os dois garotos o olharam.

— É um poema — disse Neil, da maneira como diria a maior parte das pessoas. — É um rato morto.

— É o dever de casa que a srta. Angorian passou na semana passada — disse o outro garoto.

Enquanto Sophie e Michael piscavam diante dessa informação, Neil exclamou:

— Ei! É o dever de casa que perdi. Onde você o encontrou? E aquele texto engraçado que apareceu é *seu*? A srta. Angorian disse que era interessante... para minha sorte... e o levou para casa com ela.

— Obrigado — disse Howl. — Onde ela mora?

— No apartamento em cima da casa de chá da sra. Phillips. Em Cardiff Road — disse Neil. — Quando é que você vai me dar o jogo novo?

— Quando você se lembrar de como é o resto do poema — respondeu Howl.

— Isso não é justo! — objetou Neil. — Eu não me lembro nem da parte que foi escrita agora. Isso é brincar com os sentimentos de uma pessoa! — Ele parou quando Howl riu, enfiou a mão num bolso largo e entregou-lhe um pacote plano. — *Obrigado!* — disse Neil com sinceridade e, sem mais cerimônias, virou-se novamente para suas caixas mágicas. Howl plantou o feixe de raízes outra vez na parede, rindo, e acenou para que Michael e Sophie deixassem o quarto com ele. Os dois garotos deram início a uma onda de misteriosa atividade, na qual Mari de alguma forma conseguiu entrar, assistindo com o polegar na boca.

Howl correu para a escada rosa e verde, mas Michael e Sophie hesitaram junto à porta do quarto, perguntando-se o que significava aquilo tudo. Lá dentro, Neil lia alto:

— Você está em um castelo encantado com quatro portas. Cada uma delas abre em uma dimensão diferente. Na Dimensão Um, o castelo se move constantemente e pode deparar com um perigo a qualquer momento...

Sophie admirou-se com a familiaridade daquilo enquanto mancava em direção à escada. Encontrou Michael de pé no meio dos degraus, parecendo constrangido. Howl, na base da escada, discutia com a irmã.

— O que quer dizer com vendeu todos os meus livros? — ela ouviu Howl dizer. — Eu precisava de um deles. Não eram seus; você não podia vendê-los.

— Não me interrompa! — respondeu Megan numa voz baixa e feroz. — *Ouça* agora! Eu já lhe disse antes que não sou um depósito para os seus pertences. Você é uma vergonha para mim e Gareth, perambulando por aí com essas roupas, em vez de comprar um traje adequado e parecer respeitável pelo menos uma vez... andando por aí com a escória, trazendo-a para esta casa! Está tentando me rebaixar ao seu nível? Você recebeu toda aquela educação e não tem nem um emprego decente, vive por aí à toa, desperdiçou todo aquele tempo na faculdade, todos os sacrifícios que outras pessoas fizeram, jogando fora o seu dinheiro...

Megan teria sido um bom páreo para a sra. Fairfax. Sua voz prosseguiu indefinidamente. Sophie começou a entender como Howl havia adquirido o hábito de sorrateiramente escapar. Megan era o tipo de pessoa que fazia você querer sair pela porta mais próxima. Infelizmente, Howl estava encurralado na escada, e Sophie e Michael se viram presos atrás dele.

— ...nunca teve um dia honesto de trabalho, nunca teve um emprego do qual eu pudesse me orgulhar, trazendo vergonha para mim e Gareth, vindo aqui e estragando Mari — desfiava Megan sem piedade.

Sophie empurrou Michael para um lado e desceu os degraus desafiadoramente, parecendo tão altiva quanto lhe era possível.

— Vamos, Howl — disse ela, solene. — Precisamos ir. Enquanto estamos aqui, o dinheiro está se esgotando com o tempo, e seus criados provavelmente estão vendendo a baixela de ouro. *Muito* prazer em conhecê-la — disse ela a Megan ao chegar ao pé da escada —, mas temos de nos apressar. Howl é um homem muito ocupado.

Megan engoliu em seco e fitou Sophie, que lhe dirigiu um gesto altivo de cabeça e empurrou Howl na direção da porta de entrada de vidro ondulado. O rosto de Michael tinha uma coloração vermelho vivo. Sophie viu porque Howl se virou para trás para perguntar a Megan:

— Meu velho carro ainda está na garagem ou você o vendeu também?

— Você tem a única chave — respondeu Megan, ríspida.

Esse aparentemente foi o único até logo. A porta da frente bateu e Howl os levou para uma construção branca quadrada no fim da estrada escura e plana. Ele nada falou sobre Megan. Mas quando destrancava uma porta larga da construção, disse:

— Suponho que a rígida professora tenha uma cópia daquele livro.

Sophie desejou esquecer o que veio a seguir. Eles andaram numa carruagem sem cavalos que se deslocava sacudindo a uma velocidade aterradora enquanto deixava para trás algumas das estradas mais íngremes que Sophie já vira — estradas tão íngremes que ela se admirava pelas casas que as ladeavam não escorregarem, formando uma pilha na base. Sophie fechou os olhos e agarrou-se a algumas das peças que haviam se soltado dos assentos, e simplesmente esperou que aquilo logo chegasse ao fim.

Felizmente, chegou. Eles alcançaram uma estrada mais plana, entulhada de casas de ambos os lados, e pararam ao lado de uma grande janela com cortina branca e um aviso que dizia: CHÁ FECHADO. Mas, apesar disso, quando Howl apertou um botão na pequena porta ao lado da janela, a srta. Angorian abriu a porta.

Todos a fitaram. Para uma professora rígida, a srta. Angorian era surpreendentemente jovem, esguia e bonita. Tinha longos cabelos pretos azulados emoldurando-lhe o rosto em formato de coração, pele acetinada e enormes olhos escuros. A única coisa que sugeria severidade nela era a forma direta e inteligente com que aqueles olhos fitavam e pareciam avaliá-los.

— Tenho o ligeiro palpite de que o senhor deve ser Howell Jenkins — disse a srta. Angorian a Howl. Sua voz era baixa e melodiosa e, não obstante, soava bastante divertida e segura de si.

Howl pareceu confuso por um instante. Então seu sorriso apareceu. E isso, pensou Sophie, era o adeus aos lindos sonhos de Lettie e da sra. Fairfax. Pois a srta. Angorian era exatamente o tipo de mulher por quem se podia contar que alguém como Howl se apaixonaria de imediato. E não só Howl. Michael a olhava com admiração também. Embora todas as casas em volta estivessem aparentemente desertas, Sophie não tinha dúvida de que estavam cheias de gente que conhecia tanto Howl quanto a srta. Angorian e os observava com interesse para ver o que aconteceria. Ela podia sentir seus olhos invisíveis. Market Chipping era assim também.

— E você deve ser a srta. Angorian — disse Howl. — Lamento incomodá-la, mas cometi um erro estúpido na semana passada e peguei o dever de casa do meu sobrinho em vez de um papel importante que eu tinha comigo. Imagino que Neil o tenha dado à senhorita como prova de que ele não estava inventando uma desculpa.

— Deu, mesmo — disse a srta. Angorian. — É melhor entrar e pegá-lo.

Sophie tinha certeza de que os olhos invisíveis em todas as casas se arregalaram e os pescoços invisíveis se esticaram quando Howl, Michael e ela marcharam pela porta da srta. Angorian, subindo um lance de escada para a minúscula e austera sala de estar.

— A senhora não quer se sentar? — perguntou a srta. Angorian, atenciosa, a Sophie.

Sophie ainda estava tremendo da viagem naquela carruagem sem cavalos. Sentou-se de bom grado numa das duas cadeiras, que não era muito confortável. A sala da srta. Angorian não era projetada pensando em conforto, mas em estudo. Embora muitos dos objetos ali fossem estranhos, Sophie compreendia as paredes de livros, as pilhas de papel sobre a mesa e as pastas empilhadas no chão. Ela sentou-se e observou Michael olhando-os, acanhado, e Howl colocando o seu charme em ação.

— Como sabe quem eu sou? — indagou Howl, divertido.

— Parece que o senhor foi motivo de muita fofoca nesta cidade — disse a srta. Angorian, ocupada examinando alguns papéis na mesa.

— E o que foi que esses fofoqueiros lhe disseram? — perguntou Howl. Ele inclinou-se languidamente sobre a extremidade da mesa e tentou atrair o olhar da srta. Angorian.

— Que o senhor desaparece e aparece de forma bastante imprevista, por exemplo — respondeu ela.

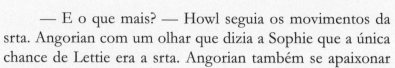

— E o que mais? — Howl seguia os movimentos da srta. Angorian com um olhar que dizia a Sophie que a única chance de Lettie era a srta. Angorian também se apaixonar instantaneamente por Howl.

A srta. Angorian, porém, não era esse tipo de mulher. Ela disse:

— Muitas outras coisas, poucas em seu favor. — E fez com que Michael enrubescesse ao olhar para ele e, em seguida, para Sophie, de um modo que sugeria que essas coisas não eram apropriadas para os ouvidos deles. Então ela ergueu um papel amarelado, de bordas onduladas, para Howl. — Aqui está — disse, severa. — Sabe o que é?

— Certamente — disse Howl.

— Então, por favor, me diga — replicou a srta. Angorian.

Howl apanhou o papel. Houve um certo entrevero quando ele tentou segurar a mão da srta. Angorian com a folha. Ela venceu e colocou as mãos atrás das costas. Howl sorriu, sedutor, e entregou o papel a Michael.

— Diga *você* a ela — determinou Howl.

O rosto enrubescido de Michael se iluminou assim que ele olhou o papel.

— É o feitiço! Ah, este eu posso fazer... é de aumento, não é?

— Foi o que pensei — disse a srta. Angorian, num tom acusador. — Gostaria de saber o que o senhor estava fazendo com isso.

— Srta. Angorian — começou Howl —, se ouviu todas essas coisas sobre mim, deve saber que escrevi minha tese de doutorado sobre feitiços e sortilégios. A senhorita me olha como se suspeitasse que pratico magia sombria! Eu lhe asseguro que nunca preparei nenhum tipo de feitiço em minha vida.

Sophie não pôde evitar bufar ligeiramente com aquela mentira deslavada.

— Eu juro — acrescentou Howl, lançando um olhar irritado a Sophie — que este feitiço é para propósito de estudo apenas. É muito antigo e raro. Era por isso que eu o queria de volta.

— Bem, o senhor o tem de volta — disse a srta. Angorian energicamente. — Antes de ir, se importaria de me devolver minha folha de dever de casa? As fotocópias custam dinheiro.

Howl pegou o papel cinzento e o segurou fora do alcance dela.

— Agora, sobre este poema... — disse ele. — Algo está me incomodando. É uma bobagem, eu sei... mas não consigo me lembrar do restante dele. É de Walter Raleigh, não é?

A srta. Angorian dirigiu-lhe um olhar fulminante.

— Certamente que não. É de John Donne e é muito conhecido. Tenho o livro aqui, se quiser refrescar a memória.

— Por favor — disse Howl, e pelo modo como seus olhos seguiam a srta. Angorian enquanto ela ia até a parede de livros, Sophie percebeu que esse era o verdadeiro motivo por que Howl fora até essa estranha terra em que sua família morava.

Mas ele não estava livre de querer matar dois coelhos com uma só cajadada.

— Srta. Angorian — pediu Howl, suplicante, seguindo-lhe os contornos quando ela se esticou para pegar o livro —, aceitaria jantar comigo hoje à noite?

A srta. Angorian deu meia-volta segurando um livro grande, parecendo mais séria do que antes.

— Não — disse ela. — Sr. Jenkins, não sei o que ouviu sobre mim, mas deve ter escutado que ainda me considero comprometida com Ben Sullivan.

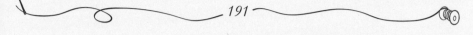

— Nunca ouvi falar dele — disse Howl.

— Meu noivo — informou ela. — Ele desapareceu há alguns anos. Agora, quer que eu leia o poema em voz alta para o senhor?

— Por favor — disse Howl, insistente. — A senhorita tem uma voz adorável.

— Então vou começar com a segunda estrofe — disse ela —, já que tem a primeira em suas mãos.

Ela lia muito bem, não só melodiosamente, mas de uma forma que fazia a segunda estrofe ajustar-se ao ritmo da primeira, o que, na opinião de Sophie, não acontecia absolutamente:

> *Se nasceste para ter visões estranhas,*
> *Coisas que são invisíveis ao olhar,*
> *Desejo que vivas dez mil dias, noites e manhãs*
> *Até a vida teus cabelos branquear.*
> *Então, quando retornares, irás me falar*
> *De todos os estranhos prodígios que te coube passar,*
>   *E jurar que não há*
>   *Nenhum lugar*
> *Em que uma mulher sincera, e bela, viva lá.*
> *Se tu...*

Howl empalidecera terrivelmente. Sophie podia ver o suor aparecendo em seu rosto.

— Obrigado — disse ele. — Pare aí. Não vou importuná-la com o restante. Mesmo a boa mulher é infiel na última estrofe, não é? Agora eu me lembro. Que tolo eu fui. John Donne, é óbvio. — A srta. Angorian baixou o livro e o fitou. Ele forçou um sorriso. — Precisamos ir agora. Tem certeza de que não vai mudar de ideia em relação ao jantar?

— Não vou — disse a srta. Angorian. — O senhor está bem, sr. Jenkins?

— Com ótima saúde — respondeu Howl, e apressou Michael e Sophie, conduzindo-os escada abaixo, em direção à horrível carruagem sem cavalos. Os observadores invisíveis nas casas devem ter pensado que a srta. Angorian estava perseguindo os três com um sabre, a julgar pela velocidade com a qual Howl os fez subir na carruagem e partiu.

— Qual é o problema? — perguntou Michael enquanto a carruagem rugia e rangia colina acima e Sophie se agarrava, desesperada, a pedaços do assento. Howl fingiu não ouvir. Então Michael esperou até que ele a estivesse trancando em seu galpão e tornou a perguntar.

— Ah, nada — disse Howl, despreocupadamente, conduzindo-os de volta à casa amarela chamada *Rivendell*. — A Bruxa das Terras Desoladas me alcançou com sua maldição, é só isso. Ia mesmo acontecer, mais cedo ou mais tarde. — Ele parecia estar calculando ou fazendo contas na cabeça enquanto abria o portão do jardim. — Dez mil — Sophie ouviu-o murmurar. — Isso dá mais ou menos o dia do solstício de verão.

— O que dá no dia do solstício de verão? — perguntou Sophie.

— O dia em que completarei dez mil dias de vida — respondeu Howl. — E esse, sra. Bisbilhoteira — disse ele, saltando para o jardim de *Rivendell* —, é o dia em que terei de voltar para a Bruxa das Terras Desoladas. — Sophie e Michael detiveram-se no caminho, fitando as costas de Howl, tão misteriosamente rotulada RÚGBI GALÊS. — Se eu me mantiver longe de sereias — eles o ouviram murmurar — e não tocar numa raiz de mandrágora...

Michael gritou:

— Temos de entrar nessa casa?

Seguido por Sophie:

— O que a Bruxa vai fazer?

— Estremeço só de pensar — disse Howl. — Você não precisa entrar, Michael.

Ele abriu a porta de vidro ondulado. Lá dentro estava a familiar sala do castelo. As chamas sonolentas de Calcifer coloriam as paredes levemente de verde-azulado no cair da noite. Howl puxou as longas mangas para trás e deu a Calcifer uma acha de lenha.

— Ela nos pegou, velho cara azul — disse ele.

— Eu sei — replicou Calcifer. — Eu senti.

CAPÍTULO DOZE
No qual Sophie se torna a velha mãe de Howl

Sophie não via muito sentido em sujar o nome de Howl com o Rei, agora que a Bruxa o alcançara. Mas Howl disse que agora isso era mais importante do que nunca.

— Vou precisar de todas as minhas forças para escapar dela — disse ele. — Não posso ter também o Rei atrás de mim.

Assim, na tarde seguinte, Sophie vestiu as roupas novas e sentou-se, sentindo-se bem, ainda que um tanto rígida, esperando que Michael se aprontasse e que Howl terminasse no banheiro. Enquanto esperava, ela contou a Calcifer sobre o estranho país onde vivia a família de Howl. Isso desviou seus pensamentos do Rei.

Calcifer ficou muito interessado.

— Eu sabia que ele vinha de terras estrangeiras — disse ele. — Mas, pelo que você fala, parece um outro mundo. Inteligente da parte da Bruxa lançar a maldição de lá. Muito inteligente mesmo. É essa mágica que eu admiro, usar algo que já existe e transformá-lo numa maldição. Eu cheguei a cogitar isso quando você e Michael estavam lendo o poema no outro dia. Aquele tolo do Howl contou coisas demais a ela sobre si mesmo.

Sophie olhou para o rosto fino e azul de Calcifer. Não a surpreendia descobrir que o demônio do fogo gostava do feitiço, assim como não a surpreendeu quando ele chamou Howl de tolo. Ele vivia insultando Howl. Mas Sophie nunca chegava à conclusão se Calcifer de fato odiava Howl. Calcifer parecia tão maligno, de qualquer forma, que era difícil dizer.

Calcifer dirigiu os olhos laranja para os de Sophie.

— Também estou com medo — disse ele. — Vou sofrer com Howl se a Bruxa o apanhar. Se você não quebrar o contrato antes dela, não poderei ajudá-la em nada.

Antes que Sophie pudesse fazer mais perguntas, Howl surgiu apressado do banheiro, em sua melhor forma, perfumando o ambiente com rosas e chamando Michael aos gritos. Michael desceu ruidosamente na roupa nova de veludo azul. Sophie se levantou e apanhou a bengala de confiança. Era hora de ir.

— Você parece maravilhosamente rica e imponente! — disse Michael a Sophie.

— Ela me faz justiça — disse Howl —, afora essa bengala horrível e velha.

— Algumas pessoas — disse Sophie — são completamente egocêntricas. Esta bengala vai comigo. Preciso dela como apoio moral.

Howl olhou para o teto, mas não discutiu.

Tomaram seu nobre caminho para as ruas de Kingsbury. Sophie, naturalmente, olhou para trás para ver como o castelo era, visto dali. Ela viu uma entrada grande e arqueada, circundando uma portinha preta. O resto do castelo parecia um trecho vazio de parede de reboco entre duas casas esculpidas nas pedras.

— Antes que você pergunte — disse Howl —, é mesmo apenas um estábulo desativado. Por aqui.

Percorreram ruas, parecendo tão normais quanto qualquer outro passante. Não que houvesse muitas pessoas por ali. Kingsbury ficava a uma distância muito grande ao sul e aquele era um dia extremamente quente por lá. As calçadas tremiam. Sophie descobriu outra desvantagem em ser velha: sentia-se indisposta no calor. Os elaborados edifícios oscilavam diante de seus olhos. Ela estava aborrecida, porque queria observar o lugar, mas tudo que tinha era uma impressão indistinta de domos dourados e casas altas.

— Por falar nisso — disse Howl —, a sra. Pentstemmon irá chamá-la de sra. Pendragon, que é o nome que uso aqui.

— Por quê? — perguntou Sophie.

— Como disfarce — disse Howl. — Pendragon é um nome lindo, muito melhor do que Jenkins.

— Eu vivo muito bem com um nome simples — disse Sophie quando dobraram numa rua abençoadamente estreita e fresca.

— Não podemos ser todos Chapeleiros Malucos — retrucou Howl.

A casa da sra. Pentstemmon era graciosa e alta, próxima ao fim da rua estreita. Havia laranjeiras em tinas ladeando a bela porta da frente, que foi aberta por um lacaio idoso vestido em veludo preto. Ele os conduziu a um hall de mármore xadrez branco e preto deliciosamente fresco, onde Michael tentou em segredo secar o suor do rosto. Howl, que parecia estar sempre refrescado, tratou o lacaio como um velho amigo e fez piadas com ele.

O lacaio os passou para um pajem vestido em veludo vermelho. Enquanto o garoto os guiava cerimoniosamente, subindo pela lustrosa escada, Sophie começou a ver por que essa era uma boa forma de praticar a visita ao Rei. Ela já se sentia num palácio. Quando o menino os conduziu a uma sala de visitas sombreada, Sophie tinha certeza de que nem um palácio poderia ser assim tão elegante. Tudo na sala era azul, dourado e branco, pequeno e belo. A sra. Pentstemmon era o mais belo de tudo. Alta e magra, sentava-se ereta numa cadeira azul e dourada coberta de bordados, apoiando-se rigidamente com uma das mãos, de luva de malha de rede dourada, numa bengala com a ponta de ouro. Ela usava seda cor de ouro velho, num estilo muito formal e antigo, rematado com uma touca cor de ouro velho, não muito diferente de uma coroa, amarrada num grande laço cor de ouro velho sob o macilento rosto de águia. Era a mulher mais bela e assustadora que Sophie já vira.

— Ah, meu querido Howell — disse ela, estendendo a luva de malha de rede dourada.

Howl curvou-se e beijou a luva, como obviamente deveria ser. E o fez com movimentos muito graciosos, mas, por trás, a visão da cena foi prejudicada por Howl agitando a outra mão furiosamente às suas costas na direção de Michael. Este, um pouco lento demais, percebeu que deveria ficar de pé junto à porta, ao lado do pajem. Ele recuou até lá, apressado, feliz em afastar-se o máximo possível da sra. Pentstemmon.

— Sra. Pentstemmon, permita-me apresentar minha velha mãe — disse Howl, acenando para Sophie.

Como Sophie se sentia exatamente como Michael, Howl teve de gesticular para ela também.

— Encantada — disse a sra. Pentstemmon, e estendeu a luva dourada para Sophie.

Esta não estava certa de que a mulher esperava que ela beijasse a luva também, mas não conseguiu se forçar a tentar. Em vez disso, pousou sua própria mão sobre a luva. A mão sob a sua dava a sensação de ser uma garra velha e fria. Depois de tocá-la, Sophie sentia-se bastante surpresa de a sra. Pentstemmon estar viva.

— Perdoe-me por não me levantar, sra. Pendragon — desculpou-se a sra. Pentstemmon. — Minha saúde não está boa. Ela me forçou a me aposentar da função de professora há três anos. Sentem-se, por favor, os dois.

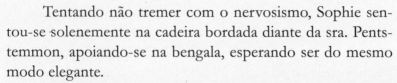

Tentando não tremer com o nervosismo, Sophie sentou-se solenemente na cadeira bordada diante da sra. Pentstemmon, apoiando-se na bengala, esperando ser do mesmo modo elegante.

Howl estirou-se com naturalidade numa cadeira perto dela. Parecia bastante à vontade, e Sophie o invejou.

— Tenho oitenta e seis anos — anunciou a sra. Pentstemmon. — Qual é a sua idade, minha cara sra. Pendragon?

— Noventa — disse Sophie, sendo este o primeiro número alto que lhe veio à cabeça.

— Tanto assim? — perguntou a sra. Pentstemmon, com o que talvez fosse uma leve e nobre inveja. — Que sorte a sua ser tão ágil ainda.

— Ah, é, sim. Ela é tão incrivelmente ágil — concordou Howl — que às vezes não se pode detê-la.

A sra. Pentstemmon lançou a ele um olhar que disse a Sophie que fora uma professora no mínimo tão severa quanto a srta. Angorian.

— Estou falando com sua mãe — disse ela. — Suponho que ela tenha tanto orgulho de você quanto eu. Somos duas senhoras que participaram da sua formação. Você é, pode-se dizer, nossa cocriação.

— Então vocês não acham que fiz uma parte sozinho? — perguntou Howl. — Que dei alguns toques meus?

— Alguns, e estes não são de todo meu agrado — replicou a sra. Pentstemmon. — Mas você não vai querer ficar aqui sentado, nos ouvindo falar de você. Desça e sente-se na varanda, e leve seu pajem com você. Lá, Hunch vai lhes servir uma bebida refrescante. Ande.

Se Sophie não estivesse tão nervosa, poderia ter rido da expressão no rosto de Howl. Ele obviamente não esperara que isso acontecesse. Mas levantou-se, com um leve dar de ombros, dirigiu uma ligeira expressão de aviso para Sophie, e enxotou Michael da sala, à sua frente. A sra. Pentstemmon virou o corpo rígido muito levemente para vê-los sair. Então fez um gesto de cabeça para o pajem, que também deixou a sala, apressado. Em seguida, a sra. Pentstemmon voltou-se de novo para Sophie, que se sentiu mais nervosa do que nunca.

— Eu o prefiro com os cabelos pretos — anunciou a sra. Pentstemmon. — Esse garoto está indo para o lado errado.

— Quem? Michael? — perguntou Sophie, confusa.

— O criado não — respondeu a sra. Pentstemmon. — Não creio que ele seja inteligente o bastante para me causar preocupação. Estou falando de Howell, sra. Pendragon.

— Ah — disse Sophie, perguntando-se por que a sra. Pentstemmon disse apenas "está indo". Howl certamente já estava do lado errado havia muito tempo.

— Observe a aparência dele — disse a sra. Pentstemmon. — Olhe suas roupas.

— Ele *é* muito meticuloso com a aparência — concordou Sophie, e se perguntou por que estava sendo tão branda.

— E sempre foi. Eu também sou cuidadosa com a minha aparência, e não vejo nenhum mal nisso — disse a sra. Pentstemmon. — Mas que necessidade ele tem de andar por aí num traje enfeitiçado? É um feitiço de atração estonteante, dirigido às senhoras... Muito bem-feito, eu admito, e que mal pode ser detectado até mesmo pelo meu olho treinado, pois parece ter sido cerzido nas costuras. Um feitiço que o torna quase irresistível às mulheres. Isso representa uma tendência descendente em direção às artes das trevas que certamente deve lhe causar certa preocupação materna, sra. Pendragon.

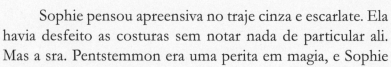

Sophie pensou apreensiva no traje cinza e escarlate. Ela havia desfeito as costuras sem notar nada de particular ali. Mas a sra. Pentstemmon era uma perita em magia, e Sophie era apenas uma perita em roupas.

A sra. Pentstemmon pôs ambas as luvas de ouro no topo da bengala e inclinou o corpo rijo de forma que seus olhos treinados e penetrantes fitaram os de Sophie, que se sentia cada vez mais nervosa e constrangida.

— Minha vida está quase acabada — anunciou a sra. Pentstemmon. — Faz algum tempo que venho sentindo a morte se aproximando, na ponta dos pés.

— Ah, tenho certeza de que não é assim — disse Sophie, tentando parecer tranquilizadora. Era difícil parecer qualquer coisa com a sra. Pentstemmon fitando-a daquele jeito.

— Asseguro-lhe de que é assim — disse a sra. Pentstemmon. — É por isso que eu estava ansiosa por vê-la, sra. Pendragon. Howell, veja bem, foi meu último aluno, e de longe o melhor. Eu estava prestes a me aposentar quando ele chegou até mim, vindo de um país estrangeiro. Pensei que meu trabalho estivesse acabado quando treinei Benjamin Sullivan, a quem a senhora provavelmente conhece como Mago Suliman... que sua alma descanse em paz! E consegui para ele o posto de Mago Real. Por mais estranho que pareça, ele veio do mesmo país que seu filho. E então apareceu Howell, e eu vi num relance que ele tinha duas vezes a imaginação e duas vezes as habilidades e, embora admita que ele tivesse algumas falhas de caráter, eu sabia que era uma força do bem. *Bem*, sra. Pendragon. Mas agora ele é o quê?

— O quê? — perguntou Sophie.

— Alguma coisa aconteceu com ele — disse a sra. Pentstemmon, ainda olhando de modo penetrante para

Sophie. — E eu estou determinada a descobrir isso antes de morrer.

— O que a senhora acha que aconteceu? — perguntou, constrangida, Sophie.

— Preciso que a senhora me diga isso — respondeu a sra. Pentstemmon. — Meu pressentimento é de que ele tenha seguido o mesmo caminho da Bruxa das Terras Desoladas. Disseram-me que no passado ela não era má... embora eu só saiba disso por ouvir dizer, pois ela é mais velha do que qualquer uma de nós e se mantém jovem por meio de suas artes. Howell tem dons da mesma ordem dos dela. É como se aqueles de grande habilidade não pudessem resistir a um toque extra e perigoso de inteligência, o que resulta numa falha fatal e dá início a um lento declínio para o mal. A senhora, por acaso, tem alguma ideia do que possa ser?

A voz de Calcifer veio à mente de Sophie, dizendo: "O contrato não vai fazer bem a nenhum de nós dois a longo prazo." Ela sentiu um pouco de frio, apesar do calor que entrava pelas janelas abertas da sala elegante e sombreada.

— Sim — disse ela. — Ele fez um tipo de contrato com seu demônio do fogo.

As mãos da sra. Pentstemmon tremeram um pouco na bengala.

— Há de ser isso. A senhora precisa quebrar esse contrato, sra. Pendragon.

— Eu o faria se soubesse como — replicou Sophie.

— Certamente seus instintos maternais e seu forte dom para a magia lhe dirão como — disse a sra. Pentstemmon. — Eu a estive observando, sra. Pendragon, embora possa não ter percebido...

— Ah, percebi sim, sra. Pentstemmon — disse Sophie.

— ...e gosto do seu dom — continuou a sra. Pentstemmon. — Ele dá vida às coisas, como a essa bengala em sua mão, com a qual a senhora evidentemente conversou, tornando-a o que o leigo chama de varinha mágica. Acho que não seria muito difícil para a senhora quebrar esse contrato.

— Sim, mas eu preciso saber quais são os termos dele — disse Sophie. — Por acaso Howl lhe disse que sou uma bruxa? Porque se ele disse...

— Ele não disse. Não precisa ficar reticente. A senhora pode confiar em minha experiência para saber essas coisas — afirmou a sra. Pentstemmon. Então, para alívio de Sophie, ela fechou os olhos. Foi como se uma luz forte houvesse sido apagada. — Eu não sei, nem quero saber, sobre tais contratos — disse ela. Sua bengala tornou a oscilar, como se ela tivesse estremecido. A boca tornou-se de repente uma linha, sugerindo que ela havia, inesperadamente, mordido um grão de pimenta. — Mas eu agora vejo — prosseguiu ela — o que aconteceu com a Bruxa. Ela fez um contrato com um demônio do fogo e, com o passar dos anos, esse demônio assumiu o controle sobre ela. Os demônios não compreendem o bem e o mal. Mas eles podem ser subornados a aceitar um contrato, desde que a pessoa lhes ofereça algo valioso, algo que só os seres humanos têm. Isso prolonga a vida tanto do humano quanto do demônio, e o humano obtém o poder mágico do demônio para acrescentar aos seus. — A sra. Pentstemmon voltou a abrir os olhos. — Isso é tudo que posso dizer sobre o assunto, além de aconselhá-la a descobrir o que esse demônio obteve. Agora devo me despedir da senhora. Preciso descansar um pouco.

E, como mágica, o que provavelmente era mesmo, a porta se abriu e o pajem entrou para acompanhar Sophie na saída da sala. Ela se sentia extremamente feliz em ir. A essa altura, se contorcia de constrangimento. Enquanto a porta se fechava, ela olhou para trás, para a forma rígida e reta da sra. Pentstemmon, e perguntou-se se ela a teria feito sentir-se assim tão mal caso fosse ela a verdadeira mãe de Howl. Sophie pensou que sim.

— Tiro meu chapéu para Howl por aturá-la como professora por mais de um dia! — murmurou para si mesma.

— Senhora? — perguntou o pajem, pensando que Sophie falava com ele.

— Eu disse: desça devagar as escadas ou não poderei acompanhar — disse-lhe Sophie. Seus joelhos bamboleavam. — Os jovens andam correndo — acrescentou ela.

O pajem conduziu-a lenta e atenciosamente pelos degraus lustrosos. No meio da escada, Sophie recuperou-se da personalidade da sra. Pentstemmon o suficiente para pensar em algumas das coisas que a mulher lhe dissera. Ela havia afirmado que Sophie era uma bruxa. Por mais estranho que fosse, Sophie aceitou o fato sem nenhum problema. Isso explicava a popularidade de certos chapéus, pensou ela. Explicava o Conde Não-Sei-das-Quantas de Jane Farrier. Possivelmente explicava o ciúme da Bruxa das Terras Desoladas. Era como se Sophie tivesse sempre sabido disso. Mas pensara que não era adequado ter um dom de magia porque era a mais velha das três irmãs. Lettie fora muito mais sensata em relação a essas coisas.

Então Sophie se lembrou do traje cinza e escarlate e quase rolou escada abaixo, consternada. Fora ela quem pusera o feitiço nele. Podia ouvir a si mesma agora, murmurando para a roupa: "Feita para atrair as garotas!" E é óbvio que fora isso que acontecera. Ele enfeitiçara Lettie naquele dia no pomar. Ontem, embora um tanto disfarçado, deve ter tido seu efeito secreto sobre a srta. Angorian também.

Oh, meu Deus!, pensou Sophie. Acabei aumentando o número de corações que ele partiu! Preciso tirar aquela roupa dele de alguma maneira!

Howl, naquele mesmo traje, estava esperando no fresco hall preto e branco com Michael. Este o cutucou, preocupado, enquanto Sophie descia lentamente os degraus atrás do pajem.

Howl parecia triste.

— Você parece esgotada — disse ele. — Acho que é melhor desistir da visita ao Rei. Eu irei até lá e sujarei meu próprio nome quando oferecer suas desculpas. Posso dizer que meus maus modos deixaram você doente. O que talvez seja verdade, pela sua aparência.

Sophie certamente não desejava ver o Rei. Mas pensou no que Calcifer dissera. Se o Rei ordenasse que Howl fosse para as Terras Desoladas e a Bruxa o pegasse, a chance de Sophie tornar-se jovem outra vez também estaria perdida.

Ela sacudiu a cabeça.

— Depois da sra. Pentstemmon — disse ela —, o Rei de Ingary vai parecer apenas uma pessoa comum.

CAPÍTULO TREZE
No qual Sophie suja o nome de Howl

Sophie estava se sentindo estranha outra vez quando chegou ao Palácio. Os muitos domos dourados a ofuscavam. O caminho para a entrada principal era um imenso lance de escadas, com um soldado de uniforme escarlate montando guarda a cada seis degraus. Os pobres rapazes deviam estar quase desmaiando no calor, pensou Sophie, tonta, enquanto ofegava escada acima, passando por eles.

No topo dos degraus viam-se arcadas, salões, corredores, saguões, um após o outro. Sophie perdeu a conta de quantos eram. A cada arcada uma pessoa esplendidamente vestida, usando luvas brancas — de alguma forma ainda brancas, apesar do calor —, indagava o assunto que vinham tratar e então os guiava até a próxima figura, na próxima arcada.

— A sra. Pendragon para ver o Rei! — a voz de cada uma delas ecoava pelos corredores.

Mais ou menos no meio do caminho, Howl foi educadamente convidado a aguardar. Michael e Sophie continuaram a ser conduzidos de posto em posto. Foram levados ao andar de cima, onde as esplêndidas pessoas estavam vestidas em azul, em vez de vermelho, e passados adiante novamente até que chegaram a uma antessala revestida com madeira de uma centena de diferentes tonalidades. Ali também a Michael foi pedido que aguardasse. Sophie, que a essa altura não estava totalmente certa de que não se encontrava num sonho estranho, se viu conduzida através de imensas portas duplas, e dessa vez a voz que ecoou disse:

— Vossa Majestade, a sra. Pendragon está aqui para vê-lo.

E lá estava o Rei, não num trono, mas sentado numa cadeira bastante comum na qual se via apenas uma pequena folha de ouro, quase no meio de uma sala imensa, vestido de forma muito mais modesta do que as pessoas que o serviam. Ele estava inteiramente só, como uma pessoa comum. Verdade que se sentava com uma perna esticada, à maneira de um rei, e que era bonito, de um modo rechonchudo e ligeiramente vago, mas para Sophie ele parecia bem jovem e só um pouquinho orgulhoso demais de ser um rei. Ela pensou que ele devia, com aquele rosto, ser menos seguro de si.

— Bem — disse ele —, por que a mãe do Mago Howl quer me ver?

E de repente Sophie se viu perplexa pelo fato de estar ali falando com o Rei. Era, pensou ela, tonta, como se o homem ali sentado e a coisa imensa e importante que era a realeza fossem duas entidades separadas, que por acaso ocupavam a mesma cadeira. E ela descobriu que havia esquecido cada palavra sutil e meticulosa que Howl havia pedido que dissesse. No entanto, precisava falar alguma coisa.

— Ele me mandou para lhe dizer que não vai procurar o seu irmão — disse ela. — Vossa Majestade.

Ela encarou o Rei, que a encarou de volta. Foi um desastre.

— Tem certeza? — perguntou ele. — O Mago parecia bastante disposto quando conversei com ele.

A única coisa que restou na cabeça de Sophie foi que ela estava ali para sujar o nome de Howl, então disse:

— Ele mentiu por não querer aborrecê-lo. Ele é escorregadio, se entende o que quero dizer, Vossa Majestade.

— E espera escapar de procurar meu irmão Justin — disse o Rei. — Entendo. Não quer se sentar, pois vejo que já não é jovem, e me dizer as razões do Mago?

Havia outra cadeira simples a uma boa distância do Rei. Sophie sentou-se nela com um rangido e apoiou as mãos na bengala, como a sra. Pentstemmon, esperando que aquilo a fizesse sentir-se melhor. Sua mente, porém, ainda era uma imensa página em branco, que só registrava o medo de se apresentar diante de uma plateia. Tudo o que lhe ocorreu dizer foi:

— Somente um covarde mandaria a velha mãe para pedir por ele. Só por isso pode ver como ele é, Vossa Majestade.

— É uma atitude incomum — disse o Rei, com gravidade. — Mas eu disse a ele que o remuneraria muito bem se concordasse.

— Ah, ele não liga para dinheiro — disse Sophie. — Mas morre de medo da Bruxa das Terras Desoladas, sabe? Ela lançou uma maldição contra ele, que acaba de alcançá-lo.

— Então ele tem todos os motivos para ter medo — disse o Rei com um leve tremor. — Mas me conte mais, por favor, sobre o Mago.

Mais sobre Howl?, pensou Sophie desesperadamente. Tenho de sujar seu nome! Sua mente era de uma inutilidade tão grande que, por um segundo, lhe pareceu de fato que Howl não tivesse defeitos. Que estúpida!

— Bem, ele é volúvel, imprudente, egoísta e descontrolado — disse ela. — Metade do tempo eu acho que ele não se importa com o que acontece com ninguém, contanto que *ele* esteja bem... mas então descubro como foi generoso com alguém. E penso que só é generoso quando lhe convém... e aí percebo que ele cobra menos dos pobres. Eu não sei, Vossa Majestade. Ele é uma confusão.

— Minha impressão — disse o Rei — é que Howl é um trapaceiro inescrupuloso e escorregadio com uma língua afiada e uma mente brilhante. A senhora concorda?

— Vossa Majestade expressou muito bem! — replicou Sophie, sincera. — Mas deixou de fora o quanto ele é vaidoso e...

Ela olhou com desconfiança para o Rei afastado dela por alguns metros de tapete. Ele parecia surpreendentemente pronto a ajudá-la a sujar o nome de Howl.

O Rei sorria. Era o sorriso um tantinho hesitante que combinava com a pessoa que ele era, não com o rei que devia ser.

— Obrigado, sra. Pendragon — disse ele. — Sua franqueza tirou-me um peso das costas. O Mago concordou em procurar meu irmão tão prontamente que pensei que houvesse escolhido o homem errado, afinal. Temia que ele fosse alguém incapaz de resistir a uma oportunidade de exibir-se ou que fizesse qualquer coisa por dinheiro. Mas a senhora me mostrou que ele é exatamente o homem de que preciso.

— Ah, mas que droga! — exclamou Sophie. — Ele me mandou para lhe dizer que não é!

— E foi o que a senhora fez. — O Rei puxou sua cadeira dois centímetros na direção da de Sophie. — Permita-me ser igualmente franco agora — disse ele. — Sra. Pendragon, preciso desesperadamente do meu irmão de volta. Não só por eu gostar dele e lamentar a briga que tivemos. Nem mesmo por certas pessoas andarem sussurrando que eu mesmo dei um fim nele, o que qualquer um que conheça nós dois sabe que é uma rematada bobagem. Não, sra. Pendragon. O fato é que meu irmão Justin é um general brilhante, e, com a Alta Norlanda e a Estrângia prestes a declarar guerra contra nós, eu não posso ficar sem ele. A Bruxa também me ameaçou, a senhora sabe. Agora que todos os relatos concordam que Justin foi de fato para as Terras Desoladas, estou certo de que a Bruxa queria que ele não estivesse aqui quando eu mais precisasse dele. Acho que ela levou o Mago Suliman

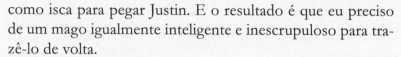

como isca para pegar Justin. E o resultado é que eu preciso de um mago igualmente inteligente e inescrupuloso para trazê-lo de volta.

— Howl vai simplesmente fugir — Sophie advertiu o Rei.

— Não — retrucou ele. — Não creio que vá fazer isso. O fato de ele tê-la mandado me diz isso. Fez isso para me mostrar que era covarde demais para se importar com o que eu pensasse dele, não é isso, sra. Pendragon?

Sophie assentiu. Desejou ter lembrado de todas as sutis observações de Howl. O Rei as teria compreendido ainda que ela não compreendesse.

— Essa não é a atitude de um homem fútil — disse o Rei. — Mas ninguém faria isso, exceto como último recurso, o que me mostra que o Mago Howl vai fazer o que quero, se eu demonstrar a ele que seu último recurso falhou.

— Acho que pode estar... hã... vendo sinais sutis que não existem, Vossa Majestade — disse Sophie.

— Eu não creio. — O Rei sorriu. Seus traços ligeiramente imprecisos haviam se tornado firmes. Ele tinha certeza de que estava certo. — Diga ao Mago Howl, sra. Pendragon, que o estou nomeando Mago Real a partir deste momento, à frente de nosso Comando Real para encontrar o Príncipe Justin, vivo ou morto, antes que o ano se encerre. A senhora tem licença para ir agora.

Ele estendeu a mão para Sophie, assim como a sra. Pentstemmon, com um pouco menos de realeza. Sophie se levantou, perguntando-se se deveria beijar ou não aquela mão. Mas, como se sentia com mais vontade de levantar a bengala e dar com ela na cabeça do Rei, ela apertou a mão dele e fez uma leve mesura, que provocou estalos em seus ossos. Parecia a coisa certa a fazer. O Rei dirigiu-lhe um sorriso amistoso, enquanto ela mancava em direção às portas duplas.

— Ah, maldição! — murmurou para si mesma. Não só era exatamente o que Howl não queria, como ele agora moveria o castelo para mil e quinhentos quilômetros de distância. Lettie, Martha e Michael ficariam todos infelizes, e sem dúvida haveria torrentes de limo verde nesse acordo também. — É o que acontece quando se é a mais velha — murmurou ela, abrindo as pesadas portas com um empurrão. — Simplesmente não se pode ganhar!

E ali estava mais uma coisa que não deu certo. Em sua contrariedade e desapontamento, Sophie havia de alguma forma saído pelo par de portas errado. Essa antessala era toda revestida de espelhos. Neles ela podia ver sua forma pequena e encurvada mancando no belo vestido cinza, um grande número de pessoas vestidas com becas azuis, outras em trajes tão elegantes quanto o de Howl, mas não Michael. Este naturalmente estava esperando na antessala revestida com uma centena de tipos de madeira.

— Ah, droga! — exclamou Sophie.

Um dos cortesãos aproximou-se rapidamente dela e fez uma reverência.

— Sra. Feiticeira! Posso ajudá-la?

Era um homem de baixa estatura e olhos vermelhos. Sophie o fitou.

— Ah, valha-me Deus! — disse ela. — Então o feitiço funcionou!

— Funcionou, sim — disse o pequeno cortesão um pouco pesaroso. — Eu o desarmei enquanto ele espirrava e ele agora está me processando. Mas o importante... — seu

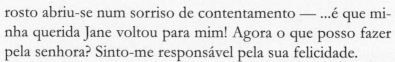

rosto abriu-se num sorriso de contentamento — ...é que minha querida Jane voltou para mim! Agora o que posso fazer pela senhora? Sinto-me responsável pela sua felicidade.

— Não tenho muita certeza de que não deveria ser o contrário — disse Sophie. — O senhor por acaso é o Conde de Catterack?

— Ao seu serviço — respondeu o pequeno cortesão, curvando-se.

Jane Farrier deve ser uns bons 30 centímetros mais alta do que ele!, pensou Sophie. Sem sombra de dúvida, é tudo minha culpa.

— Sim, o senhor *pode* me ajudar — disse ela, e explicou sobre Michael.

O Conde de Catterack assegurou-lhe que Michael seria achado e levado para a entrada do salão a fim de encontrá-la. Não era nenhum problema. Ele mesmo levou Sophie até um atendente enluvado e a entregou a ele com muitas mesuras e sorrisos. Sophie foi passada a outro atendente, e a outro, exatamente como antes, e acabou chegando até a escada guardada pelos soldados.

Michael não estava lá. Tampouco Howl, mas esse era um pequeno alívio para Sophie. Ela pensou que poderia ter adivinhado que seria assim! O Conde de Catterack era uma pessoa que nunca fazia nada certo, e ela era outra. Provavelmente era pura sorte que tivesse encontrado a saída. A essa altura estava tão cansada, acalorada e desalentada que decidiu não esperar por Michael. Queria sentar-se na cadeira perto da lareira e contar a Calcifer a confusão que ela aprontara.

Desceu cambaleando a grandiosa escadaria. Percorreu cambaleando uma grandiosa avenida. Mancou ao longo de outra, onde espiras e torres e tetos dourados a circulavam em atordoante profusão. E se deu conta de que era pior do que imaginara. Estava perdida. Não tinha absolutamente nenhuma ideia de como encontrar o estábulo disfarçado onde ficava a entrada do castelo. Saiu em outra bela rua ao acaso, mas não reconheceu aquela tampouco.

A essa altura, já não sabia nem o caminho de volta para o Palácio. Tentou perguntar às pessoas que encontrava. A maior parte delas parecia tão acalorada e cansada quanto ela.

— Mago Pendragon? — perguntavam. — Quem é ele?

Sophie andava de um lado para o outro, desesperada. Estava quase desistindo e sentando-se na primeira soleira para passar a noite, quando cruzou a entrada da rua estreita onde ficava a casa da sra. Pentstemmon. Ah!, pensou. Posso ir até lá e perguntar ao lacaio. Ele e Howl pareceram tão amigos que ele deve saber onde Howl mora. Assim, ela entrou na rua.

A Bruxa das Terras Desoladas vinha em sua direção.

Como Sophie reconheceu a Bruxa seria difícil dizer. Seu rosto estava diferente. O cabelo, no lugar dos cachos castanhos e arrumados, era uma ondulante massa vermelha que descia até a cintura, e ela estava vestida em ondas flutuantes de marrom-avermelhado e amarelo pálido. Estava muito moderna e bonita. Sophie a reconheceu de imediato. Quase parou, mas mudou de ideia.

Não existe nenhum motivo para que se lembre de mim, pensou Sophie. Devo ser apenas uma das centenas de pessoas que ela enfeitiçou. E seguiu adiante, corajosamente, martelando sua bengala nas pedras do calçamento e lembrando a si mesma que, em caso de problemas, a sra. Pentstemmon dissera que aquela mesma bengala havia se tornado um objeto poderoso.

Esse foi outro erro. A Bruxa veio flanando pela ruazinha, sorrindo, girando sua sombrinha, seguida por dois pajens de expressão emburrada vestidos com veludo laranja. Quando emparelhou com Sophie, ela parou, e um perfume amadeirado encheu as narinas de Sophie.

— Ora, é a srta. Hatter! — disse a Bruxa, rindo. — Eu nunca esqueço um rosto, principalmente se fui eu quem o fez! O que está fazendo aqui, toda arrumada assim? Se está pensando em visitar aquela sra. Pentstemmon, pode poupar-se o trabalho. A velha linguaruda está morta.

— Morta? — repetiu Sophie. Ela teve o tolo impulso de acrescentar: Mas estava viva há uma hora! No entanto, se conteve, porque a morte é assim: as pessoas *estão* vivas até que morrem.

— É. Morta — disse a Bruxa. — Ela se recusou a me dizer onde alguém que eu quero encontrar está. Ela disse: "Só por cima do meu cadáver!", então acreditei em suas palavras.

Ela está procurando Howl!, pensou Sophie. Agora o que eu faço? Se não estivesse com tanto calor e tão cansada, Sophie estaria quase com medo demais para pensar. Pois uma bruxa capaz de matar a sra. Pentstemmon não teria nenhuma dificuldade com Sophie, com ou sem bengala. E, se suspeitasse, por um momento, que ela sabia onde Howl estava, esse poderia ser o fim de Sophie. Talvez fosse até bom que ela não conseguisse se lembrar onde ficava a entrada para o castelo.

— Não sei quem é essa pessoa que você matou — disse ela —, mas isso faz de você uma assassina cruel.

Mas a Bruxa parecia desconfiar de qualquer forma. E disse:

— Pensei que você tivesse dito que ia visitar a sra. Pentstemmon...

— Não — replicou Sophie. — Foi você quem disse isso. Eu não preciso conhecer sua vítima para chamar você de assassina.

— Então aonde você ia? — perguntou a Bruxa.

Sophie sentiu-se tentada a dizer à Bruxa que fosse tratar de sua própria vida. Mas isso era procurar encrenca. Então disse a única outra coisa em que pôde pensar:

— Vou ver o Rei.

A Bruxa riu, incrédula.

— Mas o Rei vai receber *você*?

— É óbvio que sim — afirmou Sophie, tremendo de terror e raiva. — Eu marquei hora. Vou... pedir a ele melhores condições para os chapeleiros. Minha vida continua, veja bem, mesmo depois do que você me fez.

— Então está indo na direção errada — disse a Bruxa. — O Palácio fica atrás de você.

— Ah... é? — replicou Sophie. Ela não precisou fingir a surpresa. — Então devo ter dado meia-volta. Estou um pouco confusa em relação a direções desde que você me deixou assim.

A Bruxa riu com vontade e não acreditou numa única palavra do que ela disse.

— Então venha comigo — disse ela — e eu lhe mostrarei o caminho para o Palácio.

Parecia não haver nada que Sophie pudesse fazer a não ser dar meia-volta e mancar ao lado da Bruxa, com os dois pajens seguindo soturnamente atrás delas. Raiva e desespero tomaram conta de Sophie. Ela olhou para a mulher caminhando graciosamente ao seu lado e lembrou-se de que a sra. Pentstemmon dissera que a Bruxa era na verdade uma velha. Não é justo!, pensou Sophie, mas não havia nada que pudesse fazer a respeito.

— Por que você me deixou assim? — perguntou quando subiam uma rua grande com uma fonte no fim.

— Você estava me impedindo de obter uma informação de que eu precisava — disse a Bruxa. — No fim, eu consegui, é óbvio.

Sophie estava surpresa com isso. Perguntava-se se faria algum bem dizer que devia haver um engano, quando a Bruxa acrescentou:

— Embora eu me atreva a dizer que você não tinha a menor ideia de que estava. — E riu, como se essa fosse a parte mais engraçada de tudo. — Já ouviu falar de uma terra chamada Gales? — perguntou ela.

— Não — respondeu Sophie. — Fica debaixo do mar?

A Bruxa achou isso ainda mais engraçado.

— Não neste momento — disse ela. — É de onde vem o Mago Howl. Você conhece o Mago Howl, não conhece?

— Só de ouvir falar — mentiu Sophie. — Ele devora garotas. É tão perverso quanto você. — Mas estava gelada. E não parecia ser por causa da fonte pela qual passavam naquele momento. Além desta, do outro lado de uma praça de mármore cor-de-rosa, estavam os degraus de pedra com o Palácio no alto.

— Lá está. O Palácio — disse a Bruxa. — Tem certeza de que consegue subir todos aqueles degraus?

— Não estou pior do que você — disse Sophie. — Torne-me jovem outra vez e eu os subirei correndo, mesmo nesse calor.

— Não teria a mesma graça — disse a Bruxa. — Pode subir. E, se conseguir persuadir o Rei a recebê-la, lembre-o de que o avô dele me mandou para as Terras Desoladas e eu lhe guardo grande rancor por isso.

Sophie olhou desesperançada para o longo lance de degraus. Pelo menos não havia ninguém neles, a não ser soldados. Com a sorte que estava hoje, não a teria surpreendido encontrar Michael e Howl descendo a escada. Como a Bruxa obviamente ficaria lá parada e certificar-se de que ela subiria, Sophie não tinha outra escolha senão subir. E lá foi ela, mancando, passando pelos soldados suados, até a entrada do Palácio, odiando a Bruxa ainda mais a cada passo. No alto, deu meia-volta, ofegante. A Bruxa ainda estava lá, uma forma castanho-avermelhada com duas figurinhas cor de laranja ao lado, esperando para vê-la ser expulsa do Palácio.

— Maldita! — disse Sophie. E dirigiu-se mancando aos guardas na arcada. Sua má sorte persistia. Não havia sinal de Michael ou Howl por ali. Foi forçada a dizer aos homens: — Esqueci de dizer uma coisa ao Rei.

Eles se lembravam dela. Deixaram-na entrar, para ser recebida por uma figura de luvas brancas. E, antes que Sophie tivesse se recuperado, o mecanismo do Palácio estava novamente em ação e ela foi sendo passada de pessoa a pessoa, como da primeira vez, até chegar às mesmas portas duplas e à mesma pessoa em azul que a anunciou:

— A sra. Pendragon está aqui novamente para vê-lo, Vossa Majestade.

Era como um pesadelo, pensou Sophie, enquanto entrava outra vez na ampla sala. Ela parecia não ter escolha senão tentar sujar de novo o nome de Howl. O problema era que, com tudo que acontecera, e, de quebra, com o medo de representar diante do rei, sua mente estava ainda mais vazia do que antes.

O Rei, dessa vez, estava de pé junto a uma grande escrivaninha num dos cantos, movendo ansiosamente bandeiras de um lado para o outro num mapa. Ele a olhou e disse, afável:

— Disseram-me que a senhora se esqueceu de me dizer uma coisa.

— Sim — disse Sophie. — Howl diz que ele só vai procurar o Príncipe Justin se lhe prometer a mão de sua filha em casamento. — O que pôs *isso* em minha cabeça?, pensou ela. Ele vai mandar executar nós dois!

O Rei dirigiu-lhe um olhar preocupado.

— Sra. Pendragon, a senhora deve saber que isso está totalmente fora de questão — disse ele. — Posso ver que está muito preocupada com seu filho para sugerir isso, mas não pode mantê-lo preso na barra da sua saia para sempre, e minha decisão está tomada. Por favor, venha e sente-se nesta cadeira. A senhora parece cansada.

Sophie cambaleou até a cadeira baixa que o Rei lhe apontou e afundou nela, perguntando-se quando os guardas chegariam para prendê-la.

Ouviu-se um leve ruído. Um segundo depois, a Princesa Valeria saiu de sob a escrivaninha, onde estivera sentada, sorrindo bondosamente. Tinha quatro dentes, mas não idade suficiente para ter a cabeça coberta de cabelos. Tudo que se via era um halo de fiapos brancos acima da orelha. Quando viu Sophie, ela sorriu ainda mais, estendeu a mãozinha cujo polegar estivera chupando e segurou o vestido de Sophie. O vestido respondeu com uma mancha molhada que ia se espalhando enquanto a princesa se erguia, ficando de pé, apoiada nele. Fitando o rosto de Sophie, Valeria dirigiu-lhe um amistoso comentário em uma língua estrangeira.

— Oh — disse Sophie, sentindo-se uma grande tola.

— Eu entendo como uma mãe ou um pai se sente, sra. Pendragon — disse o Rei.

CAPÍTULO CATORZE
No qual um Mago Real pega um resfriado

Sophie voltou à entrada do castelo em Kingsbury numa das carruagens do Rei, puxada por quatro cavalos. Nela também iam o cocheiro, um cavalariço e um lacaio. Um sargento e seis soldados da Cavalaria Real a escoltavam. A razão era a Princesa Valeria, que havia subido para o colo de Sophie. Enquanto a carruagem descia ruidosamente a breve encosta da colina, o vestido de Sophie ainda se encontrava coberto com as marcas molhadas da aprovação real de Valeria. Sophie sorriu um pouco. Pensou que Martha podia ter razão, afinal, ao querer filhos, embora dez Valerias lhe parecessem um pouco demais. Enquanto Valeria a escalava, Sophie lembrou-se de ter ouvido que a Bruxa havia ameaçado Valeria de alguma forma, e viu-se dizendo à garotinha:

— A Bruxa não vai machucar você. Eu não vou deixar!

O Rei nada dissera sobre isso. Mas ordenara uma carruagem real para Sophie.

O cortejo parou ruidosamente diante do estábulo disfarçado. Michael saiu pela porta em disparada e obstruiu o caminho do lacaio, que ajudava Sophie a descer.

— Aonde você se meteu? — perguntou ele. — Eu estava tão preocupado! E Howl está terrivelmente aborrecido...

— Tenho certeza de que sim — disse Sophie, apreensiva.

— Porque a sra. Pentstemmon está morta — concluiu Michael.

Howl também assurgiu à porta. Parecia pálido e deprimido. Segurava um pergaminho do qual pendiam selos reais azuis e vermelhos. Sophie olhou-o com culpa. Howl deu ao sargento uma moeda de ouro e não disse palavra até que a carruagem e os soldados tivessem se afastado ruidosamente. Então ele falou:

— Quatro cavalos e dez homens apenas para se livrar de uma velha. O que você *fez* ao Rei?

Sophie seguiu Howl e Michael, entrando no castelo, esperando encontrar a sala coberta por limo verde. Mas não encontrou, e lá estava Calcifer inflamando-se pela chaminé, exibindo seu sorriso púrpura. Sophie afundou na cadeira.

— Acho que o Rei se cansou de me ver ir até lá difamar você. Fui duas vezes — disse ela. — Deu tudo errado. E encontrei a Bruxa saindo da casa da sra. Pentstemmon depois de matá-la. Que dia!

Enquanto Sophie descrevia parte do que havia acontecido, Howl recostou-se no consolo da lareira, balançando o pergaminho como se estivesse pensando em oferecê-lo como alimento a Calcifer.

— Olhe para o novo Mago Real — disse ele. — Meu nome está muito sujo. — Então ele começou a gargalhar, para grande surpresa de Sophie e Michael. — E o que ela fez com o Conde de Catterack? — Ele riu. — Eu nunca deveria tê-la deixado chegar perto do Rei!

— Eu sujei o seu nome, sim! — protestou Sophie.

— Eu sei. Foi um erro de cálculo meu — disse Howl. — Agora como vou ao funeral da pobre sra. Pentstemmon sem a Bruxa saber? Alguma ideia, Calcifer?

Estava evidente que Howl se encontrava muito mais perturbado por causa da sra. Pentstemmon do que por qualquer outra coisa.

Era Michael quem estava preocupado com a Bruxa. Na manhã seguinte, ele confessou que tivera pesadelos a noite toda. Sonhara que ela entrava por todas as portas da casa simultaneamente.

— Onde está Howl? — perguntou ele, ansioso.

Howl havia saído muito cedo, deixando o banheiro cheio do costumeiro vapor perfumado. Não havia levado o violão, e a maçaneta estava com o verde voltado para baixo. Nem Calcifer sabia mais do que isso.

— Não abram a porta para ninguém — disse Calcifer. — A Bruxa conhece todas as entradas, exceto a de Porthaven.

Isso alarmou tanto Michael que ele pegou algumas tábuas no quintal e as calçou transversalmente diante da porta. Então finalmente começou a trabalhar no feitiço que haviam recuperado com a srta. Angorian.

Meia hora depois, a maçaneta virou bruscamente, deixando o preto para baixo. A porta começou a sacudir. Michael agarrou-se a Sophie.

— Não tenha medo — disse ele. — Vou proteger você.

A porta foi sacudida com força por algum tempo. Então, parou. Michael mal acabara de soltar Sophie, com grande alívio, quando aconteceu uma violenta explosão.

As tábuas despencaram ruidosamente no chão. Calcifer mergulhou para o fundo da lareira e Michael correu para o armário das vassouras, deixando Sophie ali parada enquanto a porta se abria e Howl entrava tempestuosamente.

— Isso já é um pouco demais, Sophie! — disse ele. — Eu moro aqui.

Ele estava ensopado. O traje cinza e escarlate estava preto e marrom. As mangas e as pontas do cabelo gotejavam.

Sophie olhou para a maçaneta, ainda com o preto voltado para baixo. A srta. Angorian, ela pensou. E ele foi vê-la naquele terno enfeitiçado.

— Onde você esteve? — perguntou ela.

Howl espirrou.

— Na chuva. Mas não é da sua conta — disse ele, rouco. — Para que eram todas aquelas tábuas?

— Fui eu quem as colocou ali — disse Michael, surgindo do armário de vassouras. — A Bruxa...

— Você deve achar que não conheço meu trabalho — disse Howl, irritado. — Eu tenho tantos feitiços de desorientação que a maioria das pessoas não nos encontraria. Dou até mesmo à Bruxa três dias. Calcifer, preciso de uma bebida quente.

Calcifer vinha subindo em meio à sua lenha, mas, quando Howl se dirigiu à lareira, ele tornou a mergulhar.

— Não se aproxime de mim assim! Você está molhado! — silvou ele.

— Sophie — disse Howl, suplicante.

Sophie cruzou os braços, impiedosa.

— E quanto a Lettie? — perguntou ela.

— Estou ensopado — disse Howl. — Preciso de uma bebida quente.

— Eu perguntei: e quanto a Lettie Hatter? — repetiu Sophie.

— Dane-se você, então! — disse Howl e se sacudiu. A água caiu dele num anel perfeito no chão. Howl pisou fora do círculo com o cabelo seco e o traje cinza e escarlate sem estar sequer úmido, e foi pegar a panela. — O mundo está cheio de mulheres de coração endurecido, Michael — disse ele. — Posso dizer o nome de três sem nem parar para pensar.

— Uma delas é a srta. Angorian? — perguntou Sophie.

Howl não respondeu. Ele ignorou Sophie solenemente pelo resto da manhã, enquanto discutia com Michael e Calcifer o deslocamento do castelo. Howl ia mesmo fugir, como ela advertira o Rei, pensou Sophie, sentada, unindo mais triângulos do traje azul e prata. Ela sabia que precisava tirar Howl daquela roupa cinza e escarlate o mais rápido possível.

— Não creio que precisemos mover a entrada de Porthaven — disse Howl. Ele fez surgir do nada um lenço e assoou o nariz com um ruído que fez Calcifer bruxulear, constrangido. — Mas eu quero o castelo animado bem longe de qualquer lugar em que tenha estado antes, e a entrada de Kingsbury, fechada.

Alguém bateu à porta nesse momento. Sophie percebeu que Howl deu um salto e olhou à sua volta, tão nervoso quanto Michael. Nenhum dos dois atendeu à porta. Covardes!, pensou Sophie, com desprezo. Ela se perguntou por que se dera todo aquele trabalho por Howl ontem.

— Eu devia estar louca! — murmurou para o terno azul e prata.

— E quanto à entrada da tinta preta? — indagou Michael quando a pessoa que batia pareceu ir embora.

— Essa fica — disse Howl, e fez surgir outro lenço, com um movimento rápido final.

Ela ficaria!, pensou Sophie. A srta. Angorian estava lá fora. Pobre Lettie!

No meio da manhã, Howl estava fazendo surgirem dois ou três lenços de cada vez. Na verdade, eram quadrados de papel, Sophie viu. Ele continuava a espirrar. A voz ficou mais rouca. Logo produzia lencinhos de meia em meia dúzia. Cinzas dos já usados se empilhavam ao redor de Calcifer.

— Ah, por que será que sempre que vou a Gales volto com um resfriado? — gemeu Howl, e fez surgir um punhado de lenços.

Sophie bufou.

— Você disse alguma coisa? — ranzinzou Howl.

— Não, mas eu estava pensando que as pessoas que fogem de tudo merecem cada resfriado que pegam — disse Sophie. — As pessoas que são apontadas pelo Rei para fazer algo e, em vez disso, saem por aí cortejando na chuva só podem culpar a si mesmas.

— Você não sabe de tudo que sei, sra. Moralizadora — disse Howl. — Quer que eu escreva uma lista antes de sair outra vez? Eu tenho procurado o Príncipe Justin. Cortejar não é a única coisa que faço quando saio.

— Quando o procurou? — perguntou Sophie.

— Ah, como suas orelhas batem e seu nariz comprido se contrai! — gemeu Howl. — Procurei assim que ele desapareceu. Eu fiquei curioso para saber o que o Príncipe Justin estava fazendo por estas bandas, quando todos sabiam que Suliman tinha ido para as Terras Desoladas. Acho que devem ter lhe vendido um feitiço falso para encontrar alguém, porque ele foi diretamente para o Folding Valley e comprou outro da sra. Fairfax. E isso o trouxe de volta a esse caminho, muito naturalmente, onde ele parou no castelo e Michael vendeu-lhe outro feitiço para achar alguém e um feitiço de disfarce...

Michael cobriu a boca com a mão.

— Aquele homem de uniforme verde era o *Príncipe Justin*?

— Sim, mas eu não mencionei o assunto antes — disse Howl — porque o Rei poderia pensar que você deveria ter tido o bom senso de lhe vender outro feitiço falso. Eu tinha consciência disso. Consciência. Observe essa palavra, sra. Nariguda. Eu tinha consciência. — Howl fez surgir outro punhado de lenços e fuzilou Sophie com os olhos que agora estavam lacrimosos e avermelhados. Então ele se pôs de pé. — Estou doente — anunciou. — Vou para a cama, onde posso morrer. — Cambaleou penosamente até a escada. — Enterrem-me ao lado da sra. Pentstemmon — gemeu, subindo para o quarto.

Sophie dedicou-se à sua costura com mais afinco do que nunca. Ali estava sua chance de tirar o traje cinza e escarlate de Howl antes que ele causasse mais danos ao coração da srta. Angorian — a menos que Howl fosse para a cama vestido, o que ela não duvidava. Então Howl devia estar procurando o Príncipe Justin quando foi para Upper Folding e encontrou Lettie. Pobre Lettie!, pensou Sophie, fazendo pontinhos com rapidez em torno de seu quinquagésimo sétimo triângulo azul. Só faltavam mais uns quarenta.

A voz de Howl nesse momento foi ouvida gritando debilmente:

— Socorro, alguém me ajude! Estou morrendo por negligência aqui em cima!

Sophie bufou. Michael deixou o trabalho no novo feitiço e correu para a escada. As coisas ficaram muito agitadas. No tempo que levou para Sophie cerzir mais dez triângulos, Michael correu lá em cima com limão e mel, com um determinado livro, com xarope, com uma colher para ministrar o xarope, e então com gotas nasais, pastilhas para a garganta, gargarejo, caneta, papel, outros três livros e uma infusão de casca de salgueiro. Continuavam também batendo à porta, o que fazia Sophie saltar e Calcifer bruxulear, preocupado. Quando ninguém abria a porta, algumas pessoas continuavam batendo por uns cinco minutos, pensando, com toda razão, que estavam sendo ignoradas.

A essa altura Sophie estava ficando preocupada com o traje azul e prata, que ia ficando cada vez menor. Não se podia costurar aquele número de triângulos sem reduzir uma quantidade razoável de tecido nas costuras.

— Michael — disse ela quando ele desceu correndo as escadas mais uma vez porque Howl queria um sanduíche de bacon como almoço. — Michael, existe uma forma de tornar roupas pequenas maiores?

— Oh, sim — disse Michael. — Meu novo feitiço é justamente sobre isso... quando eu tiver a chance de trabalhar nele. Howl quer seis fatias de bacon no sanduíche. Você pode pedir a Calcifer?

Sophie e Calcifer trocaram olhares eloquentes.

— Não acho que ele esteja morrendo — disse Calcifer.

— Vou lhe dar as peles para comer se você abaixar a cabeça — disse Sophie, deixando de lado a costura. Era mais fácil subornar Calcifer do que intimidá-lo.

Todos comeram sanduíche de bacon no almoço, mas Michael teve de correr para o andar de cima no meio do seu. Depois desceu com a notícia de que Howl queria que ele fosse a Market Chipping naquele momento buscar algumas coisas que precisava para mover o castelo.

— Mas a Bruxa... é seguro? — indagou Sophie.

Michael lambeu a gordura do bacon em seus dedos e correu para o armário das vassouras. Saiu de lá com um dos mantos de veludo poeirentos em torno dos ombros. Bem, a pessoa que surgiu vestindo o manto era um homem corpulento com uma barba vermelha. Essa pessoa lambeu os dedos e disse com a voz de Michael:

— Howl acha que vou estar seguro assim. É um feitiço tanto para desorientar quanto para disfarçar. Eu me pergunto se Lettie vai me reconhecer.

O homem troncudo abriu a porta com o verde para baixo e saltou para as colinas que se moviam lentamente.

A paz desceu sobre eles. Calcifer assentou-se, crepitando. Howl evidentemente percebera que Sophie não ia ficar correndo atrás dele. Também no andar de cima reinava o silêncio. Sophie se levantou e cautelosamente mancou até o armário das vassouras. Essa era a sua chance de ir ver Lettie, que devia estar arrasada agora. Sophie tinha quase certeza de que Howl não mais se aproximara dela desde aquele dia no pomar. Talvez fosse bom para ela se Sophie lhe dissesse que seus sentimentos eram causados por uma roupa enfeitiçada. De qualquer forma, tinha obrigação de dizer isso a Lettie.

As botas de sete léguas não estavam no armário. Sophie não pôde acreditar a princípio e revirou tudo. E ali não havia nada a não ser baldes e vassouras comuns, e o outro manto de veludo.

— Que droga! — exclamou Sophie. Howl havia obviamente se certificado de que ela não mais o seguiria a lugar nenhum.

Ela estava colocando tudo de volta no armário quando alguém bateu à porta. Sophie, como sempre, deu um pulo e esperou que fossem embora. Mas essa pessoa parecia mais determinada do que as outras. Quem quer que fosse continuou batendo — ou talvez jogando-se contra a porta, pois o som era mais um tump, tump, tump constante do que propriamente uma batida. Cinco minutos depois, o barulho persistia.

Sophie olhou para os bruxuleios verdes e inquietos que eram tudo que conseguia ver de Calcifer.

— É a Bruxa?

— Não — disse Calcifer, abafado entre as achas de lenha. — É a porta do castelo. Alguém deve estar correndo, nos acompanhando. Estamos seguindo a uma velocidade considerável.

— É o espantalho? — perguntou Sophie, e seu peito estremeceu à simples ideia.

— É de carne e osso — disse Calcifer. Seu rosto azul subiu pela chaminé, parecendo confuso. — Não tenho muita certeza do que é, mas quer muito entrar. Não creio que deseje fazer algum mal.

Como o tump, tump continuava, dando a Sophie uma impaciente sensação de urgência, ela resolveu abrir a porta e pôr um ponto final naquilo. Além disso, estava curiosa para saber o que era. Ainda tinha o segundo manto de veludo na mão depois de revirar o armário de vassouras, então o atirou sobre os ombros enquanto se dirigia para a porta. Calcifer a fitou. E, pela primeira vez desde que o conhecia, ele abaixou a cabeça voluntariamente. Grandes gargalhadas escaparam de sob as chamas verdes onduladas. Perguntando-se em que o manto a havia transformado, Sophie abriu a porta.

Um imenso e delgado galgo saltou da colina entre os blocos pretos do castelo e aterrissou no meio da sala. Sophie deixou cair o manto e recuou depressa. Ela sempre tivera medo de cachorros, e os galgos não são uma visão muito tranquilizadora. Este se colocou entre ela e a porta e a fitou. Sophie olhou ansiosa para as pedras e urzes lá fora e se perguntou se adiantaria alguma coisa gritar por Howl.

O cão curvou as costas já encurvadas e de alguma forma conseguiu levantar-se nas esguias pernas traseiras. Isso o deixou quase tão alto quanto Sophie. Ele estendeu as patas dianteiras rigidamente e tornou a erguer-se. Então, quando Sophie já tinha a boca aberta para gritar por Howl, a criatura empreendeu o que era obviamente um imenso esforço e cresceu na forma de um homem num terno marrom amarrotado. Ele tinha os cabelos louro-avermelhados e um rosto pálido e infeliz.

— Vim de Upper Folding! — arquejou o homem-cão. — Amo Lettie... Lettie me enviou... Lettie chorando e muito infeliz... me enviou a você... disse-me para ficar... — Ele começou a se dobrar e encolher antes de terminar de falar. Então emitiu um uivo canino de desespero e contrarieda-

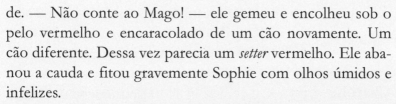

de. — Não conte ao Mago! — ele gemeu e encolheu sob o pelo vermelho e encaracolado de um cão novamente. Um cão diferente. Dessa vez parecia um *setter* vermelho. Ele abanou a cauda e fitou gravemente Sophie com olhos úmidos e infelizes.

— Oh, meu Deus — disse Sophie enquanto fechava a porta. — Você está mesmo com problemas, meu amigo. Você era aquele *collie*, não era? Agora entendo do que a sra. Fairfax estava falando. Aquela Bruxa quer violência, se quer! Mas por que Lettie o mandou para cá? Se você não quer que eu conte ao Mago Howl...

O cão rosnou debilmente à menção do nome. Mas também abanou a cauda e a fitou, suplicante.

— Muito bem. Não vou dizer a ele — prometeu Sophie.

O cão pareceu tranquilizar-se. Ele seguiu até a lareira, onde lançou a Calcifer um olhar um tanto desconfiado, e deitou-se ao lado do guarda-fogo, formando um monte vermelho e magricela.

— Calcifer, o que você acha? — perguntou Sophie.

— Este cão é um homem enfeitiçado — disse Calcifer desnecessariamente.

— Eu sei, mas você pode tirar o feitiço dele? — indagou Sophie. Ela supôs que Lettie devia ter ouvido, como muitas outras pessoas, que Howl tinha uma bruxa trabalhando para ele agora. E parecia importante transformar o cão em homem outra vez e mandá-lo de volta para Upper Folding antes que Howl saísse da cama e o encontrasse ali.

— Não, para isso eu precisaria me conectar com Howl — disse Calcifer.

— Então eu vou tentar por mim mesma — disse Sophie. Pobre Lettie! O coração partido por Howl, e seu único outro amor era um cão na maior parte do tempo! Sophie pousou a mão na cabeça arredondada e macia do cachorro. — Volte a ser o homem que deveria ser — disse ela. Repetiu algumas vezes, mas o único efeito pareceu ser pôr o cão num sono profundo. Ele roncou e encolheu-se junto às pernas de Sophie.

Enquanto isso, do andar de cima, começou a vir o som de gemidos. Sophie continuou murmurando para o cão e o ignorou. Uma tosse alta e seca veio em seguida, transformando-se em mais gemidos. Sophie ainda assim ignorou. Espirros acompanharam a tosse, cada um deles sacudindo a janela e todas as portas. Sophie achou mais difícil ignorá-los, mas conseguiu. Puuu-puuuu!, o nariz foi assoado, como um fagote num túnel. A tosse recomeçou, misturada a gemidos. Espirros juntaram-se aos gemidos e à tosse, e os sons elevaram-se em um crescendo no qual Howl parecia tossir, gemer, assoar o nariz, espirrar e lamentar-se — tudo ao mesmo tempo. As portas chacoalharam, as vigas do teto sacudiram, e uma das achas de lenha de Calcifer rolou até a lareira.

— Está bem, está bem, entendi a mensagem! — disse Sophie, devolvendo a lenha à grelha. — O próximo vai ser o limo verde. Calcifer, cuide para que este cachorro fique onde está. — E ela subiu a escada, murmurando em voz alta: — Francamente, esses magos! Como se ninguém nunca tivesse tido uma gripe! Bem, o que foi? — perguntou ela, passando pela porta do quarto e pisando no tapete imundo.

— Estou morrendo de tédio — disse Howl pateticamente. — Ou talvez só morrendo.

Ele estava deitado apoiado em travesseiros cinza sujos, parecendo muito mal, coberto com o que devia ter sido uma colcha de retalhos, que agora, com a poeira, tinha uma cor só. As aranhas das quais ele parecia gostar tanto teciam sem parar no dossel acima dele.

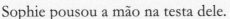

Sophie pousou a mão na testa dele.

— Você está, sim, com um pouco de febre — admitiu ela.

— Estou delirando — disse Howl. — Tem uns pontos se arrastando diante dos meus olhos.

— São aranhas — disse Sophie. — Por que você não pode se curar com um feitiço?

— Porque não *existe* cura para resfriado — disse Howl, desconsolado. — As coisas estão girando e girando na minha cabeça... ou talvez seja minha cabeça girando e girando em torno das coisas. Fico pensando nos termos da maldição da Bruxa. Eu não tinha me dado conta de que ela podia me expor assim. É ruim ser exposto, embora as coisas que aconteceram até agora tenham sido causadas por mim. Fico esperando que o resto aconteça.

Sophie lembrou-se do poema enigmático.

— Que coisas? Diga-me onde estão todos os anos precedentes?

— Ah, isso eu sei — disse Howl. — Os meus e os de qualquer outra pessoa. Eles estão todos lá, exatamente onde sempre estiveram. Eu poderia ir e ser a fada má em meu próprio batizado, se quisesse. Talvez eu tenha feito isso e seja esse o problema. Não, estou esperando apenas três coisas: as sereias, a raiz de mandrágora e o vento para impelir uma mente sincera. E se eu vou ficar com cabelos brancos, suponho, só que não vou tirar o feitiço para ver. Só restam cerca de três semanas para que essas coisas se realizem, e a Bruxa me pega assim que isso acontecer. Mas a Reunião do Clube de Rúgbi é no dia 23 de junho, na véspera do solstício de verão, portanto, devo comparecer a essa pelo menos. O resto todo aconteceu faz muito tempo.

— Você se refere à estrela cadente e a nunca ser capaz de encontrar uma mulher justa e verdadeira? — perguntou Sophie. — Eu não me surpreendo, pelo modo como você vive. A sra. Pentstemmon me disse que você estava indo para o lado errado. Ela estava certa, não é?

— Preciso ir ao funeral dela, mesmo que isso me mate — disse Howl, triste. — A sra. Pentstemmon sempre pensou bem demais de mim. Eu a ceguei com meu charme. — Lágrimas escorreram de seus olhos. Sophie não sabia se ele estava chorando ou se era simplesmente o resfriado. Mas percebeu que ele estava escorregando novamente.

— Eu me referia ao modo como você abandona as mulheres assim que se apaixonam por você — afirmou ela. — Por que *faz* isso?

Howl apontou uma mão trêmula na direção do dossel da cama.

— É por isso que adoro as aranhas. "Se a princípio não tiver sucesso, tente, tente, tente novamente." Eu continuo tentando — disse ele, com grande tristeza. — Mas eu causei isso a mim mesmo ao fazer um acordo há alguns anos, e sei que agora nunca conseguirei amar alguém adequadamente.

A água que escorria dos olhos de Howl agora eram sem sombra de dúvida lágrimas. Sophie ficou preocupada.

— Olhe, você não deve chorar...

Houve um ruído do lado de fora. Sophie olhou para trás e viu o homem-cão infiltrando-se pela porta num semicírculo perfeito. Ela estendeu a mão e pegou um punhado do pelo vermelho, pensando que ele certamente vinha para morder Howl. Mas tudo que o cão fez foi recostar-se em suas pernas, fazendo-a cambalear até a parede que descascava.

— O que é isto? — perguntou Howl.

— Meu novo cachorro — disse Sophie, agarrando-se ao pelo encaracolado. Agora que estava encostada à parede, podia olhar pela janela do quarto. Devia dar para o quintal, mas, em vez disso, mostrava a visão de uma praça com um belo jardim e um balanço de criança, de metal, no meio. O sol que se punha incendiava gotas de chuva que pendiam do balanço em azul e vermelho. Enquanto Sophie estava ali, olhando, a sobrinha de Howl, Mari, atravessou correndo o gramado verde. A irmã de Howl, Megan, seguiu a menina. Ela estava gritando que Mari não devia se sentar no balanço molhado, mas nenhum som parecia sair de sua boca.

— Este é o lugar chamado Gales? — perguntou Sophie.

Howl riu e bateu na colcha. A poeira subiu feito fumaça.

— Droga de cachorro! — grasnou ele. — Apostei comigo mesmo que podia mantê-la sem bisbilhotar pela janela o tempo todo que estivesse aqui!

— Você fez isso? — perguntou Sophie, e soltou o cachorro, esperando que ele mordesse mesmo Howl. Mas o cão continuou encostado nela, empurrando-a em direção à porta. — Então todo esse teatro era apenas um jogo, não é? Eu devia saber!

Howl recostou-se nos travesseiros cinzentos, com ar de injustiçado e ferido.

— Às vezes — disse ele, em tom de reprovação — você fala igual a Megan.

— Às vezes — respondeu Sophie, enxotando o cão na frente dela — compreendo como Megan ficou do jeito que é.

E fechou a porta na cara das aranhas, da poeira e do jardim, com um estrondo.

CAPÍTULO QUINZE
No qual Howl vai disfarçado a um funeral

O homem-cão aninhou-se pesadamente sobre os pés de Sophie quando ela voltou à sua costura, talvez com a esperança de que ela conseguisse quebrar o feitiço se ficasse perto dela. Quando um homem corpulento, de barba ruiva, entrou intempestivamente na sala carregando uma caixa de objetos e tirou o manto de veludo para se transformar em Michael, ainda carregando uma caixa de objetos, o homem-cão se levantou e abanou a cauda. Deixou Michael acariciá-lo e esfregar-lhe as orelhas.

— Espero que ele fique — disse Michael. — Eu sempre quis ter um cachorro.

Howl ouviu a voz de Michael. Chegou ao andar de baixo enrolado na colcha de retalhos marrom de sua cama. Sophie parou de costurar e segurou o cão com cuidado. Mas o cão foi amável com Howl também. Ele não objetou quando ele livrou uma das mãos da colcha e o acariciou.

— E então? — grunhiu Howl, dispersando nuvens de poeira ao fazer surgir no ar mais alguns lenços de papel.

— Eu trouxe tudo — disse Michael. — E estamos com sorte, Howl. Tem uma loja vazia à venda em Market Chipping. Era uma chapelaria. Você acha que podemos levar o castelo para lá?

Howl sentou-se num banquinho alto, como um senador de Roma vestido numa túnica, e pensou.

— Depende do preço — disse ele. — Estou tentado a mudar a entrada de Porthaven para lá. Isso não vai ser fácil, pois significará mover Calcifer. Porthaven é onde Calcifer *está* na realidade. O que você diz, Calcifer?

— Vai ser preciso uma operação muito cuidadosa para me mover — disse ele, vários tons mais pálido só de pensar no assunto. — Acho que você devia me deixar onde estou.

Quer dizer que Fanny está vendendo a loja, pensou Sophie enquanto os outros três seguiam discutindo a mudança. Então era essa consciência que Howl dizia ter! Mas o principal em sua mente era o estranho comportamento do cão. Apesar de Sophie dizer-lhe muitas vezes que não poderia quebrar o feitiço lançado sobre ele, o homem-cão não parecia querer partir. E não queria morder Howl. Deixou Michael levá-lo a uma corrida nos Pântanos de Porthaven naquela noite e na manhã seguinte. Seu objetivo parecia ser fazer parte da casa.

— Se eu fosse você, estaria em Upper Folding para ficar com Lettie enquanto ela se recupera — disse-lhe Sophie.

Howl passou todo o dia seguinte se deitando e se levantando. Quando ele estava na cama, Michael tinha de subir e descer a escada o tempo todo. Quando estava de pé, Michael tinha de correr de um lado para o outro, medindo o castelo com ele e fixando braçadeiras de metal em cada canto.

Entre uma coisa e outra, Howl aparecia, vestido em sua colcha e nuvens de poeira, para fazer perguntas e anúncios, a maior parte deles dirigidos a Sophie.

— Sophie, como você caiou as paredes, cobrindo as marcas que fizemos nelas quando inventamos o castelo, talvez possa me dizer onde ficavam as marcas no quarto de Michael...

— Não — disse Sophie, costurando seu septuagésimo triângulo azul. — Não posso.

Howl espirrou tristemente e se recolheu. Logo depois reapareceu.

— Sophie, se ficássemos com aquela chapelaria, o que venderíamos?

Sophie pensou que já tivera sua cota de chapéus para o resto da vida.

— Chapéus, não — disse ela. — Você pode comprar a loja, mas não o negócio, você sabe.

— Aplique sua mente demoníaca ao assunto — disse Howl. — Ou então pense, se souber como. — E tornou a subir os degraus.

Cinco minutos depois, cá estava ele outra vez.

— Sophie, você tem alguma preferência em relação às outras entradas? Onde gostaria que morássemos?

Sophie viu-se instantaneamente pensando na casa da sra. Fairfax.

— Gostaria de ter uma casa bonita e com muitas flores — disse ela.

— Sei — grunhiu Howl e se foi novamente.

Da próxima vez que apareceu, estava vestido. Aquela era a terceira vez no dia, e Sophie não pensou nada até Howl cobrir-se com o manto de veludo que Michael havia usado e tornar-se um homem de barba ruiva, pálido, tossindo e segurando um grande lenço vermelho junto ao nariz. Ela percebeu, então, que Howl ia sair.

— Vai piorar a sua gripe — disse ela.

— Eu vou morrer e então todos vocês lamentarão — disse o homem de barba ruiva, e saiu pela porta cuja maçaneta tinha o verde para baixo.

Depois disso, por uma hora, Michael teve tempo para trabalhar em seu feitiço. Sophie chegou ao octogésimo quarto triângulo azul. Então o homem de barba ruiva voltou. Tirou o manto de veludo e se transformou em Howl, tossindo mais do que antes e, se isso fosse possível, com mais autopiedade ainda.

— Fiquei com a loja — disse ele a Michael. — Tem um anexo muito útil nos fundos e uma casa ao lado, e eu comprei tudo. Só não sei como pagarei isso tudo.

— Que tal com o dinheiro que vai ganhar, se encontrar o Príncipe Justin? — indagou Michael.

— Você esquece — grasnou Howl — que o objetivo de toda essa operação é *não* procurar o Príncipe Justin. Nós vamos desaparecer. — E foi tossindo para a cama, onde logo começou a sacudir as vigas com seus espirros, querendo atenção outra vez.

Michael teve de deixar o feitiço de lado e correr escada acima. Sophie também teria ido, mas o homem-cão interpôs-se em seu caminho quando ela tentou. Esse era outro aspecto estranho de seu comportamento. Ele não gostava que Sophie fizesse nada por Howl. Sophie achou que isso era bastante razoável. E começou seu octogésimo quinto triângulo.

Michael desceu alegremente e voltou a trabalhar em seu feitiço. Estava tão feliz que, enquanto trabalhava, cantarolava a música da caçarola de Calcifer e conversava com o crânio exatamente como Sophie fazia.

— Vamos morar em Market Chipping — disse ele ao crânio. — Poderei ver minha Lettie todos os dias.

— Foi por isso que falou a Howl sobre a loja? — perguntou Sophie, enfiando a agulha no tecido. A essa altura já estava no octogésimo nono triângulo.

— Foi — confirmou Michael, feliz. — Lettie me falou a respeito quando estávamos nos perguntando como nos veríamos de novo. Eu disse a ela...

Ele foi interrompido por Howl, descendo com sua colcha outra vez.

— Esta é decididamente minha última aparição — gemeu ele. — Esqueci de dizer que a sra. Pentstemmon será enterrada amanhã em sua propriedade perto de Porthaven e

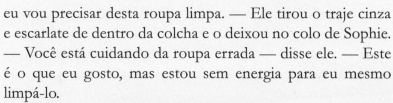

eu vou precisar desta roupa limpa. — Ele tirou o traje cinza e escarlate de dentro da colcha e o deixou no colo de Sophie. — Você está cuidando da roupa errada — disse ele. — Este é o que eu gosto, mas estou sem energia para eu mesmo limpá-lo.

— Você não precisa ir ao funeral, não é? — perguntou Michael, preocupado.

— Eu não sonharia em não ir — respondeu Howl. — A sra. Pentstemmon fez de mim o mago que sou. Tenho de prestar minhas homenagens.

— Mas sua gripe está pior — argumentou Michael.

— Ele mesmo *fez* com que piorasse — disse Sophie — ao se levantar e andar por aí.

Howl imediatamente assumiu sua expressão mais nobre.

— Eu vou ficar bem — disse — desde que fique longe do vento marinho. É um lugar amargo, a propriedade dos Pentstemmon. As árvores são todas encurvadas para o lado e não há proteção ao longo de quilômetros.

Sophie sabia que ele só estava representando para angariar solidariedade. Ela bufou com desdém.

— E quanto à Bruxa? — perguntou Michael.

Howl tossiu pateticamente.

— Eu vou disfarçado, provavelmente como outro cadáver — disse ele, arrastando-se novamente em direção à escada.

— Então precisa é de uma mortalha e não deste terno — gritou Sophie às costas dele.

Howl subiu sem responder e Sophie não protestou. Ela agora tinha o traje enfeitiçado nas mãos e essa era uma oportunidade boa demais para perder. Pegou a tesoura e cortou a roupa cinza e escarlate em sete pedaços irregulares.

Isso devia desencorajar Howl a usá-la. Então Sophie se pôs a trabalhar nos últimos triângulos do traje azul e prata, quase todos fragmentos da gola. Tinha ficado mesmo muito pequeno. Parecia pequeno demais até mesmo para o pajem da sra. Pentstemmon.

— Michael — disse ela —, apresse esse feitiço. É urgente.

— Não vai demorar muito agora — disse Michael.

Meia hora depois ele conferiu os itens em sua lista e disse que acreditava estar pronto. Aproximou-se de Sophie levando uma tigelinha com uma quantidade muito pequena de pó verde no fundo.

— Onde você quer usar?

— Aqui — disse Sophie, arrematando os últimos fios. Ela empurrou o homem-cão adormecido para um lado e estendeu o traje de tamanho infantil cuidadosamente no chão. Michael, com o mesmo cuidado, virou a tigela e polvilhou o pó em cada centímetro da roupa.

Então os dois esperaram, com grande ansiedade.

Um momento se passou. Michael suspirou com alívio. O terno começou a se expandir delicadamente. Eles o observaram tornar-se cada vez maior, até que um lado foi se amontoando de encontro ao homem-cão e Sophie precisou afastá-lo para ter espaço.

Depois de cinco minutos, os dois concordaram que o terno parecia ter o tamanho de Howl novamente. Michael o recolheu e cuidadosamente sacudiu o excesso de pó na lareira. Calcifer flamejou e rosnou. O homem-cão, dormindo, deu um pulo.

— Cuidado! — disse Calcifer. — Isso está forte.

Sophie pegou o terno e subiu para o quarto na ponta

dos pés. Howl dormia recostado em seus travesseiros cinzentos, com suas atarefadas aranhas construindo novas teias à sua volta. Ele parecia nobre e triste em seu sono. Sophie arrastou-se até a velha arca junto à janela para guardar o traje azul e prata, tentando convencer a si mesma que o traje não estava mais crescendo.

— No entanto, se ele o impedir de ir ao funeral, não será nenhuma perda — murmurou ela, enquanto espiava pela janela.

O sol estava se pondo no jardim lá embaixo. Um homem negro e grande atirava, entusiasmado, uma bola vermelha na direção do sobrinho de Howl, Neil, parado com um ar de paciente sofrimento, segurando um bastão. Sophie podia ver que o homem era o pai de Neil.

— Bisbilhotando de novo — disse Howl de repente atrás dela. Sophie deu meia-volta, culpada, vendo que Howl estava apenas meio acordado. Ele podia até estar pensando que ainda era o dia anterior, porque disse: — "Ensine-me a ignorar a inveja ferroando..." Isso tudo agora faz parte do passado. Eu amo Gales, mas ele não me ama. Megan tem inveja porque ela é respeitável e eu não. — Então acordou um pouco mais e perguntou: — O que você está fazendo?

— Apenas guardando a roupa para você — disse Sophie e apressou-se em sair dali.

Howl deve ter adormecido de novo. Ele não voltou a aparecer naquela noite. Não havia o menor sinal de movimento dele quando Sophie e Michael se levantaram na manhã seguinte. Eles se movimentavam com cuidado para não perturbá-lo. Nenhum dos dois achava que era boa ideia ele ir ao funeral da sra. Pentstemmon. Michael saiu para as colinas levando o homem-cão para uma corrida. Sophie andou por ali na ponta dos pés, preparando o café da manhã, esperando que Howl perdesse a hora. Ainda não havia o menor sinal dele quando Michael voltou. O homem-cão estava faminto. Sophie e Michael procuravam no armário coisas que um cão pudesse comer quando ouviram Howl descendo lentamente a escada.

— Sophie. — A voz de Howl soava acusadora.

Ele estava de pé, segurando aberta a porta que dava para a escada com um braço totalmente oculto por uma imensa manga azul e prata. Seus pés, no degrau de baixo, pisavam na metade superior de um gigantesco blusão azul e prata. O outro braço de Howl não chegava nem perto da outra manga imensa. Sophie podia ver o contorno daquele braço gesticulando sob um amplo babado da gola. Atrás de Howl, os degraus estavam cobertos pelo traje azul e prata rastejando todo o caminho desde o quarto.

— Oh, meu Deus! — disse Michael. — Howl, foi minha culpa...

— Sua culpa? Bobagem! — disse Howl. — Posso perceber a mão de Sophie a um quilômetro de distância. E existem vários quilômetros desta roupa. Sophie, querida, onde está meu outro traje?

Sophie buscou correndo os pedaços do traje cinza e escarlate no armário das vassouras, onde ela os havia escondido.

Howl os examinou.

— Bem, já é alguma coisa — disse ele. — Eu contava que estivesse pequeno demais para ser visto. Dê-me aqui, todos os sete pedaços. — Sophie estendeu o bolo de tecido cinza e escarlate na direção dele. Howl, com uma rápida busca, conseguiu introduzir a mão nas múltiplas dobras de azul e prata e passá-la por uma abertura entre dois enormes pontos. Ele pegou o bolo das mãos dela. — Agora — disse ele — vou me preparar para o funeral. Por favor, vocês dois, abstenham-se de fazer qualquer coisa enquanto isso. Posso ver que Sophie está em sua melhor forma no momento, e quero esta sala do tamanho normal quando eu voltar aqui.

Ele se retirou com dignidade para o banheiro, avançando penosamente no traje azul e prata. O traje o seguiu, arrastando-se pelos degraus e farfalhando no piso. Quando Howl chegou ao banheiro, a maior parte do blusão estava no piso inferior e as calças começavam a aparecer na escada. Howl entrecerrou a porta do banheiro e pareceu continuar puxando o traje. Sophie, Michael e o homem-cão ficaram assistindo ao tecido azul ou prata prosseguir, metro após metro, pelo chão, decorado com um ocasional botão prata do tamanho de uma pedra de amolar e pontos enormes e regulares, semelhantes a uma corda. Devia haver aproximadamente um quilômetro e meio de tecido.

— Acho que não acertei esse feitiço — disse Michael depois de a última e imensa borda afestonada desaparecer na porta do banheiro.

— Ah, e como ele não deixou dúvidas nesse sentido! — disse Calcifer. — Mais lenha, por favor.

Michael deu uma acha a Calcifer. Sophie alimentou o homem-cão. Mas nenhum dos dois ousou fazer mais nada, a não ser ficar por ali comendo pão e mel no café da manhã até Howl sair do banheiro.

Ele apareceu duas horas depois, em meio a um vapor de feitiços com aroma de verbena. Estava todo vestido de preto. A roupa era preta, as botas eram pretas, e o cabelo também era preto, do mesmo tom azulado de corvo da srta. Angorian. Seu brinco era um longo pingente preto. Sophie perguntou-se se o cabelo escuro era em homenagem à sra. Pentstemmon. Ela concordava com a sra. Pentstemmon que os cabelos negros caíam bem em Howl. Seus olhos verdes de vidro combinavam melhor com eles. Mas Sophie queria muito saber qual traje tinha dado origem àquele preto.

Howl fez aparecer um lenço e assoou o nariz nele. A janela chacoalhou. Ele apanhou uma das fatias de pão com mel da bancada e chamou o homem-cão. Este o olhou em dúvida.

— Eu só a quero onde posso vê-la — grasnou Howl. Sua gripe ainda estava forte. — Venha aqui, cãozinho. — Enquanto o cão se arrastava, relutante, até o meio da sala, Howl acrescentou: — Você não vai encontrar meu outro traje no banheiro, sra. Bisbilhoteira. Você não vai pôr as mãos em nenhuma outra roupa minha.

Sophie, caminhando na ponta dos pés até o banheiro, deteve-se e observou Howl dar a volta no homem-cão, sucessivamente comendo pão com mel e assoando o nariz.

— O que acha deste disfarce? — perguntou. Atirou o lenço preto para Calcifer e começou a ficar de quatro. Quase no mesmo momento em que fez o movimento, já tinha desaparecido. Quando tocou o chão, era um *setter* vermelho e encaracolado, exatamente como o homem-cão.

Este foi apanhado completamente de surpresa e seus instintos assumiram o controle. Os pelos de suas costas se eriçaram, as orelhas baixaram e ele rosnou. Howl o imitou — ou então se sentia da mesma forma. Os dois cães, idênticos, andaram em torno um do outro, olhando-se ferozmente, rosnando e se preparando para uma briga.

Sophie agarrou a cauda do que ela pensou que fosse o homem-cão. Michael agarrou o que ele pensava ser Howl.

Este rapidamente se transformou em si mesmo de novo. Sophie deparou com uma pessoa alta, vestida de preto da cabeça aos pés, de pé diante dela e soltou as costas do casaco de Howl. O homem-cão sentou-se nos pés de Michael, com um olhar dramático.

— Ótimo — disse Howl. — Se consigo enganar outro cachorro, posso enganar qualquer um. Ninguém no funeral vai perceber um vira-lata levantando a perna junto às lápides.

Ele foi até a porta e girou a maçaneta com o azul para baixo.

— Espere um momento — disse Sophie. — Se você vai ao funeral como um *setter* vermelho, por que se dar o trabalho de se vestir todo de preto?

Howl ergueu o queixo e assumiu um ar de nobreza.

— Em respeito à sra. Pentstemmon — disse ele, abrindo a porta. — Ela gostava que se pensasse em todos os detalhes.

E saiu à rua de Porthaven.

CAPÍTULO DEZESSEIS
No qual há uma grande quantidade de bruxaria

Várias horas se passaram. O homem-cão estava com fome outra vez. Michael e Sophie decidiram almoçar também. Sophie aproximou-se de Calcifer com a frigideira.

— Por que vocês não podem comer pão com queijo pelo menos uma vez? — grunhiu Calcifer.

Mesmo assim, ele abaixou a cabeça. Sophie estava colocando a frigideira sobre as chamas verdes aneladas quando a voz de Howl soou, rouca, vinda do nada.

— Prepare-se, Calcifer! Ela me achou!

Calcifer deu um pulo. A frigideira caiu, atingindo os joelhos de Sophie.

— Vocês terão de esperar! — rugiu Calcifer, flamejando cegamente em direção à chaminé. Quase de imediato sua imagem tornou-se enevoada, transformando-se em uma dúzia, mais ou menos, de rostos azuis em chamas, como se estivesse sendo sacudido violentamente, e começou a queimar com um zumbido alto, gutural.

— Isso deve significar que estão lutando — sussurrou Michael.

Sophie sugou um dedo ligeiramente queimado e, com a outra mão, retirou as fatias de bacon grudadas em sua saia, fitando Calcifer. Ele se agitava de um lado para o outro na lareira. Seus rostos enevoados pulsavam, indo do azul-marinho ao azul-celeste e, em seguida, chegando quase ao branco. Num momento ele tinha múltiplos olhos laranja, no seguinte, fileiras de olhos estrelados cor de prata. Ela nunca imaginara nada assim.

Alguma coisa passou voando numa rajada sobre a cabeça deles e houve uma explosão que sacudiu toda a sala. Na segunda vez, a explosão veio com um estrondo longo e agudo. Calcifer tornou-se quase preto-azulado, e a pele de Sophie se arrepiou com a intensa manifestação de magia.

Michael correu para a janela.

— Eles estão bem perto!

Sophie também correu, mancando, para a janela. A tempestade de magia parecia ter atingido metade das coisas na sala. O crânio trincava a mandíbula com tanta força que rodopiava na bancada. Os pacotes pulavam. O pó fervilhava nos frascos. Um livro caiu pesadamente da prateleira e ficou aberto no chão, passando as páginas para a frente e para trás. Numa das extremidades da sala, o vapor perfumado vinha do banheiro; na outra, o violão de Howl emitia acordes desafinados. E Calcifer se agitava de um lado para o outro com mais intensidade que nunca.

Michael pôs o crânio dentro da pia para evitar que ele despencasse no chão enquanto abria a janela e botava a cara lá fora. O que quer que estivesse acontecendo, estava, para sua angústia, fora do seu campo de visão. As pessoas nas casas em frente estavam nas portas e janelas, apontando algo aparentemente no alto. Sophie e Michael correram para o armário das vassouras, onde cada um apanhou um manto de veludo e o vestiu. Sophie pegou o que transformava quem o usasse num homem de barba ruiva. Agora ela sabia por que Calcifer rira dela com o outro manto. Michael era um cavalo. Mas agora não havia tempo para rir. Sophie abriu a porta pesadamente e disparou para a rua, seguida pelo homem-cão, que parecia surpreendentemente calmo com aquilo tudo. Michael trotou atrás dela com um tropel de cascos inexistentes, deixando Calcifer ir do azul ao branco atrás deles.

A rua estava cheia de pessoas que olhavam para cima. Ninguém tinha tempo para perceber coisas como cavalos saindo de dentro de casa. Sophie e Michael também olharam, e viram uma imensa nuvem fervendo e se retorcendo logo acima das chaminés. Era preta e girava sobre si mesma com violência. Clarões brancos, que não eram exatamente de luz, transpassavam a sua escuridão. Mas, quase simultaneamente à chegada de Michael e Sophie, a massa de magia tomou a forma de um obscuro feixe de cobras travando combate. Então, com um ruído semelhante a uma violenta briga de gatos, ela se partiu em dois. Uma parte disparou berrando acima dos tetos em direção ao mar, e a segunda seguiu gritando atrás dela.

Algumas pessoas voltaram para dentro de casa então. Sophie e Michael juntaram-se à correria daqueles mais corajosos que desciam as ladeiras até o cais. Ali, todos pareciam pensar que a melhor visão era ao longo da curva do paredão do porto. Sophie, mancando, dirigiu-se para lá também, mas não havia necessidade de ir além do abrigo da cabana do capitão do porto. Duas nuvens pairavam no ar, sobre o mar, do outro lado do paredão, as únicas duas nuvens no céu azul e calmo. Era muito fácil vê-las. Era igualmente fácil ver a mancha escura de tempestade em fúria no mar entre as duas nuvens, levantando enormes ondas de crista espumosa. Um desafortunado navio fora colhido naquela tempestade. Seus mastros batiam de um lado para o outro. Eles podiam ver jorros de água atingindo-o por todos os lados. A tripulação tentava desesperadamente recolher as velas, mas uma pelo menos havia sido rasgada, transformando-se em trapos cinzentos e voadores.

— Ninguém pode fazer nada por aquele navio? — perguntou alguém, indignado.

Então o vento e as ondas da tempestade atingiram o paredão do porto. A espuma branca varreu o local e os corajosos se apressaram em retornar ao cais, onde os navios atracados balançavam e rangiam em suas amarrações. Em meio a tudo isso havia muitos gritos de vozes agudas. Sophie esticou o pescoço, pondo o rosto contra o vento, na direção de onde vinham os gritos, e descobriu que a fúria da magia havia perturbado mais do que o mar e o azarado navio. Várias mulheres molhadas e de aparência escorregadia, com esvoaçantes cabelos castanho-esverdeados, subiam se arrastando no paredão do porto, gritando e estendendo braços longos e molhados para mais mulheres que gritavam, agitando-se nas ondas. Todas tinham um rabo de peixe em lugar de pernas.

— Que droga! — exclamou Sophie. — As sereias da maldição! — Isso significava que agora só faltavam duas coisas impossíveis.

Ela ergueu os olhos para as duas nuvens. Howl encontrava-se ajoelhado na da esquerda, muito maior e mais próxima do que ela teria esperado. Ainda estava vestido de preto. Como era típico de sua natureza, olhava por cima dos ombros as sereias em frenesi. Mas não era o olhar de alguém que se lembrasse que elas eram parte da maldição, em absoluto.

— Mantenha sua mente na Bruxa! — gritou o cavalo ao lado de Sophie.

A Bruxa apareceu num turbilhão, de pé na nuvem da direita, de túnica cor de chamas e longos cabelos vermelhos, com os braços erguidos a invocar mais magia. Quando Howl se virou e olhou para ela, seus braços se abaixaram. A nuvem de Howl irrompeu sob a forma de uma fonte de chamas cor-de-rosa. O calor proveniente dali varreu o porto, e as pedras do muro fumegaram.

— Está tudo bem! — arquejou o cavalo.

Howl estava no navio que se agitava, quase afundando,

lá embaixo. Era uma minúscula figura preta agora, encostado no mastro principal, que se curvava. Fez a Bruxa saber que havia errado acenando para ela insolentemente. A Bruxa o viu no instante em que ele acenou. Nuvem, Bruxa e tudo o mais se transformaram imediatamente numa ave vermelha que mergulhou na direção do navio.

A embarcação desapareceu. As sereias entoavam um grito lúgubre. Nada mais havia, a não ser a água agitada e sombria onde antes o navio estivera. Mas a ave ia rápido demais para que conseguisse parar. E caiu no mar com uma imensa pancada.

Todos no cais deram vivas.

— Eu sabia que aquele não era um navio de verdade! — disse alguém atrás de Sophie.

— É, deve ter sido uma ilusão — acrescentou o cavalo, sábio. — Era pequeno demais.

Como prova de que o navio tinha estado muito mais próximo do que parecera, as ondas do mergulho da Bruxa alcançaram o paredão do porto antes que Michael terminasse de falar. Um morro verde de água, de seis metros, o varreu de lado, atirando no porto as sereias que gritavam, virando todos os navios atracados de lado e batendo em redemoinhos na cabana do capitão do porto. Um braço surgiu da lateral do cavalo e puxou Sophie na direção do cais. Ela arquejou e cambaleou na água cinza que lhe batia nos joelhos. O homem-cão saltava ao lado deles, encharcado até as orelhas.

Eles haviam acabado de alcançar o cais, e os barcos no porto tinham todos voltado a se aprumar, quando uma segunda montanha de água passou sobre o paredão do porto. De sua lateral surgiu um monstro. Era uma coisa comprida, preta e com garras, meio gato, meio leão-marinho, e precipitou-se do paredão em direção ao cais. Quando a onda estourou de encontro ao porto, outro surgiu, comprido e baixo também, porém mais escamoso, e veio em perseguição ao primeiro monstro.

Todos perceberam que a luta ainda não havia chegado ao fim e correram, chapinhando, na direção dos abrigos e das casas no cais. Sophie tropeçou numa corda e caiu, e em seguida num degrau. O braço saiu do cavalo e a ergueu, enquanto os dois monstros passavam por eles como um raio, espargindo água salgada. Outra onda passou sobre o paredão do porto, e mais dois monstros surgiram dela. Eram idênticos aos dois primeiros, exceto pelo fato de que o mais escamoso estava mais perto do semelhante ao gato. E a onda seguinte trouxe dois outros, ainda mais próximos.

— O que está acontecendo? — gritou Sophie quando o terceiro par passou por eles, sacudindo as pedras do quebra-mar enquanto corriam.

— Ilusões — respondeu a voz de Michael vindo do cavalo. — Alguns deles. Ambos estão tentando enganar o outro e fazê-lo perseguir o errado.

— Quem é quem? — perguntou Sophie.

— Não tenho ideia — disse o cavalo.

Para alguns dos espectadores, os monstros eram assustadores demais. Muitos foram para casa. Outros saltaram para os navios que jogavam a fim de afastá-los do cais. Sophie e Michael juntaram-se ao grosso dos espectadores, que saiu pelas ruas de Porthaven atrás dos monstros. Primeiro seguiram um rio de água do mar, em seguida imensas marcas molhadas de patas, e por fim marcas e arranhões brancos, onde as garras das criaturas haviam escavado as pedras da rua. Isso levou a todos para a extremidade da cidade, até os pântanos onde Sophie e Michael haviam perseguido a estrela cadente.

A essa altura, as seis criaturas eram pontos pretos saltitantes, desaparecendo na distância plana. A multidão se espalhou pelo local numa linha irregular, assistindo, esperando mais e temendo o que poderia ver. Após algum tempo ninguém conseguia ver nada, a não ser o pântano vazio. Nada acontecia. Alguns já davam meia-volta para partir quando os outros gritaram: *"Olhem!"* Uma bola de fogo pálido rolava preguiçosamente a distância. Devia ser enorme. O estrondo que a acompanhou só chegou aos espectadores quando a bola de fogo havia se tornado uma torre de fumaça em expansão. Muitos se sobressaltaram com o trovão abrupto. Observaram a fumaça se espalhar até tornar-se parte da névoa sobre os pântanos. E continuaram olhando depois disso. Mas o que veio foram simplesmente a paz e o silêncio. O vento fazia farfalhar a vegetação e os pássaros começaram a ousar gritar outra vez.

"Devem ter acabado um com o outro", diziam as pessoas. A multidão gradualmente se dividiu em silhuetas individuais que retornavam apressadamente para as tarefas que haviam deixado por terminar.

Sophie e Michael esperaram até o último partir, quando tiveram certeza de que tudo tinha acabado mesmo. Então voltaram lentamente para Porthaven. Nenhum dos dois tinha vontade de falar. Somente o homem-cão parecia feliz. Ele brincava ao lado deles tão alegremente que Sophie estava certa de que ele acreditava que Howl tinha sido liquidado. Parecia tão satisfeito com a vida que, quando dobraram na rua onde ficava a casa de Howl e ele viu um gato de rua cruzando o caminho, deu um latido de contentamento e partiu atrás do bichano, perseguindo-o até a soleira da porta do castelo, onde o felino fez meia-volta e o olhou ferozmente.

— Pare! — miou o gato. — Era só essa que me faltava!

O cão recuou, parecendo envergonhado.

Michael galopou até a porta.

— Howl! — gritou.

O gato encolheu até o tamanho de um filhote, parecendo ter pena de si mesmo.

— E vocês dois estão ridículos! — disse ele. — Abram a porta. Estou exausto.

Sophie abriu a porta e o gato entrou, arrastando-se até a lareira — onde Calcifer havia se reduzido a não mais que um bruxuleio azul — e, com esforço, colocando as patas dianteiras no assento da cadeira. Ali, cresceu, transformando-se bem lentamente em Howl, cujo corpo estava dobrado.

— Você matou a Bruxa? — perguntou Michael, ansioso, tirando o manto e voltando a ser ele mesmo.

— Não — disse Howl, fazendo meia-volta e caindo pesadamente sobre a cadeira, onde deixou-se ficar, parecendo de fato muito cansado. — Tudo aquilo para completar meu resfriado! — gemeu ele. — Sophie, pelo amor de Deus, tire essa barba ruiva horrível e apanhe a garrafa de conhaque no armário... a menos que a tenha bebido ou transformado em aguarrás.

Sophie tirou o manto e encontrou o conhaque e um copo. Howl bebeu um copo de uma só vez, como se fosse água. Então, serviu um segundo copo e, em vez de beber, despejou-o cuidadosamente em Calcifer, que cintilou, crepitou e pareceu reviver um pouco. Howl serviu-se um terceiro copo e recostou-se, bebericando-o.

— Não fiquem aí me olhando! — disse ele. — Eu não sei quem ganhou. A Bruxa é muito difícil de atingir. Ela deixa quase tudo a cargo de seu demônio do fogo e fica por trás, em lugar seguro. Mas acho que lhe demos algo em que pensar, hein, Calcifer?

— Ele está velho — disse Calcifer num chiado fraco, vindo de sob a lenha. — Eu sou mais forte, mas ele sabe de coisas nas quais nunca pensei. Ela o tem há cem anos. E ele quase me matou! — Ele chiou, então saiu um pouco mais de suas achas para resmungar: — Você devia ter me avisado!

— Eu fiz isso, seu velho impostor! — disse Howl, exausto. — Você sabe tudo que eu sei.

Howl ficou ali bebendo o conhaque enquanto Michael apanhava pão e linguiça para comerem. A comida reanimou a todos, exceto talvez o homem-cão, que parecia derrotado agora que Howl estava de volta. Calcifer começou a queimar e voltar à sua condição azul de hábito.

— Não podemos continuar aqui! — disse Howl. Ele se pôs de pé. — Vamos, Michael. A Bruxa sabe que estamos em Porthaven. Não só vamos ter de mover o castelo e a entrada de Kingsbury agora, mas eu vou ter de transferir Calcifer para a casa contígua àquela loja.

— Vai ter de *me* mover? — perguntou Calcifer, azul de medo.

— Isso mesmo — disse Howl. — Você pode escolher entre Market Chipping ou a Bruxa. Não dificulte as coisas.

— Maldição! — gemeu Calcifer e mergulhou no fundo da lareira.

CAPÍTULO DEZESSETE
No qual o castelo animado se muda

owl lançou-se ao trabalho com tanto afinco que parecia ter acabado de tirar uma semana de férias. Se Sophie não o tivesse visto travar uma extenuante batalha de magia uma hora antes, nunca teria acreditado. Ele e Michael corriam para lá e para cá, gritando medidas um para o outro e assinalando com giz estranhos sinais nos lugares onde antes haviam colocado braçadeiras de metal. Parecia que tinham de marcar cada canto, inclusive o quintal dos fundos. O cubículo de Sophie sob a escada e o local de formato estranho no teto do banheiro lhes deram um bocado de trabalho. Sophie e o homem-cão foram empurrados de um lado para o outro, e então tirados completamente de circulação para que Michael pudesse engatinhar desenhando com giz uma estrela de cinco pontas dentro de um círculo no chão.

Michael já havia terminado e estava espanando a poeira e o giz de seus joelhos quando Howl entrou correndo com manchas de cal nas roupas pretas. Sophie e o homem-cão foram novamente tirados do caminho para que Howl pudesse engatinhar pelo chão escrevendo sinais dentro e à volta tanto da estrela quanto do círculo. Sophie e o homem-cão foram sentar-se na escada. O homem-cão tremia. Essa não parecia ser uma magia que o agradasse.

Howl e Michael correram para o quintal. Howl voltou em seguida.

— Sophie! — gritou. — Rápido! O que vamos vender naquela loja?

— Flores — respondeu ela, pensando novamente na sra. Fairfax.

— Perfeito — disse ele, e correu para a porta com uma lata de tinta e um pequeno pincel.

Ele mergulhou o pincel na lata e cuidadosamente pintou o borrão azul de amarelo. Mergulhou novamente. Dessa vez, o pincel saiu roxo e pintou o borrão verde. No terceiro mergulho a tinta era laranja, que substituiu o vermelho na maçaneta. Sem tocar a parte preta, Howl se afastou e a ponta de sua manga mergulhou na lata com o pincel.

— Droga! — disse Howl, tirando-a.

A ponta da manga tinha todas as cores do arco-íris. Howl a sacudiu e ela ficou preta de novo.

— Que traje é este, afinal? — perguntou Sophie.

— Esqueci. Não me interrompa. A parte difícil está chegando — disse Howl, levando apressado a lata de tinta de volta à bancada. Ali apanhou um pequeno pote com pó. — Michael! Onde está a pá de prata?

Michael veio correndo do quintal com uma grande pá brilhante. O cabo era de madeira, mas a lâmina parecia ser de prata sólida.

— Tudo pronto lá fora! — disse ele.

Howl descansou a pá no joelho a fim de desenhar um sinal tanto no cabo quanto na lâmina. Depois, polvilhou nela pó vermelho tirado do pote. Pôs uma pitada dos mesmos grãos em cada ponta da estrela e despejou todo o resto no meio.

— Fique longe, Michael — disse ele. — Todos fiquem longe. Está pronto, Calcifer?

Calcifer surgiu entre as achas de lenha num longo filete de chama azul.

— Tão pronto quanto posso estar — disse ele. — Você sabe que isso pode me matar, não sabe?

— Olhe o lado bom — replicou Howl. — Também pode matar a mim. Segure firme. Um, dois, três. — Ele mergulhou a pá na lareira, lentamente mas com firmeza, mantendo-a reta e nivelada. Por um segundo, ele a empurrou delicadamente para posicioná-la debaixo de Calcifer. Então, de modo ainda mais lento e firme, ele a ergueu. Michael estava obviamente prendendo o fôlego. — Feito! — disse Howl. Os pedaços de madeira caíram para um lado. Não pareciam estar queimando. Howl se levantou e fez meia-volta, carregando Calcifer na pá.

A sala se encheu de fumaça. O homem-cão gemeu e estremeceu. Howl tossiu. Ele estava com certa dificuldade para manter a pá firme. Os olhos de Sophie estavam cheios d'água e era difícil ver bem, mas, até onde podia saber, Calcifer — exatamente como ele lhe dissera — não tinha pés nem pernas. Era um rosto azul pontudo e comprido preso a uma massa preta, levemente brilhante. Essa massa tinha um entalhe na frente, o que sugeria à primeira vista que Calcifer estava ajoelhado sobre pernas minúsculas e dobradas. Mas Sophie viu que não era assim quando a massa oscilou ligeiramente, revelando-se arredondada na parte de baixo. Calcifer, era óbvio, sentia-se muitíssimo inseguro. Seus olhos laranja estavam arregalados de medo, e ele lançava frágeis chamas no formato de bracinhos para todos os lados, numa inútil tentativa de segurar as laterais da pá.

— Não vai demorar! — disse Howl, tentando tranquilizá-lo. Mas precisou fechar a boca com força e ficar parado um momento tentando não tossir. A pá oscilou e Calcifer ficou aterrorizado. Howl recuperou-se. Deu um passo largo, com cuidado, entrando no círculo desenhado com giz, e então outro para o centro da estrela de cinco pontas. Ali, segurando a pá nivelada, ele girou lentamente, dando uma volta completa, e Calcifer girou com ele, azul da cor do céu e com o pânico estampado nos olhos.

Parecia que a sala toda girava com eles. O homem-cão encolheu-se junto a Sophie. Michael cambaleou. Sophie sentia-se como se o pedaço de mundo deles houvesse se soltado e dançasse em círculos, provocando-lhe náuseas. Ela não censurava Calcifer por parecer tão assustado. Tudo ainda oscilava e balançava quando Howl deu os mesmos passos largos e cautelosos para fora da estrela e do círculo. Ele então se ajoelhou junto à lareira e, com imenso cuidado, deslizou Calcifer novamente para a grelha, juntando as achas de lenha outra vez em volta dele. Calcifer lançou chamas verdes para o alto. Howl recostou-se na pá e tossiu.

A sala estremeceu e em seguida se acomodou. Por alguns instantes, enquanto a fumaça ainda pairava por toda parte, Sophie viu, para sua perplexidade, os contornos familiares da sala de estar da casa onde nascera. Ela a reconheceu, ainda que o chão fossem tábuas nuas e não houvesse nenhum quadro nas paredes. A sala do castelo pareceu contorcer-se, ocupando lugar dentro daquela, empurrando-a aqui, puxando-a ali, baixando o teto para emparelhar seu próprio teto de vigas, até que as duas se fundiram, tornando-se novamente a sala do castelo, agora um pouco mais alta e mais quadrada do que antes.

— Conseguiu, Calcifer? — tossiu Howl.

— Acho que sim — disse Calcifer, subindo pela chaminé. Ele não parecia afetado pelo passeio na pá. — Mas é melhor conferir para ver se está tudo certo em mim.

Howl ergueu-se apoiado na pá e abriu a porta com o amarelo para baixo. Lá fora se via a rua de Market Chipping que era familiar a Sophie desde sempre. Pessoas que ela conhecia passavam ali, dando uma caminhada antes do jantar, como era hábito de muita gente no verão. Howl fez um gesto afirmativo na direção de Calcifer, fechou a porta, girou a maçaneta com o laranja para baixo e tornou a abri-la.

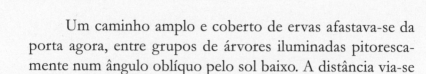

Um caminho amplo e coberto de ervas afastava-se da porta agora, entre grupos de árvores iluminadas pitorescamente num ângulo oblíquo pelo sol baixo. A distância via-se um portão de pedra grandioso encimado por estátuas.

— Onde *fica* isso? — perguntou Howl.

— Uma mansão vazia no fim do vale — respondeu Calcifer, na defensiva. — É a bela casa que você me pediu que encontrasse. É muito boa.

— Tenho certeza de que sim — disse Howl. — Só espero que os verdadeiros proprietários não se importem. — Ele fechou a porta e girou a maçaneta com o roxo para baixo. — Agora vamos ao castelo animado — disse ele, enquanto tornava a abri-la.

Era quase noite lá fora. Um vento morno, cheio de aromas diferentes, soprava. Sophie viu passar uma encosta de folhas escuras, repleta de grandes flores púrpura entre as folhas, que se afastou lentamente e foi substituída por um canteiro de pálidos lírios brancos e um lampejo do pôr do sol na água mais além. O aroma era tão celestial que Sophie já havia atravessado metade da sala naquela direção quando se deu conta disso.

— Não, o seu nariz comprido fica longe disso até amanhã — disse Howl, e fechou a porta bruscamente. — Essa parte fica bem na extremidade das Terras Desoladas. Muito bem, Calcifer. Perfeito. Uma bela casa e muitas flores, como pedido. — Ele jogou a pá para um lado e foi para a cama. E devia estar mesmo cansado. Não houve gemidos, nem gritos e quase nenhuma tosse.

Sophie e Michael também estavam cansados. Michael desabou na cadeira e ficou ali, acariciando o homem-cão, os olhos fixos num ponto. Sophie empoleirou-se no banquinho, sentindo-se estranha. Eles haviam mudado. Era como se estivessem no mesmo lugar, mas ao mesmo tempo era diferente, bastante confuso. E por que o castelo animado agora estava nos limites das Terras Desoladas? Seria a maldição puxando Howl na direção da Bruxa? Ou será que Howl havia se esquivado tanto que acabara no mesmo lugar e se tornado o que a maioria das pessoas chamaria de honesto?

Sophie olhou para Michael para ver o que ele pensava. Michael dormia, assim como o homem-cão. Sophie olhou para Calcifer então, bruxuleando sonolento entre pedaços de madeira rosados, os olhos laranja semicerrados. Ela pensou em Calcifer pulsando quase branco, com olhos brancos, e depois em Calcifer com o olhar ansioso enquanto oscilava na pá. Ele a fazia lembrar-se de algo. Todo o seu formato fazia.

— Calcifer — disse ela —, você já foi uma estrela cadente?

Calcifer abriu um olho laranja, fitando-a.

— Evidente — disse ele. — Posso lhe falar sobre isso, se você já sabe. O contrato me permite.

— E Howl o pegou? — perguntou Sophie.

— Há cinco anos — disse Calcifer —, nos Pântanos de Porthaven, logo depois de ele se estabelecer como Jenkin, o Feiticeiro. Ele me perseguiu com botas de sete léguas. Fiquei aterrorizado com ele. Estava aterrorizado de qualquer jeito, porque, quando você cai, sabe que vai morrer. Eu teria feito qualquer coisa para não morrer. Quando Howl propôs me manter vivo da maneira como os seres humanos vivem, sugeri um contrato imediatamente. Nenhum dos dois sabia em que estava se metendo. Eu me sentia grato e Howl só fez a proposta porque sentiu pena de mim.

— Assim como aconteceu com Michael — disse Sophie.

— O que foi? — perguntou Michael, despertando. — Sophie, gostaria que não estivéssemos nos limites das Terras Desoladas. Não sabia que viríamos para cá. Eu não me sinto seguro.

— Ninguém está seguro na casa de um mago — afirmou Calcifer, comovido.

* * *

Na manhã seguinte a maçaneta da porta estava com o borrão preto voltado para baixo e, para grande consternação de Sophie, não abria em nenhuma posição. Ela queria ver aquelas flores, com ou sem Bruxa. Assim, deu vazão à sua impaciência pegando um balde com água e limpando as marcações de giz no chão.

Howl chegou quando ela fazia isso.

— Trabalho, trabalho, trabalho — disse ele, passando por cima de Sophie enquanto ela esfregava o chão.

Ele parecia um pouco estranho. Sua roupa ainda era de um preto intenso, mas ele clareara o cabelo novamente. Parecia branco contra o preto. Sophie olhou para ele e pensou na maldição. Howl devia estar pensando nisso também. Apanhou o crânio na pia e o segurou com uma das mãos, pesaroso.

— Ai de mim, pobre Yorick! — disse ele. — Ela ouviu sereias, então pode-se concluir que há algo de podre no reino da Dinamarca. Peguei uma gripe permanente, mas felizmente sou muito desonesto. E me agarro a isso. — Tossiu pateticamente, mas a gripe estava melhorando e a tosse não soou muito convincente.

Sophie trocou olhares com o homem-cão, que a observava sentado, com um ar tão desconsolado quanto o de Howl.

— Você devia voltar para Lettie — murmurou ela. — Qual é o problema? — perguntou ela a Howl. — As coisas não estão indo bem com a srta. Angorian?

— Horrivelmente — disse Howl. — Lily Angorian tem um coração de pedra. — Ele recolocou o crânio na pia e gritou, chamando Michael: — Comida! Trabalho!

Depois do café da manhã, tiraram tudo do armário de vassouras. Então Michael e Howl abriram um buraco na parede lateral do armário. A poeira subiu, passando por baixo da porta, e ouviram-se estranhos sons de marteladas. Por fim, ambos chamaram Sophie, que foi, levando significativamente uma vassoura. E onde antes estava a parede, agora havia uma arcada, dando para os degraus que sempre interligaram a loja e a casa. Howl a chamou para ver a loja. Estava vazia e ali os sons ecoavam. No chão viam-se ladrilhos quadrados pretos e brancos, como no *hall* da sra. Pentstemmon, e as prateleiras que um dia exibiram chapéus mostravam agora um vaso de rosas de seda e um pequeno buquê de prímulas aveludadas. Sophie percebeu que esperavam que ela admirasse aquilo, assim ela conseguiu não dizer nada.

— Encontrei as flores no galpão lá nos fundos — disse Howl. — Venha ver lá fora.

Ele abriu a porta que dava para a rua, e o mesmo sino que Sophie tinha ouvido a vida toda tilintou. Sophie saiu mancando para a rua vazia naquele início de manhã. A fachada da loja havia sido recém-pintada de verde e amarelo. Letras sinuosas acima da janela diziam: H. JENKINS FLORES FRESCAS DIARIAMENTE.

— Mudou de ideia em relação a nomes comuns, não foi? — perguntou Sophie.

— Por motivo de disfarce somente — disse Howl. — Prefiro Pendragon.

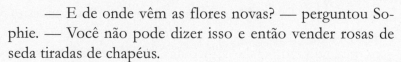

— E de onde vêm as flores novas? — perguntou Sophie. — Você não pode dizer isso e então vender rosas de seda tiradas de chapéus.

— Espere e veja — disse Howl, conduzindo-a de volta ao interior da loja.

Eles a atravessaram e saíram no quintal que Sophie conhecia desde sempre. Agora ele estava reduzido à metade, porque o quintal do castelo animado havia tomado um lado dele. Sophie olhou além do muro de tijolos do quintal de Howl para sua antiga casa. Esta parecia bastante estranha por causa da nova janela que se via ali e que pertencia ao quarto de Howl, e Sophie sentiu-se ainda mais estranha quando percebeu que a janela de Howl não tinha a visão das coisas que ela olhava agora. Ela podia ver a janela de seu antigo quarto, logo acima da loja. Isso a fez sentir-se estranha também, porque não parecia haver maneira de chegar até lá agora.

Enquanto seguia Howl ao interior da loja outra vez e subia os degraus até o armário das vassouras, Sophie se deu conta de que estava sendo muito grosseira. Ver sua antiga casa dessa maneira estava lhe inspirando sentimentos confusos e assustadores.

— Acho que está tudo muito bonito — disse ela.

— É mesmo? — replicou Howl com frieza. Ele estava magoado. Gostava de ser admirado, pensou Sophie, suspirando, enquanto Howl se dirigia à porta do castelo e girava a maçaneta com o roxo para baixo. Por outro lado, ela não se lembrava de alguma vez ter elogiado Howl, nem tampouco Calcifer, e se perguntou por que começaria agora.

A porta se abriu. Grandes arbustos carregados de flores passaram suavemente por eles e pararam para que Sophie pudesse descer entre eles. Entre os arbustos, trilhas de grama longa, de um verde brilhante, levavam em todas as direções. Howl e Sophie tomaram a mais próxima, e o castelo os seguiu, roçando em pétalas à medida que avançava. O castelo, apesar de alto, escuro e deformado, soprando seus peculiares fiapos de fumaça de uma torre ou de outra, não parecia deslocado ali. A magia estava em ação nesse lugar. Sophie sabia disso. E o castelo, de alguma forma, se encaixava naquilo.

O ar estava quente, denso e cheio do aroma de flores, milhares delas. Sophie quase disse que o cheiro lhe recordava o banheiro depois que Howl saía dele, mas se conteve. O lugar era verdadeiramente maravilhoso. Entre os arbustos e seus montes de flores púrpura, vermelhas e brancas, a grama molhada era repleta de flores menores: uma cor-de-rosa com apenas três pétalas, amores-perfeitos gigantes, floxes silvestres, brincos-de-viúva de todas as cores, lírios laranja, lírios brancos altos, íris e uma infinidade de outras. Havia trepadeiras dando flores grandes o suficiente para servirem de chapéu, centáureas, papoulas e plantas com estranhas formas e folhas de estranhas cores. Embora não fosse muito parecido com o jardim dos sonhos de Sophie, que se assemelhava ao da sra. Fairfax, ela esqueceu sua rispidez e sentiu-se encantada.

— Vê? — disse Howl. Ele abriu um braço e sua manga preta perturbou várias centenas de borboletas azuis que se banqueteavam num arbusto de rosas amarelas. — Podemos colher braçadas de flores todas as manhãs e vendê-las em Market Chipping ainda úmidas de orvalho.

No fim daquela trilha verde a grama estava alagada. Orquídeas imensas brotavam sob os arbustos. Howl e Sophie chegaram subitamente a um lago coberto de vapores, repleto de lírios-d'água. O castelo desviou-se do lago e deslizou por outra avenida ladeada por diversos tipos de flores.

— Se você vier aqui sozinha, traga a bengala para testar o terreno — disse Howl. — Ele é cheio de nascentes e pântanos. E, a partir deste ponto, não vá naquela direção.

Ele apontou para sudeste, onde o sol era um disco branco ardente no ar enevoado.

— Lá adiante ficam as Terras Desoladas... muito quentes, áridas e cheias da Bruxa.

— Quem fez esses canteiros, bem nos limites das Terras Desoladas? — perguntou Sophie.

— O Mago Suliman começou há um ano — contou Howl, virando na direção do castelo. — Acho que sua ideia era criar a flor das Terras Desoladas e, assim, acabar com a Bruxa. Ele trouxe fontes quentes à superfície e começou a cultivar. Estava indo muito bem até que a Bruxa o pegou.

— A sra. Pentstemmon citou outro nome — disse Sophie. — Ele veio do mesmo lugar que você, não foi?

— Mais ou menos — disse Howl. — Mas eu nunca o encontrei. Vim e fiz outra tentativa alguns meses depois. Parecia uma boa ideia. Foi assim que encontrei a Bruxa. Ela se opôs.

— Por quê? — perguntou Sophie.

O castelo esperava por eles.

— Ela gosta de pensar em si mesma como uma flor — disse Howl, abrindo a porta. — Uma orquídea solitária, florescendo nas Terras Desoladas. Realmente patético.

Sophie deu outra olhada na profusão de flores enquanto seguia Howl, entrando no castelo. Ali se viam rosas, milhares delas.

— A Bruxa não vai saber que você está aqui?

— Tentei fazer o que ela menos esperaria — disse Howl.

— E você *está* tentando encontrar o Príncipe Justin? — perguntou Sophie.

Mas Howl esquivou-se de responder, atravessando correndo o armário de vassouras e chamando Michael.

CAPÍTULO DEZOITO
No qual o espantalho e a srta. Angorian reaparecem

Eles abriram a floricultura no dia seguinte. Como Howl previra, nada poderia ter sido mais simples. Todas as manhãs bem cedo, tudo o que precisavam fazer era abrir a porta com o roxo para baixo e sair para colher as flores naquela névoa verdejante. E isso logo virou rotina. Sophie pegava a bengala e a tesoura e saía mancando, tagarelando com a bengala, usando-a para testar a terra alagada ou para baixar galhos altos com cachos de rosas. Michael usava uma invenção sua, da qual muito se orgulhava. Uma grande tina de latão com água, que pairava no ar e o seguia aonde quer que fosse por entre os arbustos. O homem-cão ia junto. Ele se divertia correndo de um lado para outro naquelas terras verdejantes e úmidas, caçando borboletas ou tentando pegar os pássaros minúsculos e brilhantes que se alimentavam nas flores. Enquanto o animal corria, Sophie cortava braçadas de íris longilíneas, lírios, flores de laranjeira ou galhos de hibisco azul, e Michael enchia a tina com orquídeas, rosas, flores brancas em formato de estrela, algumas de um vermelho-escarlate brilhante, ou qualquer outra que chamasse sua atenção. Todos apreciavam aqueles momentos.

Então, antes que o calor ficasse forte demais, eles levavam as flores do dia para a loja e as arrumavam em uma coleção de jarras e baldes dos mais variados tipos que Howl descobrira no quintal. Dois dos baldes eram, na verdade, as botas de sete léguas. Nada, Sophie pensou enquanto arrumava molhos de gladíolos neles, poderia demonstrar melhor como Howl perdera o interesse em Lettie. Ele não se importava mais se Sophie as usasse ou não.

Howl estava quase sempre ausente quando eles colhiam as flores. E a maçaneta estava sempre no preto. Ele costumava voltar para tomar um café da manhã tardio, com um ar sonhador, ainda com a roupa preta. E nunca contava a Sophie qual traje o preto era de fato. "Estou de luto pela sra. Pentstemmon", era tudo que dizia. E se Sophie ou Michael perguntavam por que Howl estava sempre ausente àquela hora, ele parecia indignado e dizia: "Quando se quer falar com uma professora, é preciso abordá-la antes do início da aula." E então desaparecia banheiro adentro pelas duas horas seguintes.

Enquanto isso, Sophie e Michael vestiam suas melhores roupas e abriam a loja. Howl fazia questão das melhores roupas. Dizia que atrairiam clientes. Sophie insistia para que usassem aventais. E, após os primeiros dias, quando a população de Market Chipping ficava só olhando pela vitrine sem entrar na loja, esta se tornou bastante popular. Espalhou-se o rumor de que Jenkins possuía flores sem igual. Pessoas que Sophie conhecera a vida toda apareciam e compravam flores aos montes. Nenhuma delas a reconhecia, e isso a fazia sentir-se muito estranha. Todas pensavam que ela era a mãe de Howl. Mas Sophie já tivera sua quota como mãe de Howl. "Sou tia dele", disse à sra. Cesari. E ficou conhecida como tia Jenkins.

Quando Howl chegava à loja, usando um avental preto para combinar com a roupa, costumava encontrá-la bastante cheia. E a fazia encher ainda mais. Foi quando Sophie começou a desconfiar de que o traje preto era, na verdade, o cinza e escarlate enfeitiçado. Qualquer mulher atendida por Howl saía com pelo menos o dobro das flores que viera adquirir. Na maioria das vezes, Howl as enfeitiçava para que comprassem dez vezes mais. Não demorou para que Sophie começasse a ver algumas mulheres espiando o interior da loja e resolvendo não entrar quando avistavam Howl lá dentro. Ela não as culpava. Se você só desejasse uma rosa para a lapela, não ia gostar de ser forçada a comprar três dúzias de orquídeas. Ela não desencorajou Howl quando ele começou a passar várias horas no galpão do outro lado do jardim.

— Antes que pergunte, estou levantando defesas contra a Bruxa — disse ele. — Quando tiver terminado, não haverá modo possível de ela entrar em nenhum canto daqui.

Algumas vezes, a sobra de flores era um problema. Sophie não aguentava vê-las murchando de um dia para o outro. Descobriu que podia mantê-las viçosas se conversasse com elas. Depois disso, passou a falar com as plantas com grande frequência. Fez com que Michael criasse um feitiço de nutrição vegetal, e fazia experiências com ele nos baldes da pia e nas tinas do quartinho onde costumava adornar os chapéus. Percebeu que podia fazer com que algumas das plantas ficassem viçosas por vários dias. Então, obviamente, fez mais experiências. Retirou a fuligem do jardim e plantou algumas coisas nela, murmurando sem parar. Produziu uma rosa azul-marinho num piscar de olhos, o que a deixou muito feliz. Os botões eram pretos como o carvão, e as flores se abriam em tons de azul cada vez mais claros até quase atingirem o mesmo azul de Calcifer. Sophie ficou tão maravilhada que retirou raízes de todos os sacos pendurados nas vigas e fez experiências com elas. Dizia a si mesma que nunca havia sido tão feliz na vida.

O que não era verdade. Havia algo de errado, e Sophie só não conseguia identificar o quê. Às vezes achava que era porque ninguém em Market Chipping a reconhecia. Não ousava sair para visitar Martha, receando que também ela não a reconhecesse. Não se aventurava a tirar as flores das botas de sete léguas e ir ver Lettie pelo mesmo motivo. Simplesmente não suportaria que suas irmãs a vissem como uma velha.

Michael levava ramalhetes feitos com as flores que sobravam para Martha o tempo todo. Muitas vezes Sophie pensou que esse devia ser seu problema. Michael estava sempre tão alegre, e ela era deixada sem companhia na loja com frequência cada vez maior. Mas esse não parecia ser o motivo real. Sophie gostava de vender flores sozinha.

Em alguns momentos, o problema parecia ser Calcifer, que estava entediado. Não tinha nada para fazer além de manter o castelo perambulando vagarosamente pelas trilhas verdejantes, pelos vários tanques e lagos, e garantir que parassem em um lugar novo, com novas flores, a cada manhã. Sua face azul se inclinava ansiosamente para fora da lareira quando Sophie e Michael voltavam com as flores.

"Quero ver como é lá fora", dizia ele. Sophie então lhe trazia folhas de aroma agradável para queimar, o que fazia com que a sala do castelo ficasse com um cheiro tão forte quanto o do banheiro, mas Calcifer dizia que o que realmente queria era companhia. Eles iam para a loja e passavam o dia inteiro lá, deixando-o solitário.

Então Sophie fazia Michael atender sozinho na loja por pelo menos uma hora enquanto ia conversar com Calcifer. Inventava jogos de adivinhação para mantê-lo ocupado quando não dispunha de tempo. Mas Calcifer ainda parecia descontente. "Quando você vai romper meu contrato com Howl?", perguntava ele, com frequência cada vez maior.

E Sophie desconversava. "Estou trabalhando nisso", dizia. "Não vai demorar."

Isso não era exatamente verdade. Sophie tinha parado de pensar no assunto, a menos que precisasse. Quando juntou o que a sra. Pentstemmon dissera com todas as coisas que Howl e Calcifer contaram, percebeu que tinha fortes e terríveis ideias em relação ao contrato. Estava certa de que o ato de rompê-lo significaria o fim tanto de Howl quanto de Calcifer. Howl poderia até merecer, mas Calcifer, não. E, já que Howl parecia estar trabalhando arduamente para se desvencilhar do restante do feitiço da Bruxa, Sophie não queria fazer nada a menos que pudesse ser útil.

Muitas vezes Sophie pensava que era o homem-cão que a estava deixando para baixo. Ele era uma criatura muito melancólica. O único momento em que parecia feliz era quando corria pela grama, entre os arbustos, todas as manhãs. No restante do dia, arrastava-se lugubremente atrás de Sophie, dando suspiros profundos. Como Sophie também não podia fazer nada por ele, ficou feliz quando o tempo foi esquentando cada vez mais, à medida que se aproximavam do solstício de verão, e o homem-cão passou a se deitar em trechos de sombra no jardim, arfando.

Enquanto isso, as raízes que Sophie plantara foram se mostrando bem interessantes. A cebola se transformou numa palmeira-anã, da qual saíam pequenas nozes que recendiam a cebola. Uma outra raiz germinou um tipo de gerânio cor-de-rosa. Apenas uma delas demorou a crescer. Quando, por fim, nasceram duas folhas verdes e arredondadas, Sophie ficou ansiosa para ver o que sairia dali. No dia seguinte, parecia que seria uma orquídea. As folhas eram pontudas, com manchas cor de malva, e o talo comprido surgia entre elas encimado por um grande botão. Um dia depois, Sophie deixou as flores recém-colhidas no balde de latão e seguiu apressada para o quartinho para ver como a plantinha estava se comportando.

O botão tinha desabrochado numa flor cor-de-rosa, como uma orquídea que tivesse passado por uma prensa.

Era achatada, e se unia ao talo logo abaixo de uma ponta arredondada. Havia quatro pétalas brotando de um centro roliço e cor-de-rosa, duas apontando para baixo e duas para os lados. Enquanto Sophie a observava, um forte aroma de flores do campo denunciou que Howl entrara e estava parado atrás dela.

— O que é isto? — perguntou ele. — Se você estava esperando uma violeta ultravioleta ou um gerânio infravermelho, deu tudo errado, sra. Cientista Louca.

— A mim parece um bebê esmagado — disse Michael, aproximando-se para olhá-la.

E parecia mesmo. Howl olhou para Michael com uma expressão alarmada e pegou a flor. Ele a retirou do vaso com uma das mãos, separou com cuidado as raízes brancas e entrelaçadas, a terra e os restos do adubo encantado, até revelar a raiz marrom e aforquilhada a partir da qual Sophie a havia cultivado.

— Devia ter imaginado — disse ele. — É raiz de mandrágora. Sophie ataca outra vez. Você tem jeito para a coisa, não tem, Sophie? — Colocou a planta de volta no vaso, delicadamente, passou-a a Sophie e saiu, um tanto pálido.

Então o feitiço estava quase completo, pensou Sophie dirigindo-se à vitrine para arrumar as flores recém-colhidas. A raiz de mandrágora procriara. O que fazia com que faltasse apenas uma coisa: o vento para impelir uma mente honesta. Se isso significava que a mente de Howl tinha de se tornar honesta, pensou Sophie, havia uma chance de que o feitiço nunca se realizasse. Ela dizia a si mesma que era bem-feito para Howl, por ir cortejar a srta. Angorian todas as manhãs com uma roupa enfeitiçada. Mas ainda assim se sentia culpada e temerosa. Fez um arranjo de lírios-brancos numa das botas de sete léguas. Enfiou-se na vitrine para arrumá-los quando ouviu um toque-toque-toque regular vindo de fora, da rua. Não era o som de um cavalo trotando. Era o som de uma vara batendo nas pedras.

O coração de Sophie começou a agir de maneira estranha antes mesmo que ousasse olhar pelo vidro. Lá vinha o espantalho, saltando decidida e vagarosamente pelo meio da rua. Os trapos que pendiam de seus braços abertos estavam mais escassos e gastos, e o nabo que tinha como cabeça estava murcho, exibindo um olhar de determinação, como se estivesse saltando desde que Howl o lançara longe, até finalmente ter encontrado o caminho de volta.

Sophie não era a única assustada. As poucas pessoas na rua àquela hora corriam para longe do espantalho o mais rápido que podiam. Mas ele nem reparava nelas e continuava saltando.

Sophie escondeu o rosto.

— Não estamos aqui! — sussurrou, com força na voz. — Você não sabe que estamos aqui! Não pode nos achar. Vá embora daqui, rápido!

O toque-toque da vara saltitante reduziu a velocidade quando o espantalho se aproximou da loja. Sophie quis gritar chamando Howl, mas tudo que parecia capaz de fazer era seguir repetindo:

— Não estamos aqui. Vá embora, rápido!

Os saltos se aceleraram assim que ela pronunciou essas palavras, e o espantalho passou pulando ao largo da loja, atravessando Market Chipping. Sophie achou que ia passar mal. Mas foi só porque prendera a respiração. Respirou fundo, trêmula de alívio. Se o espantalho voltasse, poderia mandá-lo embora de novo.

Howl havia saído quando Sophie entrou na sala do castelo.

— Ele parecia muitíssimo chateado — disse Michael. Sophie olhou para a porta. A maçaneta estava no preto. Nem tão chateado assim!, pensou.

Michael também saiu para ir ao Cesari's naquela manhã, e Sophie ficou sozinha na loja. Estava muito quente. As flores murchavam apesar dos feitiços, e pouquíssimas pessoas pareciam querer comprá-las. Juntando esse fato, a raiz de mandrágora e o espantalho, os sentimentos de Sophie atingiram um estágio crítico. Ela estava se sentindo profundamente infeliz.

— Talvez seja a maldição que paira no ar para alcançar Howl — suspirou para as flores —, mas acho que é mesmo por eu ser a mais velha. Olhe para mim! Eu saio em busca do meu destino e acabo exatamente onde comecei, e ainda por cima velha como as montanhas!

Nesse momento o homem-cão colocou o focinho vermelho e úmido pela porta que dava para o jardim e ganiu. Sophie suspirou. Não se passava uma hora sem que a criatura viesse averiguá-la.

— Sim, ainda estou aqui — disse. — Onde esperava que eu estivesse?

O cão entrou na loja, sentou-se e alongou as patas à sua frente. Sophie percebeu que ele estava tentando se transformar em homem. Pobre criatura. Tentou ser gentil com ele, que, no fim das contas, estava numa situação pior do que a dela.

— Esforce-se mais — disse ela. — Dê tudo de si. Você pode se transformar em homem, se quiser.

O cão esticou-se, ficou com a coluna ereta, torceu-se e contorceu-se. E, justo quando Sophie achou que ia desistir ou tombar para trás, ele conseguiu, apoiando-se nas patas traseiras, erguer-se como um homem ruivo e de aparência tresloucada.

— Eu invejo... Howl — disse ele, com a voz ofegante. — Faz isso... tão facilmente. Eu era... cão na sebe... você ajudou. Disse a Lettie... eu conhecia você... eu mantinha guarda. Eu estive... aqui antes... — Ele começou a se dobrar de novo na postura de cão e uivou em protesto. — Com a Bruxa na loja! — Ele gemeu, e desabou para a frente, apoiando-se nas mãos. Uma grande quantidade de pelo cinza e branco cresceu em seu corpo enquanto caía.

Sophie fitou o cão corpulento e peludo que estava agora ali, à sua frente.

— Você veio com a Bruxa! — disse ela. Lembrava-se agora. O homem ruivo e ansioso que a fitara horrorizado. — Então sabe quem eu sou e sabe que estou enfeitiçada. Lettie também sabe?

A cabeça grande e peluda fez que sim.

— E ela chamou você de Gaston — recordou Sophie. — Oh, meu amigo, quanto sofrimento ela lhe causou! Imagine ter todo esse pelo numa temperatura dessas! É melhor você ir para um lugar fresco.

O cão balançou a cabeça de novo e caminhou trôpega e miseravelmente pelo jardim.

— Mas *por que* Lettie o enviou? — Sophie ficou se perguntando. Ficou extremamente perturbada com essa descoberta. Subiu as escadas e passou pelo armário de vassouras para falar com Calcifer.

Mas Calcifer não foi de muita ajuda.

— Não faz a menor diferença quantas pessoas sabem que você está sob um feitiço — disse ele. — Isso não foi muito útil para o cão, não é?

— Não, mas... — começou Sophie.

Nesse momento, porém, a porta do castelo fez um clique e se abriu. Sophie e Calcifer olharam. Notaram que a maçaneta ainda estava no preto, e aguardaram a entrada de Howl. Difícil dizer qual deles ficou mais surpreso quando a pessoa que passou pela porta, um tanto cautelosamente, veio a ser a srta. Angorian.

E ela ficou igualmente surpresa.

— Oh, perdão! — disse. — Achei que o sr. Jenkins estaria aqui.

— Ele saiu — disse Sophie, rígida, e ficou tentando imaginar aonde Howl teria ido, já que não fora vê-la.

A srta. Angorian largou a porta, que ficara segurando por causa do susto, deixando-a escancarada. E seguiu, suplicante, em direção a Sophie.

Sophie percebeu que havia se levantado e atravessado o cômodo. Parecia que estava tentando bloquear a entrada da outra.

— Por favor — disse a srta. Angorian —, não diga ao sr. Jenkins que estive aqui. Para falar a verdade, só o encorajei na esperança de obter notícias do meu noivo, Ben Sullivan, sabe? Estou certa de que Ben sumiu no mesmo lugar no qual o sr. Jenkins vive desaparecendo. Só que Ben não retornou.

— Não há nenhum sr. Sullivan aqui — disse Sophie. E pensou: este é o nome do Mago Suliman! Não acredito numa palavra do que ela disse!

— Ah, sei disso — afirmou a srta. Angorian. — Mas este parece o lugar certo. Você se importaria de eu dar uma olhadinha por aqui para ter uma ideia do tipo de vida que Ben está levando agora?

Botou a cascata de cabelos negros para trás da orelha e tentou penetrar ainda mais no cômodo. Sophie ficou no caminho. Isso forçou a srta. Angorian a se desviar, suplicante, na direção da bancada.

— Que curioso! — disse ela, olhando as garrafas e os vasos. — Que cidade graciosa! — completou, olhando pela janela.

— Chama-se Market Chipping — disse Sophie, dando a volta e conduzindo a srta. Angorian para trás, na direção da porta.

— E o que há no fim dessa escada? — perguntou, apontando a porta aberta que dava para a escada.

— É o quarto de Howl — disse Sophie, com firmeza, forçando a outra a recuar ainda mais.

— E o que há por trás daquela outra porta aberta? — perguntou a srta. Angorian.

— Uma floricultura — disse Sophie. Enxerida!, pensou.

Nesse instante, ou a srta. Angorian teria de recuar até a cadeira ou passar pela porta de novo. Ela fitou Calcifer de um modo vago, franzindo o cenho, como se não estivesse certa do que via, e Calcifer simplesmente a encarou de volta sem dizer palavra. Isso fez com que Sophie não se sentisse tão mal por estar sendo tão pouco amigável. Somente as pessoas que compreendiam a natureza de Calcifer eram de fato bem-vindas na casa de Howl.

Mas agora a srta. Angorian contornou a cadeira e reparou no violão de Howl apoiado no canto. Apanhou-o com um arquejo e virou-se, segurando-o de encontro ao peito, possessivamente.

— Onde conseguiu isto? — perguntou, num tom de voz baixo e emocionado. — Ben tinha um violão igual a este! Poderia ser o de Ben!

— Pelo que sei, Howl o comprou no inverno passado — disse Sophie. E avançou mais uma vez, tentando retirar a srta. Angorian do canto e colocá-la porta afora.

— Algo aconteceu a Ben! — disse a srta. Angorian, palpitante. — Ele jamais teria se separado de seu violão! Onde ele está? Sei que não morreu. Eu *sentiria* em meu coração se isso tivesse acontecido!

Sophie ponderou se deveria dizer à srta. Angorian que a Bruxa capturara o Mago Suliman. Olhou para o outro lado do cômodo na tentativa de ver onde estava o crânio humano. Chegou a pensar em exibi-lo à srta. Angorian e dizer que era o Mago Suliman. Mas o crânio estava na pia, escondido atrás de um balde de samambaias e lírios. E Sophie sabia que, se fosse até lá, a mulher se infiltraria no cômodo novamente. Além disso, seria muito rude de sua parte.

— Posso levar o violão? — perguntou a srta. Angorian com a voz rouca, agarrando-o ainda mais de encontro ao corpo. — Para me lembrar de Ben.

O tremor na voz dela incomodou Sophie.

— Não — respondeu Sophie. — Não há por que ser tão sentimental. Você não tem provas de que pertenceu a ele.

Cambaleou mais para perto da srta. Angorian e apossou-se do violão, segurando-o pelo braço. A mulher a encarou por cima do instrumento com os olhos arregalados e angustiados. Sophie deu um puxão. A srta. Angorian resistiu. O violão emitiu ruídos horríveis e dissonantes. Sophie arrancou-o bruscamente dos braços da outra.

— Não seja tola — disse. — Você não tem o direito de entrar no castelo alheio e pegar o violão dos outros. Já disse que o sr. Sullivan não está aqui. Agora volte para Gales. Vá.

E usou o violão para empurrar a srta. Angorian para trás, pela porta aberta.

A mulher recuou para o nada até que metade dela desapareceu.

— Você é implacável — disse ela, em tom reprovador.

— Sim, sou! — replicou Sophie, e bateu a porta. Virou a maçaneta para o laranja, para evitar que a srta. Angorian voltasse, e largou o violão de volta no canto, com um barulho surdo e firme. — E não ouse contar a Howl que ela esteve aqui! — disse, irracionalmente, para Calcifer. — Aposto que ela veio ver Howl. O resto foi apenas um monte de mentiras. O Mago Suliman *estabeleceu-se* aqui, há alguns anos. Provavelmente veio para fugir da voz desagradável dela!

Calcifer riu.

— Nunca vi alguém se livrar de outra pessoa assim tão rápido! — disse ele.

Isso fez com que Sophie se sentisse grosseira e culpada. Afinal, ela mesma havia entrado no castelo daquele modo, e fora duas vezes mais intrometida do que a srta. Angorian.

— Bah! — disse ela.

Andou com passos pesados até o banheiro e ficou olhando o rosto velho e murcho no espelho. Pegou uma das embalagens com a palavra PELE escrita no rótulo e a largou novamente. Mesmo jovem, não achava que seu rosto podia se comparar ao da srta. Angorian.

— Bah! — disse ela. — Bah!

Voltou depressa, com seu andar cambaleante, e tirou as samambaias e os lírios da pia. Levou-os, gotejando, para a loja, onde os enfiou em um balde de feitiço de nutrição vegetal.

— Virem narcisos! — disse a eles com a voz transtornada, irada e desagradavelmente aguda. — Virem narcisos em junho, suas criaturas bestiais!

O homem-cão enfiou o rosto peludo pela porta do jardim e, ao ver o estado de espírito de Sophie, mais que depressa deu meia-volta. Quando Michael chegou, todo alegre, com uma grande torta um minuto depois, Sophie lançou-lhe um tal olhar que ele imediatamente se lembrou de um feitiço que Howl pedira que criasse e fugiu correndo pelo armário de vassouras.

— Bah! — rosnou Sophie atrás dele. Inclinou-se sobre o balde de novo. — Virem narcisos! Virem narcisos! — grasnou.

Saber que esse era um modo tolo de agir não a fazia sentir-se nada melhor.

CAPÍTULO DEZENOVE
No qual Sophie expressa seus sentimentos com herbicida

owl abriu a porta da loja lá pelo fim da tarde e entrou devagar, assoviando. Parecia ter superado o episódio da raiz de mandrágora. Sophie não se sentiu melhor ao descobrir que ele, afinal, não tinha ido a Gales, e lhe dirigiu seu olhar mais feroz.

— Deus piedoso! — exclamou Howl. — Acho que este me transformou em pedra! Qual é o problema?

Sophie resmungou apenas:

— Qual dos trajes você está usando?

Howl baixou os olhos para a roupa preta.

— Isso importa?

— *Sim!* — rosnou ela. — E não me venha com essa história de luto! Qual é o traje *de verdade*?

Howl deu de ombros e ergueu uma das mangas esvoaçantes, como se não tivesse certeza de qual era, e a olhou, confuso. A cor preta descia do ombro até a ponta. O ombro e a parte superior da manga tornaram-se marrons, depois cinza, enquanto a extremidade pendente ganhava cada vez mais cor, até que Howl estava usando um traje preto com uma das mangas azul e prata, cuja extremidade parecia ter sido mergulhada no piche.

— Esta — respondeu ele, deixando que o preto se espalhasse novamente até o ombro.

Sophie estava mais aborrecida do que nunca. Emitiu um resmungo de raiva muda.

— Sophie! — disse Howl com seu jeito mais suplicante e risonho.

O homem-cão abriu com um empurrão a porta do quintal e entrou, desajeitado. Ele nunca deixava que Howl conversasse com Sophie por muito tempo.

Howl o fitou.

— Você agora tem um cão pastor inglês — disse, como se estivesse contente com a interrupção. — Dois cães vão comer um bocado...

— Só há um cachorro — retrucou Sophie, irritada. — Ele está sob feitiço.

— É mesmo? — perguntou Howl, partindo na direção do cão numa velocidade tal que demonstrava que ele estava feliz em se afastar de Sophie.

Isso era, é lógico, a última coisa que o homem-cão queria. Ele recuou. Howl saltou e o pegou, agarrando o pelo desgrenhado com as duas mãos, antes que ele conseguisse chegar à porta.

— Então ele está enfeitiçado! — disse Howl, ajoelhando-se para olhar no que dava para ver dos olhos do cão. — Sophie, por que não me contou sobre isto? Este cachorro é um homem! E seu estado é lastimável!

Howl rodopiou sobre um joelho, ainda segurando o cão. Sophie fitou os olhos de bola de gude de Howl, e percebeu que ele estava muito zangado agora. Zangado de verdade.

Ótimo. Sophie estava com disposição para brigar.

— Você podia ter notado por si mesmo — disse ela, devolvendo o olhar furioso, desafiando Howl a responder com o limo verde. — De qualquer modo, o cão não queria...

Howl estava irritado demais para ouvir. Ergueu-se num pulo e arrastou o cachorro pelos ladrilhos.

— Eu teria notado, se não tivesse tantas coisas na cabeça — disse ele. — Vamos. Quero você na frente de Calcifer.

O cão firmou as quatro patas peludas, empacando. Howl o puxou, fazendo-o deslizar pelo chão.

— Michael! — gritou ele.

Havia naquele grito um tom peculiar que fez com que Michael viesse correndo.

— E *você*? Sabia que este cão era, na verdade, um homem? — perguntou Howl enquanto os dois arrastavam a relutante montanha de pelos escada acima.

— Isso não é verdade, é? — indagou Michael, chocado.

— Então vou livrar você e culpar somente Sophie — disse Howl, arrastando o cachorro pelo armário das vassouras. — Esse tipo de coisa vem sempre de Sophie! Mas *você* sabia, não é mesmo, Calcifer? — perguntou ele, enquanto os dois arrastavam o cão até a frente da lareira.

Calcifer recuou até se encontrar encurralado contra a chaminé.

— Você nunca perguntou — retrucou ele.

— Eu *tenho* de perguntar a você? — disse Howl. — Tudo bem, eu deveria ter percebido! Mas você me deixa indignado, Calcifer! Comparado ao tratamento que a Bruxa dispensa ao demônio *dela*, você leva uma vida revoltantemente fácil, e tudo o que peço em troca é que me conte o que preciso saber. Esta é a segunda vez que você me decepciona! Agora me ajude a fazer esta criatura retornar à sua forma original, neste minuto!

Calcifer tinha um tom azulado incomumente doentio.

— Tudo bem — assentiu ele, amuado.

O homem-cão tentou fugir, mas Howl colocou o ombro por baixo do peito dele e empurrou, fazendo-o erguer-se nas patas traseiras, a contragosto. Então ele e Michael o seguraram nessa posição.

— Por que esta criatura tola está resistindo? — perguntou Howl, arquejando. — Está parecendo um dos feitiços da Bruxa das Terras Desoladas de novo, não é?

— Sim. Há várias camadas nele — disse Calcifer.

— Vamos retirar a parte do cachorro de qualquer forma — afirmou Howl.

Calcifer agitou-se, adquirindo um tom intenso de azul. Sophie, que observava prudentemente da porta do armário das vassouras, viu a forma peluda do cão desfazer-se na forma do homem. Esta tornou a se transformar em cão, depois voltou à forma humana, primeiro indistinta, depois nítida. Por fim, Howl e Michael se viram segurando o braço de um homem de cabelos claros vestido com um traje marrom amarrotado. Sophie não estava surpresa por não o ter reconhecido. Fora o olhar ansioso, seu rosto era quase totalmente destituído de personalidade.

— Então, quem é você, meu amigo? — perguntou-lhe Howl.

O homem ergueu as mãos e tateou o rosto.

— Eu... eu não tenho certeza.

Calcifer disse:

— O último nome pelo qual atendeu foi Percival.

O homem olhou para Calcifer como se preferisse que ele não soubesse disso.

— Foi mesmo? — perguntou.

— Então vamos chamá-lo de Percival por enquanto — decidiu Howl. Ele virou o ex-cão e o fez sentar-se na cadeira. — Fique aí e se acalme. Conte-nos o que você lembra. Pelo que parece, a Bruxa ficou com você por algum tempo.

— Sim — confirmou Percival, esfregando o rosto novamente. — Ela arrancou minha cabeça. Eu... eu me lembro de estar numa prateleira olhando o restante de mim.

Michael estava espantado.

— Mas você estaria morto! — protestou ele.

— Não necessariamente — disse Howl. — Você ainda não chegou a esse nível de feitiçaria, mas eu poderia tirar qualquer parte de você e deixar o restante vivo, se fizesse tudo certo. — Ele franziu o cenho para o ex-cão. — Mas não sei se a Bruxa recolocou tudo no lugar certo aqui.

Calcifer, que obviamente tentava provar que estava trabalhando sério para Howl, disse:

— Este homem, além de incompleto, tem pedaços de outro homem.

Percival pareceu desesperar-se ainda mais.

— Não o alarme, Calcifer — disse Howl. — Ele já deve estar se sentindo mal o bastante. Você sabe por que a Bruxa arrancou sua cabeça, amigo? — perguntou ele a Percival.

— Não, eu não me lembro de nada.

Sophie sabia que aquilo não podia ser verdade. Ela bufou.

De repente, Michael foi tomado por uma ideia empolgante. Ele inclinou-se para Percival e perguntou:

— Você já atendeu pelo nome de Justin... ou Sua Alteza Real?

Sophie bufou novamente. Ela sabia que aquilo era ridículo mesmo antes de Percival responder:

— Não. A Bruxa me chamava de Gaston, mas meu nome não é esse.

— Não o pressione, Michael — disse Howl. — E não faça Sophie bufar de novo. No humor em que ela se encontra, vai derrubar o castelo da próxima vez.

Embora esse comentário parecesse significar que Howl não estava mais zangado, Sophie descobriu que ela estava ainda mais furiosa. Entrou na loja batendo os pés, e lá ficou zanzando ruidosamente, fechando as portas e arrumando as coisas para o dia seguinte. Depois, foi olhar seus narcisos. Algo de muito errado havia acontecido com eles, que agora eram coisas marrons molhadas, pendendo de um vaso cheio do líquido com o cheiro mais venenoso com que ela já deparara.

— Ah, com os diabos! — gritou Sophie.

— O que é agora? — perguntou Howl, chegando à loja. Ele curvou-se sobre o balde e o cheirou. — Acho que você tem um herbicida bem eficiente aqui. O que acha de experimentá-lo naquelas ervas daninhas na entrada da mansão?

— Vou fazer isso — disse Sophie. — Estou mesmo com vontade de matar algo!

Ela bateu portas pela loja até encontrar um regador, e entrou pisando forte no castelo com o regador e o balde. Escancarou a porta, com o laranja para baixo, saindo na entrada da mansão.

Percival ergueu os olhos, ansioso. Eles lhe haviam dado o violão, assim como se dá um chocalho a uma criança, e ele estava sentado tirando horríveis acordes do instrumento.

— Vá com ela, Percival — disse Howl. — Nesse estado de espírito, ela vai matar todas as árvores também.

Assim, Percival pousou o violão e cuidadosamente tirou o balde da mão de Sophie, que saiu pisando forte naquele dourado fim de tarde de verão no fundo do vale. Todos tinham estado ocupados demais até agora para prestar atenção à mansão. Era muito mais grandiosa do que Sophie julgara. Tinha um terraço coberto de mato e cercado por estátuas, com degraus que levavam à entrada. Quando Sophie olhou para trás — com o pretexto de mandar Percival apressar-se —, viu que a casa era muito grande, com mais estátuas ao longo do telhado e fileiras de janelas. Mas estava abandonada.

O mofo verde escorria de todas as janelas, descendo pela parede descascada. Muitas estavam quebradas, e as venezianas que deviam se abrir contra a parede atrás delas estavam cinza, cobertas de bolhas, pendendo de lado.

— Hum! — resmungou Sophie. — Acho que o mínimo que Howl podia fazer é dar um aspecto um pouco mais habitado a este lugar. Mas não! Ele está ocupado demais passeando em Gales. Não fique parado aí, Percival! Coloque um pouco desse troço no regador e venha comigo.

Humildemente, Percival fez o que ela mandou. Não era nada divertido espezinhá-lo. Sophie suspeitava que esse era o motivo por que Howl o mandara com ela. Ela bufou e descarregou a raiva nas ervas daninhas. O que quer que tivesse matado os narcisos era forte. As ervas na entrada morreram assim que o líquido as tocou. O mesmo aconteceu com a grama nas laterais do caminho, até que Sophie se acalmou um pouco.

A noite a acalmou. O ar fresco soprava das colinas distantes e grupos de árvores plantadas nas laterais do caminho farfalhavam majestosamente.

Sophie matou as ervas de um quarto do caminho até o portão.

— Você se lembra muito mais do que diz lembrar — acusou, dirigindo-se a Percival enquanto ele tornava a encher o regador. — O que a Bruxa realmente queria com você? Por que o trouxe com ela à chapelaria naquela vez?

— Ela queria descobrir sobre Howl — disse Percival.

— Howl? — perguntou Sophie. — Mas você não o conhecia, não é?

— Não, mas devia saber de algo. Tinha a ver com a maldição que ela havia lançado sobre ele — explicou Percival —, mas não faço ideia do que era. Eu me sinto mal por causa disso. Eu estava tentando impedi-la de saber, porque uma maldição é algo maligno, e o fiz pensando em Lettie. Ela estava em minha mente. Não sei como a conheci, porque Lettie disse que nunca havia me visto quando fui a Upper Folding. Mas eu sabia tudo sobre ela, o bastante para contar, quando a Bruxa me obrigou, que ela cuidava de uma chapelaria em Market Chipping. Então a Bruxa foi lá para nos dar uma lição. E você estava lá. A Bruxa pensou que você fosse Lettie. Fiquei apavorado, porque não sabia que Lettie tinha uma irmã.

Sophie pegou o regador e derramou generosamente o herbicida, desejando que as ervas daninhas fossem a Bruxa.

— E ela o transformou em cachorro logo depois disso?

— Na saída da cidade — disse Percival. — Assim que lhe dei o que ela queria saber, ela abriu a porta da carruagem e disse: "Dê o fora. Chamo você quando eu precisar." E eu corri, porque sentia que havia uma espécie de feitiço me seguindo. Pegou-me quando cheguei a uma fazenda, onde as pessoas viram quando me transformei num cachorro. Pensaram que eu fosse um lobisomem e tentaram me matar. Tive de morder um para fugir. Mas não consegui me livrar da vara, e ela enganchou na sebe quando tentei atravessá-la.

Sophie continuou a matar as ervas daninhas por mais uma curva do caminho de entrada, enquanto escutava.

— Depois você foi para a casa da sra. Fairfax?

— Fui. Estava à procura de Lettie. As duas foram muito gentis comigo — disse Percival —, apesar de nunca terem me visto antes. E o Mago Howl sempre fazia visitas para cortejar Lettie. Ela não o queria, e pediu-me que o mordesse para se ver livre dele, até que Howl de repente começou a perguntar a ela sobre você e...

Por pouco Sophie não jogou herbicida em seus sapatos. Como o cascalho estava fumegando onde o herbicida caiu, foi bom que isso não tenha acontecido.

— O quê?

— Ele disse: "Conheço uma moça chamada Sophie que se parece um pouco com você." E Lettie respondeu sem pensar: "É minha irmã" — contou Percival. — E então ficou muitíssimo preocupada, especialmente quando Howl continuou a perguntar sobre a irmã. Lettie disse que teve vontade de morder a língua. No dia em que você foi lá, ela estava sendo gentil com Howl só para descobrir como ele a conhecia. Howl disse que você era uma mulher idosa. E a sra. Fairfax disse que a tinha visto. Lettie chorou e chorou. E disse: "Algo terrível aconteceu com Sophie! E o pior é que ela vai pensar que está a salvo de Howl. Sophie é boa demais para enxergar como ele é insensível!" E ela estava tão nervosa que consegui me transformar em homem por tempo suficiente para dizer que ia encontrá-la e ficar de olho em você.

Sophie espalhou o herbicida num grande arco fumegante.

— Pobre Lettie! É muita gentileza dela, e eu a adoro por isso. Também fiquei preocupada com ela. Mas eu *não* preciso de um cão de guarda!

— Precisa, sim — opôs-se Percival. — Ou precisava. Cheguei tarde demais.

Sophie girou bruscamente, com herbicida e tudo. Percival teve de pular para a grama e correr para se esconder atrás da árvore mais próxima. A grama morria numa longa faixa marrom enquanto ele corria.

— Malditos sejam todos! — gritou Sophie. — Estou cheia de vocês! — Ela largou o regador fumegante no meio do caminho e se afastou, marchando, no meio das ervas daninhas, em direção ao portão de pedra. — Tarde demais! — murmurava enquanto seguia. — Que bobagem! Howl não é apenas insensível, é *impossível*! Além disso — acrescentou —, eu *sou* uma mulher idosa.

Mas não podia negar que havia algo de errado desde que o castelo animado se mudara, ou mesmo antes disso. E parecia ter a ver com a forma como Sophie parecia tão misteriosamente incapaz de encarar suas irmãs.

— E tudo o que contei ao Rei é *verdade*! — prosseguiu ela.

E ia andar por sete léguas com os próprios pés e nunca mais voltar. Ia mostrar a eles! Quem ligava se a pobre sra. Pentstemmon havia confiado em Sophie para impedir que Howl se voltasse para o mal? Sophie era um fracasso, de qualquer modo. Resultado de ser a mais velha. A sra. Pentstemmon tinha acreditado que Sophie era a querida e velha mãe de Howl. Não tinha? Ou não? Incomodada, Sophie se deu conta de que uma mulher cujo olho treinado podia detectar um feitiço costurado a uma roupa podia decerto detectar ainda mais facilmente a poderosa magia do feitiço da Bruxa.

— Ah, maldito traje cinza e escarlate! — disse Sophie. — Eu me recuso a acreditar que fui a única a ser pega com ele!

O problema era que o traje azul e prata parecia ter funcionado do mesmo jeito. Ela deu mais alguns passos.

— Seja como for — disse, com grande alívio —, Howl não gosta de mim!

Este pensamento reconfortante teria sido suficiente para manter Sophie caminhando a noite inteira, não fosse um repentino e familiar desconforto que tomou conta dela. Seus ouvidos haviam captado um toque-toque-toque distante. Ela tentou enxergar à luz do sol que baixava. E ali, na estrada que serpenteava por trás do portão de pedra, ela viu a distância uma figura de braços abertos, saltando, saltando.

Sophie segurou a saia, fez meia-volta e correu pelo caminho pelo qual viera. Pó e cascalho se levantavam ao seu redor em nuvens. Percival encontrava-se de pé na entrada, desamparado, ao lado do balde e do regador. Sophie o agarrou e o arrastou para trás das árvores mais próximas.

— Alguma coisa errada? — perguntou ele.

— Fique quieto! É aquele maldito espantalho de novo — ofegou Sophie. Então fechou os olhos. — Não estamos aqui — disse ela. — Você não pode nos achar. Vá embora. Vá embora depressa, depressa, depressa!

— Mas por que...? — indagou Percival.

— Cale-se! Aqui não, aqui não, aqui não! — disse Sophie, desesperada. Ela abriu um olho. O espantalho, quase entre as colunas do portão, estava imóvel, oscilando. — Está certo — disse Sophie. — Não estamos aqui. Vá embora depressa. Duas vezes mais depressa, três vezes mais depressa, dez vezes mais depressa. *Vá embora!*

E o espantalho, hesitante, deu meia-volta e começou a pular de volta à estrada. Após os primeiros pulos, passou a avançar em enormes saltos, cada vez mais veloz, exatamente como Sophie havia ordenado. Ela mal respirava, e não largou a manga de Percival até perder o espantalho de vista.

— O que há de errado com ele? — perguntou Percival. — Por que você não o queria?

Sophie estremeceu. Como o espantalho estava pela estrada, ela não ousaria partir agora. Apanhou o regador e começou a voltar para a mansão. Outro ruído chamou sua atenção. Ergueu os olhos para a casa. O som vinha das compridas cortinas brancas que balançavam ao vento numa porta-janela aberta além das estátuas do terraço. As estátuas eram agora pedras brancas limpas, e ela podia ver cortinas na maioria das janelas, e vidraças também. As venezianas estavam abertas adequadamente ao lado delas, recém-pintadas de branco. Nem uma mancha verde, nem uma bolha sequer marcava o novo gesso cremoso da fachada da casa. A porta da frente era uma obra-prima de tinta preta e arabescos dourados, tendo ao centro, como aldrava, um leão dourado com uma argola na boca.

— Hum! — disse Sophie.

Ela resistiu à tentação de entrar pela janela aberta e explorar. Era o que Howl queria que ela fizesse. Então seguiu direto para a porta da frente, segurou a maçaneta dourada e escancarou a porta com um estrondo. Howl e Michael estavam na bancada, desfazendo apressadamente um encanto. Parte dele devia ter sido para modificar a mansão, mas o restante, como bem sabia Sophie, tinha de ser algum tipo de feitiço de escuta. Quando ela entrou ruidosamente, os dois, nervosos, a olharam. No mesmo instante, Calcifer escondeu-se sob a sua lenha.

— Fique atrás de mim, Michael — disse Howl.

— Abelhudos! — gritou Sophie. — Enxeridos!

— Qual o problema? — disse Howl. — Você quer as venezianas em preto e dourado também?

— Seu cara de pau... — gaguejou Sophie. — Não foi só isso que você escutou! Você... você... Há quanto tempo sabia que eu era... que estou...?

— Sob um feitiço? — perguntou Howl. — Bem...

— Eu contei a ele — disse Michael, olhando, nervoso, por trás de Howl. — A minha Lettie...

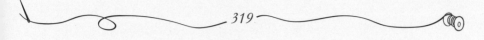

— *Você!* — estrilou Sophie.

— A outra Lettie abriu o bico também — Howl apressou-se em dizer. — Você sabe que sim. E a sra. Fairfax falou demais naquele dia. Houve um momento em que parecia que todos estavam me contando. Até Calcifer... quando perguntei a ele. Mas, honestamente, você acha que não conheço minha profissão bem o bastante para identificar um feitiço forte como esse quando vejo? Fiz diversas tentativas de tirá-lo quando você não estava olhando. Mas nada parece funcionar. Levei-a para a sra. Pentstemmon, esperando que ela pudesse fazer algo, mas, evidentemente, ela não pôde. Cheguei à conclusão de que você gosta de andar disfarçada.

— *Disfarçada!* — gritou Sophie.

Howl riu dela.

— Deve ser, pois você mesma está fazendo isso — disse ele. — Que família estranha vocês são. Seu nome é Lettie, também?

Aquilo foi demais para Sophie. Percival aproximou-se nesse instante, nervoso, carregando o balde com herbicida ainda pela metade. Sophie largou o regador, pegou o balde dele e o lançou em Howl, que se abaixou. Michael também desviou-se do balde. O herbicida subiu chiando, numa parede de chamas verdes, do piso ao teto. O balde foi bater na pia, onde as flores restantes morreram instantaneamente.

— Oh! — exclamou Calcifer debaixo da lenha. — Essa foi forte.

Com cuidado, Howl apanhou o crânio debaixo dos restos marrons fumegantes das flores e o secou em uma de suas mangas.

— Óbvio que foi forte — disse ele. — Sophie nunca faz nada pela metade.

O crânio, quando Howl o limpou, ficou brilhante e alvo, e na manga em que ele o esfregou apareceu uma mancha azul e prata desbotada. Howl pousou o crânio na bancada e olhou tristemente para sua manga.

Sophie ainda pensou em sair do castelo novamente, e descer até o portão. Mas havia o espantalho. Então, optou pela cadeira, onde se sentou emburrada. Não vou falar com nenhum deles!, pensou.

— Sophie — disse Howl —, eu fiz o melhor que pude. Você não notou que suas dores e mazelas têm melhorado ultimamente? Ou você gosta de senti-las também?

Sophie não respondeu. Howl desistiu dela e voltou-se para Percival.

— Fico contente de ver que você tem algum cérebro, afinal. Estava preocupado.

— Eu realmente não me lembro de muito — respondeu Percival. Mas parou de se comportar como um imbecil. Pegou o violão e o afinou. Em segundos o som estava muito melhor.

— Minha tristeza revelada — disse Howl, pateticamente. — Nasci um galês sem talento musical. Você contou tudo a Sophie? Ou no fundo sabe o que a Bruxa estava tentando descobrir?

— Ela queria saber sobre Gales — disse Percival.

— Achei que fosse isso — disse Howl, sério. — Pois bem.

Ele desapareceu no banheiro, onde ficou pelas duas horas seguintes. Durante esse tempo, Percival tocou devagar e pensativo diversas canções no violão, como se estivesse ensinando a si próprio como tocar, enquanto Michael engatinhava pelo chão com um pano fumegante, tentando limpar o herbicida. Sentada na cadeira, Sophie não disse uma palavra sequer. Calcifer continuava a emergir toda hora, a espiá-la e a se meter novamente debaixo dos troncos.

Howl saiu do banheiro com o traje preto reluzente e o cabelo branco lustroso, numa nuvem de vapor cheirando a genciana.

— Talvez eu volte bem tarde — disse ele a Michael. — O solstício de verão começa após a meia-noite, e a Bruxa pode tentar algo. Então, mantenha as defesas a postos e, por favor, lembre-se de tudo que falei.

— Tudo bem — disse Michael, colocando na pia o que sobrou do pano fumegante.

Howl virou-se para Percival.

— Acho que sei o que aconteceu com você. Vai dar trabalho resolver, mas vou fazer uma tentativa amanhã quando eu voltar.

Howl encaminhou-se para a porta e parou com a mão na maçaneta.

— Sophie, você vai continuar sem falar comigo? — perguntou, infeliz.

Sophie sabia que Howl poderia parecer infeliz no paraíso se lhe fosse conveniente. E ele acabara de usá-la para obter informações de Percival.

— Não! — rosnou ela.

Ele suspirou e saiu. Sophie ergueu os olhos e viu que a maçaneta tinha a cor preta virada para baixo. Chega!, pensou ela. Não dou a mínima se amanhã *é* o solstício de verão! Eu vou embora.

CAPÍTULO VINTE
No qual Sophie encontra outras dificuldades em deixar o castelo

O dia do solstício de verão amanheceu. Mais ou menos no mesmo instante, Howl atravessou a porta com tal estrondo que Sophie se fechou em seu cubículo, convencida de que a Bruxa estava em seus calcanhares.

— Eles se importam tanto comigo que sempre jogam sem mim! — bradou Howl.

Sophie se deu conta de que ele estava apenas tentando cantar a canção da caçarola de Calcifer e voltou a se deitar. No mesmo instante, Howl caiu sobre a cadeira e prendeu o pé no banquinho, fazendo-o voar pela sala. Em seguida, tentou subir ao andar de cima pelo armário de vassouras, e depois pelo quintal. Isso o deixou um tanto confuso, mas, finalmente, ele descobriu os degraus, com exceção do primeiro, e desabou na escada, de cara. O castelo todo tremeu.

— O que aconteceu? — perguntou Sophie.

— Reunião do Clube de Rúgbi — respondeu Howl, com dignidade. — Não sabia que eu costumava voar nos jogos pela minha universidade, não é, sra. Bisbilhoteira?

— Se estava tentando voar, deve ter esquecido como se faz — disse Sophie.

— Eu nasci para ter visões estranhas — retrucou Howl —, coisas que são invisíveis ao olhar, e estava a caminho da minha cama quando você me interrompeu. Sei onde estão todos os anos precedentes e de quem era a matriz da fenda no pé do Diabo.

— Vá para a cama, seu tolo — disse Calcifer, sonolento. — Você está bêbado.

— Quem? Eu? — disse Howl. — Garanto a vocês, meus amigos, que estou sotalmente tóbrio.

Ele se ergueu e subiu a escada, vacilando, apoiando-se na parede, como se pensasse que ela fugiria dele se não mantivesse o contato. A porta do quarto esquivou-se dele.

— Que mentira! — disse Howl enquanto ia de encontro à parede. — Minha ilustre desonestidade será a minha salvação.

Ele tentou entrar pela parede diversas vezes, em diversos lugares diferentes, antes de descobrir a porta do quarto e entrar intempestivamente. Sophie o ouviu cair e dizer que a cama estava fugindo dele.

— Ele é impossível! — exclamou Sophie, e decidiu ir embora nesse momento.

Infelizmente, o barulho que Howl fez acordou Michael e Percival, que dormia no chão do quarto de Michael. Este desceu dizendo que, já que estavam todos despertos, podiam muito bem sair e colher as flores para as guirlandas do solstício de verão enquanto o dia ainda estava fresco. Sophie não lamentou ir ao local das flores uma última vez. Havia uma névoa morna e esbranquiçada, cheia de aromas e cores semiocultas. Sophie acompanhou-os testando a terra fofa com a bengala, escutando os trinados e chilreios dos milhares de pássaros e sentindo-se realmente triste. Acariciou um lírio acetinado e úmido, e tocou com o dedo uma das ásperas flores púrpura com estames longos e cobertos de pó. Olhou para trás, para o castelo alto e preto que se erguia da névoa atrás deles, e suspirou.

— Ele melhorou isso muito — comentou Percival enquanto arrumava uma braçada de hibiscos no balde flutuante de Michael.

— Quem? — perguntou Michael.

— Howl — respondeu Percival. — Antes, havia apenas alguns arbustos, e eram bem pequenos e secos.

— Você se lembra de ter estado aqui antes? — indagou Michael, animado. Ele não havia desistido da ideia de que Percival podia ser o Príncipe Justin.

— Acho que estive aqui com a Bruxa — disse Percival, em dúvida.

Colheram dois baldes de flores. Sophie percebeu que, quando entraram da segunda vez, Michael virou a maçaneta da porta diversas vezes. Aquilo devia ter algo a ver com manter a Bruxa do lado de fora. Depois ainda havia as guirlandas do solstício para fazer, tarefa que demorou muito. Sophie tinha pensado em deixar que Michael e Percival fizessem isso, mas Michael estava ocupado demais fazendo perguntas astutas a Percival, que era lento demais no trabalho. Sophie sabia o que estava deixando Michael animado. *Havia* uma atitude diferente em Percival, como se ele esperasse que algo acontecesse logo. Isso fazia Sophie se perguntar o quanto ele ainda estaria sob o poder da Bruxa. Coube a ela fazer a maioria das guirlandas. Quaisquer pensamentos que pudesse ter tido sobre ficar e ajudar Howl contra a Bruxa desapareceram. Howl, que poderia ter feito todas as guirlandas só com um aceno de mão, roncava agora tão alto que ela podia ouvi-lo da loja.

Levaram tanto tempo fazendo as guirlandas que na hora de abrir a loja ainda não haviam terminado. Michael trouxe-lhes pão e mel, e comeram enquanto atendiam o primeiro e intenso fluxo de clientes. Embora o solstício de verão, como costuma acontecer com os feriados, era um dia cinzento e frio em Market Chipping, metade da cidade, todos vestidos com suas melhores roupas, foi comprar flores e guirlandas para o festival. Havia a costumeira multidão acotovelando-se nas ruas. Tantas pessoas foram à loja que somente perto do meio-dia Sophie pôde subir as escadas finalmente e atravessar o armário das vassouras. Eles tinham ganhado tanto dinheiro, pensou Sophie, enquanto ia de um lado para o outro, embrulhando um pouco de comida e suas velhas roupas numa trouxa, que o cofre que Michael mantinha sob a lareira seria multiplicado por dez.

— Veio falar comigo? — perguntou Calcifer.

— Daqui a pouco — respondeu Sophie, cruzando o aposento com a trouxa escondida atrás das costas. Não queria que Calcifer levantasse objeções por causa daquele contrato.

Ela estendeu a mão para soltar a bengala da cadeira, e alguém bateu à porta. Sophie deteve-se, a mão esticada, olhando inquisitivamente para Calcifer.

— É a porta da mansão — disse Calcifer. — Carne e osso, e inofensivo.

A batida soou novamente. Isso sempre acontece quando tento sair!, pensou Sophie. Girou a maçaneta com o laranja para baixo e abriu a porta.

Havia uma carruagem na entrada, além das estátuas, puxada por um par de bons cavalos. Sophie podia vê-la por trás do contorno do enorme criado que havia batido à porta.

— A sra. Sacheverell Smith veio visitar os novos ocupantes — disse o criado.

Que esquisito!, pensou Sophie. Era o resultado da pintura e das cortinas novas de Howl.

— Não estamos... — começou Sophie. Mas a sra. Sacheverell Smith afastou o criado para o lado e entrou.

— Espere na carruagem, Theobald — ordenou ela, ao passar flutuando por Sophie, fechando a sombrinha.

Ali estava Fanny — parecendo extremamente próspera em seda creme. Usava um chapéu também de seda creme bordado com rosas, do qual Sophie se recordava muito bem. E lembrava o que tinha dito àquele chapéu enquanto fazia seu acabamento: "Você vai ter de se casar por dinheiro." E, pela aparência de Fanny, parecia que ela assim fizera.

— Oh, Deus! — disse Fanny, olhando ao redor. — Deve haver algum engano. Estes são os aposentos dos serviçais!

— Bom... hã... ainda não nos mudamos de fato, madame — disse Sophie, e imaginou o que Fanny acharia se soubesse que a velha chapelaria ficava bem atrás do armário de vassouras.

Fanny virou-se e olhou boquiaberta para Sophie.

— *Sophie!* — exclamou. — Oh, graças a Deus, menina, o que houve? Você parece ter 90 anos! Está doente?

E, para a surpresa de Sophie, Fanny deixou o chapéu, a sombrinha e toda a pose de lado, abraçou Sophie e começou a chorar.

— Ah, eu não sabia *o que* tinha acontecido com você! — soluçou. — Procurei Martha e mandei recado para Lettie, e nem uma nem outra sabia. Elas trocaram de lugar, as tolas, você sabia? Mas ninguém sabia nada sobre você! Ofereci uma recompensa. E eis você aqui, trabalhando como empregada, quando poderia estar vivendo no luxo, no alto da colina, comigo e o sr. Smith!

Sophie percebeu que estava chorando também. Rapidamente, ela pousou a trouxa e conduziu Fanny à cadeira. Puxou o banquinho e sentou-se ao lado de Fanny, segurando-lhe a mão. A essa altura estavam ambas rindo e chorando ao mesmo tempo. Estavam felicíssimas por se reverem.

— É uma longa história — disse Sophie depois de Fanny perguntar-lhe seis vezes o que se passara com ela. — Quando me olhei no espelho e me vi assim, foi um choque tão grande que eu quis fugir...

— Excesso de trabalho! — disse Fanny, infeliz. — Como me culpei!

— Na verdade, não — retrucou Sophie. — E não se preocupe, o Mago Howl me acolheu...

— O Mago Howl! — exclamou Fanny. — Aquele homem diabólico! *Ele* fez isso com você? Onde está ele? Deixe-o comigo!

Ela agarrou a sombrinha e sua atitude tornou-se tão beligerante que Sophie teve de segurá-la. Sophie nem queria imaginar como Howl reagiria se Fanny o acordasse batendo nele com a sombrinha.

— Não, não! — disse ela. — Howl tem sido muito bom para mim.

E era verdade, Sophie se deu conta. Howl mostrava sua bondade de maneira um tanto estranha, mas, considerando tudo o que Sophie havia feito para aborrecê-lo, ele tinha sido muito bondoso com ela realmente.

— Mas dizem que ele devora as mulheres vivas! — disse Fanny, ainda lutando para levantar-se.

Sophie segurou a agitada sombrinha.

— Não é verdade — reagiu ela. — Ouça. Ele nada tem de diabólico! — Nisso, um som sibilante veio da lareira, de onde Calcifer observava com interesse. — Nada mesmo! — disse Sophie, tanto para Fanny como para Calcifer. — O tempo todo em que estive aqui, nunca o vi preparar um só feitiço maligno.

O que também era verdade, ela sabia.

— Então tenho de acreditar em você — disse Fanny, relaxando —, embora esteja certa de que, se ele está regenerado, é obra sua. Você sempre teve um jeito especial, Sophie. Conseguia dominar as pirraças de Martha quando eu me via totalmente sem ação. E eu sempre disse que era graças a você que Lettie fazia o que queria apenas *metade* do tempo, em vez

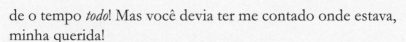

de o tempo *todo*! Mas você devia ter me contado onde estava, minha querida!

Sophie sabia que sim. Ela aceitara sem questionar a opinião de Martha sobre Fanny, quando devia conhecê-la melhor. Sentiu-se envergonhada.

Fanny mal podia esperar para contar a Sophie sobre o sr. Sacheverell Smith. Lançou-se num longo e entusiasmado relato sobre como o conhecera na mesma semana em que Sophie partira, e que se casara com ele antes que a semana chegasse ao fim. Sophie a observava enquanto ela falava. O fato de estar velha dava-lhe uma visão inteiramente diferente de Fanny. Ela era uma mulher ainda jovem e bonita e, tanto quanto Sophie, tinha achado a chapelaria entediante. Mas ficara lá e dera o melhor de si, não só na loja, mas também em relação às três meninas, até a morte do sr. Hatter. Então, de repente teve medo de ficar exatamente como Sophie: velha, sem razão para viver, sem nenhuma perspectiva.

— E então, sem você por lá para que eu a deixasse para você, parecia não haver razão para não vender a loja — Fanny ia dizendo, quando ouviram ruídos de pés vindo do armário de vassouras.

Michael entrou, anunciando:

— Fechamos a loja. E olhe só quem está aqui!

Ele segurava a mão de Martha, que estava mais magra e mais bonita, e quase se parecia com ela mesma de novo. Ela se soltou de Michael e correu para Sophie, abraçando-a e gritando.

— Sophie, você deveria ter me contado!

Depois, jogou-se nos braços de Fanny, como se nunca tivesse dito todas aquelas coisas sobre ela.

Mas isso não foi tudo. Lettie e a sra. Fairfax entraram

pelo armário em seguida, carregando um cesto grande entre elas, e logo atrás veio Percival, que parecia mais animado do que Sophie jamais o vira.

— Viemos na primeira luz da manhã — disse a sra. Fairfax — e trouxemos... Minha nossa! É Fanny!

Ela largou seu lado do cesto e correu para abraçar Fanny. Lettie também largou o seu lado e correu para abraçar Sophie.

Na verdade, foram tantos abraços, exclamações e gritinhos que Sophie se admirou de Howl não acordar. Mas, mesmo em meio à balbúrdia, ela podia ouvi-lo roncar. Tenho de ir embora esta noite, pensou. Estava contente demais por rever todos para cogitar de partir antes.

Lettie era muito afetuosa com Percival. Enquanto Michael carregava a cesta para a bancada e desembrulhava frangos, vinhos e pudins de mel, Lettie pendurou-se no braço de Percival com um ar de dona que Sophie não aprovava muito, fazendo-o contar-lhe tudo de que se lembrava. Percival não parecia se importar. Lettie estava tão bonita que Sophie não o culpava.

— Ele simplesmente chegou e começou a se transformar em homem e depois em diferentes cães, insistindo que me conhecia — contou Lettie a Sophie. — Sabia que jamais o vira, mas não importava.

Ela dava tapinhas no ombro de Percival como se ele ainda fosse um cachorro.

— Mas você conheceu o Príncipe Justin? — perguntou Sophie.

— Ah, sim — respondeu Lettie, sem pensar. — Quer dizer, ele estava disfarçado num uniforme verde, mas evidente que era ele. Tão educado e refinado, mesmo quando se aborreceu com os feitiços de busca. Tive de fazer dois lotes para ele, porque continuavam a mostrar que o Mago Suliman estava em algum ponto entre nós e Market Chipping, e ele jurou que não podia ser verdade. E durante todo o tempo ele insistia em me interromper, chamando-me de "doçura" de um jeito meio sarcástico, e me perguntando quem eu era, onde minha família morava e quantos anos eu tinha. Achei aquilo um atrevimento! Era melhor ficar com o Mago Howl, e afirmar isso não é pouco!

Àquela altura estavam todos andando de um lado para o outro, comendo frango e bebericando vinho. Calcifer estava tímido. Ele se reduzira a fagulhas verdes e ninguém parecia notá-lo. Sophie queria que ele conhecesse Lettie. Ela tentou convencê-lo a sair.

— Esse é mesmo o demônio responsável pela vida de Howl? — perguntou Lettie, baixando os olhos para as fagulhas verdes, um tanto incrédula.

Sophie ergueu os olhos para assegurar Lettie de que Calcifer era real e viu a srta. Angorian de pé na porta, parecendo tímida e insegura.

— Ah, queiram me desculpar. Vim em má hora, não? — disse ela. — Só queria falar com Howell.

Sophie levantou-se, sem saber direito o que fazer. Estava envergonhada da maneira como expulsara a srta. Angorian da última vez. Foi só porque sabia que Howl a estava cortejando. Por outro lado, isso não significava que tinha de gostar dela.

Michael resolveu o problema para Sophie, cumprimentando a srta. Angorian com um sorriso radiante e uma exclamação de boas-vindas.

— Howl está dormindo no momento — disse. — Venha tomar um copo de vinho enquanto espera.

— Que gentil — disse a srta. Angorian.

Mas era nítido que ela não estava feliz. Recusou o vinho e começou a andar de um lado para o outro com nervosismo, mordiscando uma coxa de frango. O lugar estava cheio de pessoas que se conheciam bem, enquanto ela era a intrusa. Fanny não ajudou, desviando-se da conversa ininterrupta com a sra. Fairfax e dizendo:

— Que roupas esquisitas!

Martha também não colaborou. Ela vira com que admiração Michael cumprimentara a srta. Angorian e tratou de providenciar para que ele não conversasse com ninguém além dela e Sophie. Lettie, por sua vez, ignorou a srta. Angorian e foi sentar-se nos degraus com Percival.

A srta. Angorian pareceu concluir depressa que já era o bastante. Sophie a viu à porta, tentando abri-la. Correu até ela, sentindo-se muito culpada. Afinal, a srta. Angorian devia gostar muito de Howl para ter ido até lá.

— Por favor, não vá embora ainda — pediu Sophie. — Vou acordar Howl.

— Ah, não, não faça isso — disse a srta. Angorian, com um sorriso nervoso. — Tirei o dia de folga, e não me incomodo de esperar. Pensei em passear um pouco lá fora. Está abafado aqui, com aquele fogo verde engraçado queimando.

Essa pareceu a Sophie uma maneira perfeita de se livrar da srta. Angorian sem de fato se livrar dela. Educadamente ela lhe abriu a porta. De algum modo — talvez tivesse a ver com as defesas que Howl dissera a Michael para manter —, a maçaneta havia girado e tinha o roxo voltado para baixo. Lá fora, o sol brilhava em meio à névoa, sobre as encostas cobertas de flores púrpura e vermelhas.

— Que rododendros maravilhosos! — exclamou a srta. Angorian com sua voz rouca e trêmula. — *Preciso* vê-las de perto!

E desceu, impaciente, para a grama pantanosa.

— Não vá para sudeste — gritou-lhe Sophie.

O castelo se movia lateralmente. A srta. Angorian enterrou o rosto bonito num buquê de flores brancas.

— Não irei longe — garantiu.

— Santo Deus! — exclamou Fanny, chegando por trás de Sophie. — O que aconteceu com minha carruagem?

Sophie explicou, até onde pôde. Mas Fanny estava tão preocupada que Sophie teve de virar a maçaneta com o laranja para baixo e abri-la para mostrar a entrada da mansão num dia muito mais cinzento, onde o criado e o cocheiro de Fanny estavam sentados no alto da carruagem, comendo linguiça fria e jogando cartas. Só então Fanny acreditou que sua carruagem não havia desaparecido por encanto. Sophie estava tentando explicar, sem que ela mesma soubesse, como uma só porta podia se abrir para diversos lugares, quando Calcifer ergueu-se de entre as achas de lenha, rugindo.

— Howl! — rosnou ele, enchendo a chaminé com chamas azuis. — *Howl!* Howell Jenkins, a Bruxa encontrou a família de sua irmã!

Ouviram-se duas pancadas violentas acima deles. A porta do quarto de Howl bateu e ele desceu chispando. Lettie e Percival foram empurrados para fora de seu caminho. Fanny deu um grito abafado ao vê-lo. O cabelo de Howl parecia um monte de feno e havia círculos vermelhos em torno de seus olhos.

— Ela me pegou no meu lado mais fraco, a desgraçada! — gritou ele, ao atravessar a sala como um raio, as mangas negras esvoaçando. — Era o que eu temia! Obrigado, Calcifer!

Ele empurrou Fanny para o lado e abriu a porta violentamente.

Sophie ouviu a porta bater atrás de Howl enquanto ela subia mancando ao andar de cima. Sabia que era indiscrição, mas tinha de ver o que acontecia. Ao entrar no quarto de Howl, ouviu que todos a seguiam.

— Que quarto imundo! — exclamou Fanny.

Sophie olhou pela janela. Caía uma garoa no jardim bem-cuidado. As gotas pendiam do balanço. A tremulante cabeleira vermelha da Bruxa estava coberta pela garoa. Ela se encontrava parada, encostada no balanço, alta e soberana em suas vestes vermelhas, fazendo sinal para alguém se aproximar. A sobrinha de Howl, Mari, atravessava a relva molhada em direção à Bruxa. Não parecia querer ir, mas pelo jeito não tinha escolha. Atrás dela, o sobrinho de Howl, Neil, arrastava os pés em direção à Bruxa ainda mais devagar, fitando-a com a expressão mais feroz. E a irmã de Howl, Megan, vinha atrás das duas crianças. Sophie podia ver Megan gesticular com os braços e abrir e fechar a boca. Ela obviamente estava dizendo poucas e boas à Bruxa, mas também ia sendo arrastada para ela.

Howl apareceu no gramado. Ele não mudara de roupa. Também não fez mágica nenhuma. Simplesmente partiu para cima da Bruxa, que tentou agarrar Mari. Mas a menina ainda estava muito longe dela. Howl alcançou Mari primeiro, postou-se na frente dela e atacou. E a Bruxa correu. Correu, como um gato perseguido por um cão, através do gramado e por cima da cerca, numa profusão de roupas coloridas como chamas, com Howl, como o cão perseguidor, a poucos centímetros de distância e chegando mais perto. A Bruxa desapareceu do outro lado da cerca numa mancha vermelha. Howl foi atrás dela num borrão preto com mangas esvoaçantes. E então a cerca escondeu ambos da vista.

— Espero que ele a pegue — disse Martha. — A garotinha está chorando.

Lá embaixo, Megan pôs o braço ao redor de Mari e levou as duas crianças para dentro de casa. Ninguém sabia o que havia acontecido a Howl e à Bruxa. Lettie e Percival e Martha e Michael desceram novamente. Fanny e a sra. Fairfax estavam perplexas com o estado de sujeira do quarto de Howl.

— Veja aquelas aranhas! — disse a sra. Fairfax.

— E o pó nestas cortinas! — apontou Fanny. — Annabel, vi umas vassouras naquela passagem que você usou.

— Vamos buscá-las — disse a sra. Fairfax. — Vou prender o vestido para você, Fanny, e mãos à obra. Não suporto que um quarto fique nesse estado!

Ah, pobre Howl!, pensou Sophie. Ele adora essas aranhas! Ela parou na escada, imaginando como poderia impedir Fanny e a sra. Fairfax.

Do andar de baixo, Michael chamou:

— Sophie! Vamos dar uma olhada na mansão. Quer vir conosco?

Aquilo pareceu a solução ideal para deter as duas mulheres. Sophie chamou Fanny e desceu mancando a escada, apressada. Lettie e Percival já estavam abrindo a porta. Lettie não escutara a explicação que Sophie dera a Fanny. E era evidente que Percival também não entendera. Sophie viu que eles estavam abrindo a porta com o roxo para baixo por engano. Eles a abriram quando Sophie atravessava a sala para mostrar-lhes o certo.

O espantalho surgiu na soleira, emoldurado pelas flores.

— *Feche* a porta! — gritou Sophie.

Ela entendeu o que tinha acontecido. Na verdade, na noite anterior, havia ajudado o espantalho, dizendo-lhe que fosse dez vezes mais rápido. Ele simplesmente correra para a entrada do castelo e tentara entrar. Mas a srta. Angorian estava lá fora. Sophie imaginou se ela não estaria desmaiada entre os arbustos.

— Ah, essa não — disse, sem forças.

Mas ninguém estava prestando atenção nela. O rosto de Lettie estava da cor do vestido de Fanny, e ela se agarrava a Martha. Percival se achava de pé, com o olhar fixo, e Michael tentava pegar o crânio, que batia os dentes com tanta força que estava por cair da bancada, levando com ele uma garrafa de vinho. E o crânio parecia exercer um estranho efeito no violão também. Seus acordes soavam longos e murmurantes: Noumm Harrummm! Noumm Harrummm!

Calcifer chamejou pela chaminé novamente.

— A coisa está falando — disse ele a Sophie. — Está dizendo que não quer fazer mal a ninguém. Acho que diz a verdade. Está esperando sua permissão para entrar.

De fato o espantalho só estava ali parado. Não tentava forçar sua entrada como antes. E Calcifer deve ter confiado nele, pois havia parado o movimento do castelo. Sophie olhou para o rosto de nabo e para os trapos que tremulavam. Não era tão assustador, afinal. Ela já tivera simpatia por ele. Na verdade, suspeitava de que o tinha transformado numa desculpa conveniente para não deixar o castelo, porque queria mesmo era ficar. Agora não fazia mais sentido. Sophie tinha de partir de qualquer jeito: Howl preferia a srta. Angorian.

— Entre, por favor — disse ela, um pouco rouca.

— Ahmmnng! — disse o violão.

O espantalho entrou na sala com um poderoso salto de lado. Ficou oscilando sobre a única perna, como se procurasse algo. O aroma de flores que ele trouxera não ocultava seu próprio cheiro de sujeira e nabo estragado.

O crânio começou a bater os dentes novamente sob os dedos de Michael. O espantalho rodopiou, feliz, e caiu para o lado dele. Michael fez uma tentativa de resgatar o crânio e depois saiu depressa da frente. Pois, quando o espantalho caiu sobre a bancada, houve o abalo sibilante de uma poderosa magia e o crânio fundiu-se com a cabeça de nabo do espantalho. Pareceu entrar no nabo e preenchê-lo. Havia agora uma forte sugestão de um rosto anguloso no nabo. O problema era que estava voltado para as costas do espantalho. Ele se sacudiu, pulou meio vacilante e então rodou rapidamente o corpo, de modo que a frente ficou sob o rosto de nabo. Lentamente, o espantalho relaxou os braços esticados ao lado do corpo.

— Agora posso falar — disse, numa voz meio pastosa.

— Acho que vou desmaiar — anunciou Fanny, na escada.

— Bobagem — retrucou a sra. Fairfax, atrás de Fanny. — A coisa não passa do Golem de um mágico. Ele tem de fazer o que lhe foi ordenado. São inofensivos.

Lettie, apesar de tudo, parecia prestes a perder os sentidos. Mas a única pessoa a desmaiar de fato foi Percival, que desabou no chão, silenciosamente, e ficou deitado, enroscado como se estivesse adormecido. Lettie, apesar de apavorada, correu para ele, mas recuou quando o espantalho deu outro pulo e parou diante de Percival.

— Esta é uma das peças que me mandaram encontrar — disse ele em sua voz pastosa. Balançou-se sobre a perna até

ficar de frente para Sophie. — Preciso lhe agradecer — disse.
— Meu crânio estava longe e fiquei sem forças antes de conseguir alcançá-lo. Eu teria ficado naquela sebe para sempre se
você não tivesse vindo e me dado um sopro de vida.

Ele rodopiou até a sra. Fairfax e depois até Lettie.

— Agradeço a vocês duas também — disse ele.

— Quem mandou você? O que você foi instruído a
fazer? — indagou Sophie.

O espantalho balançou-se, hesitante.

— Mais do que isto — disse. — Ainda há peças fal-
tando.

Todos esperaram, a maioria chocada demais para falar,
enquanto o espantalho rodopiava de um lado para o outro,
parecendo pensar.

— Percival é uma peça do quê? — perguntou Sophie.

— Deixe que ele se recomponha — disse Calcifer. —
Ninguém nunca lhe pediu que se explicasse ant...

Ele parou de falar de repente e encolheu-se até virar
uma pequenina chama verde. Michael e Sophie trocaram
olhares alarmados.

Então uma nova voz falou, vinda do nada. Era amplifi-
cada e abafada, como se falasse de dentro de uma caixa, mas
era inconfundivelmente a voz da Bruxa.

— Michael Fisher — disse a voz —, diga a seu mestre,
Howl, que ele caiu na minha armadilha. Agora tenho em meu
poder a mulher chamada Lily Angorian, na minha fortaleza
nas Terras Desoladas. Diga a ele que só a libertarei se ele vier
pessoalmente buscá-la. Entendeu, Michael Fisher?

O espantalho rodopiou e saltou em direção à porta
aberta.

— Ah, não! — gritou Michael. — Pare! A Bruxa deve
tê-lo mandado para poder entrar aqui!

CAPÍTULO VINTE E UM
No qual um contrato é rescindido diante de testemunhas

A maioria dos presentes correu atrás do espantalho. Sophie correu para o outro lado, atravessou o armário de vassouras e chegou ao interior da loja, pegando sua bengala no caminho.

— É minha culpa! — murmurou. — Tudo o que eu faço dá errado! Eu poderia ter mantido a srta. Angorian aqui dentro. Só precisava falar com ela educadamente, coitadinha! Howl pode ter me perdoado muitas vezes, mas esta ele não vai me perdoar tão cedo!

Na loja de flores, ela puxou as botas de sete léguas da vitrine e as esvaziou, espalhando hibiscos, rosas e água pelo chão. Destrancou a porta da loja e arrastou as botas molhadas até a calçada cheia de gente.

— Com licença — disse a vários sapatos e mangas esvoaçantes que passavam no caminho dela.

Olhou para o sol, que não era fácil de achar no céu nublado e cinzento.

— Vejamos. Sudeste. Para lá. Com licença, com licença — disse, abrindo um pequeno espaço para as botas em meio àqueles que aproveitavam o feriado. Colocou as botas no chão, viradas para o lugar certo. Então, calçou-as e começou a andar.

Zip-zip, zip-zip, zip-zip, zip-zip, zip-zip, zip-zip, zip--zip. Foi rápido assim, e o borrão era ainda mais indistinto e extenuante com as duas botas do que com uma. Sophie teve vislumbres, entre longos passos duplos: da mansão no fim do vale, cintilando entre as árvores, com a carruagem de Fanny na porta; de samambaias numa colina; de um pequeno rio correndo para um vale verde; do mesmo rio deslizando num vale mais largo; do mesmo vale tão amplo que parecia infinito e azul a distância, e de uma torre longínqua, tão, tão distante que poderia ser Kingsbury; da planície estreitando-se em direção às montanhas novamente; de uma montanha cuja vertente era tão íngreme sob a bota que ela tropeçou, apesar da bengala, o que a levou para a beira de um profundo precipício, repleto de uma névoa azul, com as copas das árvores bem abaixo, obrigando-a a dar outro passo largo ou cair.

E assim Sophie foi parar numa areia amarela e grossa. Apanhou a bengala e olhou cautelosamente à sua volta. Para trás, à sua direita, a alguns quilômetros de distância, uma neblina branca quase escondia as montanhas que ela acabara de transpor zunindo. Abaixo da neblina havia uma faixa verde-escura. Sophie assentiu. Embora não pudesse ver o castelo animado de tão longe, tinha certeza de que a névoa marcava o local das flores. Deu outro passo cauteloso. Zip. Estava assustadoramente quente. A areia cor de argila amarelada estendia-se em todas as direções agora, brilhando no calor. Pedras se espalhavam de forma desordenada. As únicas coisas que cresciam ali eram ocasionais arbustos cinzentos e tristonhos. As montanhas pareciam nuvens surgindo no horizonte.

— Se estas são as Terras Desoladas — disse Sophie, o suor escorrendo em todas as suas rugas —, tenho pena da Bruxa por ter de viver aqui.

Deu outro passo. O vento que provocou não a refrescou. As pedras e arbustos eram os mesmos, mas a areia estava mais cinza, e as montanhas pareciam ter encolhido no céu. Sophie fitou o brilho trêmulo e cinzento adiante, onde achou que podia ver algo mais alto do que as pedras. Deu mais um passo.

Agora estava um forno. Mas havia uma pilha de formato peculiar a cerca de meio quilômetro, erguendo-se numa ligeira elevação do terreno pedregoso. Era uma forma fantástica com pequenas torres retorcidas, subindo até uma torre principal ligeiramente torta, como um velho dedo nodoso. Sophie tirou as botas. Estava quente demais para carregar algo tão pesado, então seguiu caminhando com esforço a fim de investigar, levando apenas a bengala.

A construção parecia feita da areia amarelo-cinzenta das Terras Desoladas. Primeiro, Sophie se perguntou se poderia ser algum estranho tipo de formigueiro. Mas, ao se aproximar, pôde ver que era como se milhares de vasos de plantas tivessem sido fundidos numa pilha afunilada. Ela sorriu. Muitas vezes o castelo animado lhe parecera o interior de uma chaminé. Mas aquela construção, sim, era realmente uma coleção de cúpulas de chaminé. Tinha de ser o trabalho de um demônio do fogo.

Quando Sophie ofegava ladeira acima, de repente soube que se tratava da fortaleza da Bruxa. Duas pequenas figuras cor de laranja saíram de uma área escura no fundo e se postaram à sua espera. Sophie reconheceu os dois pajens da Bruxa. Apesar de acalorada e arfante, tentou falar com eles educadamente, a fim de mostrar que nada tinha contra eles.

— Boa tarde — cumprimentou.

Eles só lhe dirigiram olhares carrancudos. Um deles curvou-se e levantou a mão, apontando na direção da escura arcada deformada entre as tortas colunas de cúpulas de chaminé. Sophie deu de ombros e o acompanhou. O outro pajem caminhava atrás dela. E, evidentemente, a entrada desapareceu assim que ela a atravessou. Sophie deu de ombros novamente. Resolveria esse problema quando voltasse.

Arrumou o xale de renda, alisou as saias enlameadas e seguiu em frente. Era um pouco como passar pela porta do castelo quando o preto da maçaneta estava voltado para baixo. Houve um momento de vazio e depois uma luminosidade turva. A luz vinha de chamas amarelo-esverdeadas que queimavam e tremulavam por toda parte, mas de um modo sombrio que não produzia calor e muito pouca luz. Quando Sophie olhava para elas, as chamas nunca estavam no lugar para onde ela olhava, sempre para o lado. Mas assim era a magia. Sophie deu de ombros mais uma vez e seguiu o pajem por ali e acolá, entre pilastras esguias do mesmo tipo de cúpulas de chaminé que o restante do lugar.

Por fim, os pajens guiaram-na até uma espécie de sala central. Ou talvez fosse apenas um espaço entre pilastras. Sophie ficou confusa. A fortaleza parecia enorme, embora ela suspeitasse de que fosse uma ilusão, assim como o castelo. A Bruxa a aguardava de pé. Novamente, era difícil dizer como Sophie sabia — mas não podia ser ninguém mais. A Bruxa estava imensamente alta e magra agora, e tinha o cabelo claro preso numa trança que lhe caía sobre um ombro ossudo. Usava um vestido branco. Quando Sophie encaminhou-se diretamente para ela, brandindo a bengala, a Bruxa recuou.

— Não me ameace! — disse a Bruxa, parecendo fraca e cansada.

— Então me devolva a srta. Angorian e não será — disse Sophie. — Vou pegá-la e partir.

A Bruxa recuou ainda mais, gesticulando com as mãos. E os dois pajens derreteram, formando bolhas laranja grudentas, que se ergueram no ar e voaram na direção de Sophie.

— Eca! Saiam! — gritou Sophie, golpeando-os com a bengala.

As bolhas laranja pareciam não se importar. Elas se desviavam, ziguezagueavam no ar e depois partiam atrás de Sophie.

Ela estava justamente pensando que levara a melhor sobre elas quando se viu grudada por elas a uma pilastra. Uma substância laranja pegajosa segurou-a pelos tornozelos quando ela tentou se mover e puxou seu cabelo dolorosamente.

— Eu quase prefiro o limo verde! — disse Sophie. — Espero que eles não sejam meninos de verdade.

— Apenas emanações — disse a Bruxa.

— Solte-me.

— Não.

A Bruxa deu-lhe as costas e pareceu perder completamente o interesse nela.

Sophie começou a temer que, como sempre, tivesse estragado tudo. A coisa pegajosa parecia ficar mais dura a cada segundo. Quando tentou se mexer, aquilo a empurrou de volta na pilastra de barro.

— Onde está a srta. Angorian?

— Você não vai encontrá-la — disse a Bruxa. — Vamos esperar que Howl venha.

— Ele não virá — retrucou Sophie. — Ele é mais sensato. E sua praga não pegou.

— Vai pegar — disse a Bruxa, sorrindo levemente. — Agora que você caiu no nosso ardil e veio até aqui. Ao menos uma vez Howl terá de ser honesto.

Ela fez outro gesto, dessa vez na direção das chamas escuras, e uma espécie de trono surgiu entre duas pilastras, deslocando-se até parar adiante da Bruxa. Havia um homem sentado nele, usando um uniforme verde e botas altas e brilhantes. A princípio, Sophie pensou que ele estivesse adormecido, com a cabeça caída de lado, fora do seu campo de visão. Mas a Bruxa fez outro gesto e o homem sentou-se ereto. E ele simplesmente não tinha cabeça. Sophie se deu conta de que estava olhando para o que restava do Príncipe Justin.

— Se fosse Fanny — disse Sophie —, eu ameaçaria desmaiar. Ponha a cabeça dele no lugar! Ele fica horrível assim!

— Joguei as duas cabeças fora meses atrás — disse a Bruxa. — Vendi o crânio do Mago Suliman com o violão dele. A cabeça do Príncipe Justin está andando por aí, com outras partes remanescentes. Este corpo é uma mistura perfeita do Príncipe Justin com o Mago Suliman. Está esperando a cabeça de Howl, para torná-lo o ser humano perfeito. Quando tivermos a cabeça de Howl, teremos o novo Rei de Ingary, e eu governarei como Rainha.

— Você está delirando! — exclamou Sophie. — Você não tem o direito de fazer quebra-cabeças das pessoas! E eu não acho que a cabeça de Howl vá fazer nada do que você queira. Ela vai se esquivar de algum jeito.

— Howl vai fazer exatamente o que mandarmos — disse a Bruxa com um sorriso sarcástico e misterioso. — Vamos controlar seu demônio do fogo.

Sophie percebeu que estava assustadíssima. Sabia agora que tinha estragado tudo.

— Onde está a srta. Angorian? — perguntou, empunhando a bengala.

A Bruxa não gostava quando Sophie brandia a bengala. Ela deu um passo atrás.

— Estou muito cansada — disse. — Vocês vivem arruinando meus planos. Primeiro, o Mago Suliman não queria vir aqui às Terras Desoladas, então tive de ameaçar a Princesa Valeria a fim de obrigar o Rei a mandá-lo aqui. Depois, quando chegou, ele plantou árvores. Então, durante meses o Rei não quis deixar o Príncipe Justin seguir Suliman e, quando ele o seguiu, o tolo foi para o norte, por algum motivo, e tive de usar todas as minhas artimanhas para trazê-lo aqui. Howl me causou ainda mais problemas. Ele se safou uma vez. Tive de usar uma maldição para trazê-lo aqui e, enquanto eu estava tentando descobrir o suficiente sobre ele para jogar a praga, *você* entrou no que restou do cérebro de Suliman e me criou mais problemas. E agora, quando a trago aqui, você fica sacudindo essa bengala e discutindo. Trabalhei muito por este momento, e não vou ser contrariada.

Ela virou as costas e se afastou, desaparecendo na penumbra.

Sophie observava a figura alta e branca movimentando-se entre as chamas sem brilho. Acho que ela já está sentindo o peso da idade!, pensou Sophie. Está delirando! Tenho de me libertar e resgatar a srta. Angorian de alguma forma! Lembrando que a substância laranja havia se esquivado de sua bengala, assim como a Bruxa, Sophie passou a bengala sobre os ombros e balançou-a para a frente e para trás, onde a substância pegajosa encontrava a pilastra de cerâmica.

— Pare com isso! — ordenou. — Me solte!

Seu cabelo foi puxado dolorosamente, mas fiapos laranja começaram a se soltar. Sophie balançou a bengala com mais força.

Ela conseguira liberar a cabeça e os ombros quando um baque surdo se fez ouvir. As pálidas chamas tremeram e a pilastra atrás de Sophie se sacudiu. Então, com um estrondo de mil serviços de chá caindo escada abaixo, um pedaço da parede da fortaleza explodiu. A luz ofuscante invadiu por um buraco grande e irregular, e uma figura, com um salto, entrou pela abertura. Sophie voltou-se, ansiosa, na esperança de que fosse Howl. Mas a figura escura tinha apenas uma perna. Era o espantalho de novo.

A Bruxa soltou um uivo de raiva e avançou sobre ele com a trança clara esvoaçando e os braços ossudos estendidos. O espantalho pulou sobre ela. Houve mais um estouro violento e os dois foram envolvidos numa nuvem mágica, como aquela sobre Porthaven quando Howl e a Bruxa lutaram. A nuvem bateu-se para lá e para cá, enchendo o ar poeirento com guinchos e estrondos. O cabelo de Sophie se arrepiou. A nuvem estava a apenas alguns metros, indo de um lado para o outro entre as pilastras de cerâmica. E a abertura na parede estava bem próxima também. Como Sophie imaginara, a fortaleza não era tão grande. A cada vez que a nuvem se movia pelo buraco branco ofuscante, ela podia enxergar através dele e via as duas figuras magricelas lutando em sua névoa. Enquanto assistia, continuava a brandir a bengala atrás de suas costas.

Ela estava solta, a não ser pelas pernas, quando a nuvem atravessou na frente da luz mais uma vez. Sophie viu outra pessoa saltar pela abertura. Esta tinha mangas pretas esvoaçantes. Era Howl. Sophie podia ver com nitidez a sua silhueta, de pé com os braços cruzados, observando a batalha. Por um momento pareceu que ele deixaria a Bruxa e o espantalho continuarem. Mas então as longas mangas se agitaram quando Howl ergueu os braços. Acima dos gritos e estrondos, a voz de Howl berrou uma palavra comprida e estranha, acompanhada de uma longa trovoada. Tanto o espantalho como a Bruxa se sobressaltaram. Estampidos soaram em torno das pilastras de cerâmica, eco após eco, e cada eco carregava com ele um pouco da nuvem de magia, que se desfez em pequenos tufos e desapareceu em redemoinhos escuros. Quando havia se tornado uma névoa branca muito fina, a figura alta de trança começou a vacilar. A Bruxa pareceu dobrar-se sobre si mesma, cada vez mais magra e branca. Por fim, quando a névoa se dispersou totalmente, ela desabou numa pilha com um leve tilintar. Assim que os milhares de ecos cessaram, Howl e o espantalho encararam-se cautelosamente sobre uma pilha de ossos.

Ótimo!, pensou Sophie. Ela soltou as pernas e dirigiu-se para a figura sem cabeça no trono, que a estava deixando nervosa.

— Não, meu amigo — disse Howl ao espantalho. Ele pulara no meio dos ossos e os estava empurrando para lá e para cá com a perna. — Não, você não vai encontrar o coração dela aí. Ele está com o demônio do fogo dela. Acho que ele a controla faz muito tempo. É triste, realmente.

Quando Sophie tirou o xale e o arrumou decentemente nos ombros sem cabeça do Príncipe Justin, Howl disse:

— Acho que o resto do que você está procurando está aqui.

Ele andou até o trono, com o espantalho pulando a seu lado.

— Típico! — disse a Sophie. — Eu me mato para chegar aqui e encontro você fazendo arrumação!

Sophie olhou para ele. Como temia, a intensa luz do dia que atravessava a parede quebrada mostrava que Howl não se barbeara nem se penteara. Os olhos ainda estavam vermelhos e as mangas pretas estavam rasgadas em vários lugares. Entre Howl e o espantalho, não havia muito a escolher. Ah, Deus!, pensou Sophie. Ele deve amar muito a srta. Angorian.

— Vim por causa da srta. Angorian — explicou ela.

— E eu que pensei que, se providenciasse para que sua

família a visitasse, você ficaria quieta ao menos uma vez! — disse Howl, irritado. — Mas não...

O espantalho começou a saltar na frente de Sophie.

— O Mago Suliman me enviou — disse ele com sua voz pastosa. — Eu estava guardando os arbustos dele contra os pássaros nas Terras Desoladas quando a Bruxa o pegou. Ele jogou toda a sua mágica sobre mim, e me deu ordens para ir resgatá-lo. Mas, quando cheguei, a Bruxa já o tinha feito em pedaços e estes se estavam espalhados por diversos locais. Foi uma tarefa árdua. Se você não tivesse vindo e me dado vida de novo, eu teria fracassado.

Isso respondia às perguntas que Sophie lhe fizera quando os dois se encontraram.

— Então, quando o Príncipe Justin pediu os feitiços de busca, eles deviam estar apontando para *você* — disse ela. — Por quê?

— Para mim ou para o crânio dele — respondeu o espantalho. — Cá entre nós, somos a melhor parte dele.

— E Percival é feito do Mago Suliman e do Príncipe Justin? — indagou Sophie. Ela não tinha certeza se Lettie ia gostar disso.

O espantalho assentiu com sua cabeça de nabo enrugada.

— Ambas as partes me contaram que a Bruxa e seu demônio do fogo não estavam mais juntos e que eu poderia vencê-la — disse ele. — Agradeço a você por ter me dado dez vezes a velocidade anterior.

Howl chamou o espantalho.

— Leve aquele corpo com você até o castelo — disse ele. — Lá eu explicarei o que fazer. Sophie e eu temos de voltar antes que o demônio do fogo encontre um modo de furar minhas defesas. — Ele segurou o pulso fino de Sophie. — Vamos. Onde estão as botas de sete léguas?

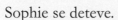

Sophie se deteve.

— Mas a srta. Angorian...!

— Você não entende? — disse Howl, arrastando-a. — A srta. Angorian *é* o demônio do fogo. Se ele entrar no castelo, então será o fim de Calcifer e o meu também!

Sophie cobriu a boca com as mãos.

— Eu *sabia* que tinha estragado tudo! — exclamou. — Ela... ele já esteve lá dentro duas vezes. Mas... saiu.

— Ah, meu Deus — grunhiu Howl. — Ele tocou em algo?

— No violão — admitiu Sophie.

— Então ainda está lá — afirmou Howl. — *Vamos!* — E puxou Sophie, passando por cima da parede aberta. — Siga-nos com cautela — gritou para o espantalho.

Então voltou-se novamente para Sophie:

— Vou ter de levantar um vento! Não há tempo para procurar as botas — disse enquanto transpunham as bordas irregulares, saindo no sol quente. — Corra. E continue correndo, ou não poderei deslocar você.

Com a ajuda da bengala, Sophie conseguiu partir numa corrida, tropeçando entre as pedras. Howl corria a seu lado, puxando-a. O vento ganhou intensidade, assoviando, depois rugindo, quente, e a areia cinzenta subia em torno deles numa tempestade que se abateu sobre a fortaleza de cerâmica. A essa altura, eles não corriam, mas deslizavam para a frente numa espécie de corrida em câmera lenta. Pó e areia turbilhonavam em torno deles, a uma grande altitude e estendendo-se até bem longe em seu rastro. Era muito barulhento e nem um pouco confortável, mas as Terras Desoladas passaram num átimo.

— Não é culpa de Calcifer! — gritou Sophie. — Eu pedi a ele que não contasse.

— Ele não contaria de qualquer maneira — berrou de volta Howl. — Eu sabia que jamais entregaria um companheiro demônio do fogo. Ele sempre foi meu flanco mais vulnerável.

— Pensei que fosse Gales!

— Não! Deixei que pensassem isso de propósito! Sabia que eu ficaria furioso o bastante para detê-la se tentasse algo lá. Eu precisava deixar uma entrada para ela, entende? Minha única chance de chegar ao Príncipe Justin era usar a maldição que ela jogara sobre mim para me aproximar *dela*.

— Então você *ia* resgatar o Príncipe! Por que fingiu que tinha fugido? Para enganar a Bruxa?

— Certamente que não! Sou um covarde. A única maneira de eu fazer algo tão assustador assim é dizer a mim mesmo que *não* estou fazendo nada disso!

Ah, meu Deus!, pensou Sophie, olhando à sua volta para o redemoinho de areia. Ele está sendo sincero! E isto é um vento. A última parte da maldição se realizou!

A areia quente a fustigava ruidosamente e a mão de Howl a apertava.

— Continue correndo! — bradou Howl. — Você vai se machucar nessa velocidade!

Sophie arquejou e fez suas pernas funcionarem de novo. Podia ver bem as montanhas agora e aquela linha verde abaixo eram os arbustos em flor. Apesar de ainda haver areia amarela rodopiando no caminho, as montanhas pareciam crescer e a linha verde corria ao encontro deles até ficar da altura de uma sebe.

— Todos os meus flancos estavam vulneráveis! — gritou Howl. — Eu estava contando que Suliman estivesse vivo. Depois, quando parecia que tudo que restava dele era Perci-

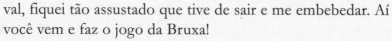

val, fiquei tão assustado que tive de sair e me embebedar. Aí você vem e faz o jogo da Bruxa!

— Sou a irmã mais velha! — gritou Sophie. — Sou um fracasso.

— Bobagem! — berrou Howl. — Você só não pensa antes de fazer!

Howl estava reduzindo a velocidade. O pó subia em torno deles em densas nuvens. Sophie só sabia que os arbustos estavam próximos porque ouvia o sibilar e o bater do vento cheio de areia nas folhas. Eles mergulharam entre elas com um ruído, ainda seguindo tão depressa que Howl teve de se desviar e arrastar Sophie numa longa corrida pela superfície do lago.

— E você é boa demais — acrescentou ele, acima do ruído da água e da areia nas folhas de lírios. — Eu estava contando que você ficasse com ciúme demais para deixar aquele demônio se aproximar.

Chegaram à margem enevoada numa corrida lenta. Os arbustos de ambos os lados da trilha verde se agitaram quando eles passaram jogando pássaros e pétalas num redemoinho atrás deles. O castelo descia rapidamente a estrada, vindo na direção deles, com sua fumaça deixando um rastro no vento. Howl reduziu a velocidade o bastante para escancarar a porta, e empurrou Sophie e a si mesmo para dentro.

— Michael! — gritou ele.

— Não fui eu quem deixou o espantalho entrar! — disse Michael, sentindo-se culpado.

Tudo parecia normal. Sophie ficou surpresa ao descobrir que havia se ausentado por um curto tempo, na verdade. Alguém puxara sua cama de sob a escada e Percival encontrava-se deitado nela, ainda inconsciente. Lettie, Martha e Michael estavam reunidos em torno dele. No andar de cima, Sophie podia ouvir as vozes da sra. Fairfax e de Fanny, combinadas com ameaçadores sussurros e pancadas que sugeriam que as aranhas de Howl estavam passando por um momento difícil.

Howl soltou Sophie e mergulhou na direção do violão. Antes que pudesse tocá-lo, este irrompeu num longo e melodioso *buum*. As cordas vibraram. Farpas de madeira choveram sobre Howl. Ele foi forçado a recuar, protegendo o rosto com uma manga rasgada.

De repente, a srta. Angorian estava parada ao lado da lareira, sorrindo. Howl estava certo. Ela devia ter estado no violão todo esse tempo, esperando o momento certo.

— Sua Bruxa está morta — disse-lhe Howl.

— Não é uma pena? — retrucou a srta. Angorian, despreocupada. — Agora posso me tornar um novo ser humano que será muito melhor. A maldição foi cumprida. Posso pôr as mãos no seu coração agora.

E ela inseriu a mão na lareira e tirou Calcifer de lá de dentro. Calcifer vacilou sobre o punho fechado dela, parecendo apavorado.

— Ninguém se mexa — advertiu a srta. Angorian.

Ninguém ousava se mexer. Howl era o mais imóvel.

— Socorro! — pediu Calcifer, baixinho.

— Ninguém pode ajudá-lo — disse a srta. Angorian. — É *você* quem vai *me* ajudar a controlar meu novo humano. Deixe-me mostrar a você. Só tenho de apertar mais um pouco. — Ela apertou a mão que segurava Calcifer até os nós dos dedos ficarem pálidos.

Tanto Howl quanto Calcifer gritaram. Calcifer se debatia em agonia. O rosto de Howl ficou azulado e ele desabou no chão como uma árvore derrubada, onde ficou tão incons-

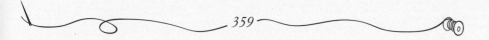

ciente quanto Percival. Sophie achou que ele não estava respirando.

A srta. Angorian ficou atônita. Ela olhou para Howl.

— Ele está fingindo — disse ela.

— Não, *não está!* — gritou Calcifer, retorcido numa forma espiralada. — O coração dele está muito mole! Solte-me!

Sophie levantou a bengala, devagar e suavemente. Dessa vez ela pensou por um instante antes de agir.

— Bengala — murmurou —, bata na srta. Angorian, mas não machuque ninguém mais.

Então, ela balançou a bengala e acertou os dedos fechados da srta. Angorian, com o maior barulho possível.

A srta. Angorian soltou um guincho como uma tora molhada queimando e largou Calcifer. O pobre rolou desamparado no chão, de lado, rugindo de terror. A srta. Angorian levantou um dos pés para pisar nele. Sophie teve de soltar a bengala e mergulhar para salvar Calcifer. A bengala, para sua surpresa, acertou a srta. Angorian novamente por conta própria, e de novo e de novo, e mais uma vez. Mas certamente que sim!, pensou Sophie. Ela dera a vida àquela bengala. A sra. Pentstemmon lhe tinha dito isso.

A srta. Angorian sibilou e cambaleou. Sophie pôs-se de pé, segurando Calcifer, enquanto sua bengala golpeava a srta. Angorian sem parar e fumegava com o calor que ela emanava. Calcifer, ao contrário, não parecia muito quente. Tinha adquirido um tom azul leitoso com o choque. Sophie podia sentir que a massa escura do coração de Howl batia muito fracamente entre seus dedos. Tinha de ser o coração de Howl. Ele o dera a Calcifer como sua parte no contrato, para manter Calcifer vivo. Ele devia estar com pena de Calcifer, mas, ao mesmo tempo, que tolice!

Fanny e a sra. Fairfax desceram as escadas correndo, empunhando vassouras. Ao vê-las, a srta. Angorian pareceu convencer-se de que havia fracassado. Então correu para a porta, com a bengala de Sophie atrás dela, ainda golpeando-a.

— Detenham-na! — gritou Sophie. — Não a deixem sair! Protejam todas as portas!

Todos obedeceram correndo. A sra. Fairfax posicionou-se no armário de vassouras, com sua vassoura erguida. Fanny ficou na escada. Lettie deu um salto e guardou a porta para o quintal e Martha, o banheiro. Michael correu para a porta do castelo. Mas Percival pulou da cama e correu para essa porta também. Seu rosto estava pálido e os olhos, fechados, no entanto ele correu ainda mais rápido do que Michael. Chegou primeiro e abriu a porta.

Com Calcifer tão indefeso, o castelo parara de se mover. A srta. Angorian viu os arbustos imóveis na neblina do lado de fora e correu para a porta numa velocidade do outro mundo. Antes que a alcançasse, porém, a passagem foi bloqueada pelo espantalho, que surgiu com o Príncipe Justin pendurado nos ombros, ainda enrolado no xale de renda de Sophie. Ele abriu os braços atravessados na porta e a srta. Angorian recuou.

A bengala que continuava a atingi-la estava em chamas agora, com a ponta de metal incandescente. Sophie se deu conta de que não duraria muito tempo mais. Felizmente, a srta. Angorian a odiava tanto que agarrou Michael e o arrastou para a frente do caminho da bengala. Esta tinha ordens para não machucar mais ninguém. Então pairou no ar, em brasa. Martha correu e tentou puxar Michael dali. A bengala tinha de evitá-la também. Sophie, como sempre, errara a mão.

Não havia tempo a perder.

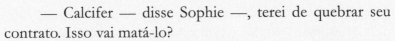

— Calcifer — disse Sophie —, terei de quebrar seu contrato. Isso vai matá-lo?

— Mataria, se qualquer outra pessoa o quebrasse — respondeu Calcifer, com voz rouca. — Por isso pedi que você o fizesse. Eu sabia que você podia dar vida às coisas. Veja o que fez pelo espantalho e pelo crânio.

— Então viva mais mil anos! — exclamou Sophie, e desejou com intensidade, para o caso de apenas falar não ser o bastante.

Isso a tinha preocupado muito. Segurou Calcifer e cuidadosamente removeu a massa escura, do mesmo modo como removeria um broto morto de um talo. Calcifer rodopiou, liberto, e pairou ao lado de seu ombro como uma lágrima azul.

— Sinto-me tão leve! — disse ele. Então se deu conta do que acontecera. — Estou livre! — gritou.

Ele rodopiou até a chaminé e subiu por ela, desaparecendo.

— Estou livre! — Sophie ouviu-o gritar ao longe acima deles, quando saiu pela chaminé da chapelaria.

Ela voltou-se para Howl com a massa escura quase morta, em dúvida apesar da pressa. Tinha de acertar, e não estava segura de como fazer aquilo.

— Bom, aqui vai — disse.

Ajoelhando-se ao lado dele, cuidadosamente pôs a massa escura sobre o peito dele, num ponto mais à esquerda, onde sentia o seu coração quando ele a incomodava, e empurrou.

— Vá — disse ela. — Entre aí e trabalhe!

E empurrou, empurrou. O coração começou a afundar e a bater com mais força à medida que entrava. Sophie tentou ignorar as chamas e disputas na porta e manter uma pressão firme e contínua. Seu cabelo atrapalhava, caindo sobre o rosto em mechas avermelhadas, mas ela tentava ignorar aquilo também. E continuava empurrando.

Por fim, o coração entrou. Assim que desapareceu, Howl se mexeu. Deu um grunhido alto e rolou, ficando de bruços.

— Raios! Que ressaca!

— Não, você bateu a cabeça no chão — disse Sophie.

Howl ficou de quatro, com dificuldade.

— Não posso ficar — disse. — Preciso ir resgatar aquela tola da Sophie!

— Eu estou aqui! — disse ela, sacudindo o ombro dele.

— E também a srta. Angorian! Levante-se e faça algo em relação a ela! Depressa!

A bengala estava totalmente em chamas. O cabelo de Martha chamuscava. Howl se ergueu rapidamente. Levantou uma das mãos e proferiu uma frase com aquelas palavras que se perdem em trovões. Placas de gesso despencaram do teto. Tudo tremeu. Mas a bengala sumiu e Howl deu um passo para trás com uma coisa pequena, dura e preta na mão. Podia ser um pedaço de carvão, a não ser pelo fato de que tinha a mesma forma que a coisa que Sophie acabara de enfiar no peito dele. A srta. Angorian chiou como uma fogueira molhada e estendeu os braços, suplicante.

— Acho que não — disse Howl. — Você teve sua chance. Pelo jeito, estava tentando conseguir um coração novo também. Ia pegar o meu e deixar Calcifer morrer, não é?

Ele segurava a coisa escura entre as duas palmas da mão e apertava. O velho coração da Bruxa desintegrou-se em areia preta, fuligem e mais nada. A srta. Angorian desfez-se junto.

Quando Howl abriu as mãos, vazias, a porta estava livre da srta. Angorian também.

Outro fato ocorreu. No momento em que a srta. Angorian se foi, o espantalho também sumiu. Se Sophie tivesse olhado, teria visto dois homens altos de pé na porta, sorrindo um para o outro. Um, com o rosto de traços angulosos, tinha cabelos castanho-avermelhados. O outro, de uniforme verde, tinha traços mais vagos e um xale de renda sobre os ombros. Mas Howl virou-se para Sophie nesse momento.

— Você não fica mesmo bem de cinza — comentou ele. — Pensei isso quando a vi pela primeira vez.

— Calcifer foi embora — disse Sophie. — Tive de quebrar seu contrato.

Howl parecia um pouco triste, mas disse:

— Nós dois esperávamos que você o fizesse. Nenhum de nós queria acabar como a Bruxa e a srta. Angorian. Você diria que seu cabelo é castanho-avermelhado?

— Vermelho-dourado — respondeu Sophie.

Agora que Howl tinha o coração de volta, Sophie não percebia nenhuma grande mudança, a não ser talvez pela cor dos olhos, que parecia mais profunda — mais como olhos e menos como bolas de gude.

— Ao contrário de algumas pessoas — disse Sophie —, é natural.

— Nunca entendi por que as pessoas valorizam tanto o que é natural — disse Howl, e Sophie soube, então, que ele não tinha mudado quase nada.

Se sua atenção não estivesse tão concentrada, Sophie teria visto o Príncipe Justin e o Mago Suliman apertando as mãos e trocando tapinhas nas costas, contentes.

— É melhor eu ir falar com meu irmão, o Rei — disse o Príncipe Justin.

Foi até Fanny, como a pessoa mais provável, e lhe fez uma profunda e elegante mesura.

— Estou me dirigindo à dona desta casa?

— Hã... Na verdade, não — respondeu Fanny, tentando esconder a vassoura às suas costas. — A dona da casa é Sophie.

— Ou será, em breve — acrescentou a sra. Fairfax, sorrindo benevolente.

Howl disse a Sophie:

— O tempo todo eu me perguntava se você não seria aquela linda garota que conheci no Primeiro de Maio. Por que estava tão assustada?

Se Sophie tivesse prestado atenção, teria visto o Mago Suliman aproximar-se de Lettie. Agora que era ele mesmo, ficou evidente que o Mago Suliman era, no mínimo, tão obstinado quanto Lettie. Ela parecia muito nervosa quando Suliman se aproximou.

— Parece que a lembrança que eu tinha de você era do Príncipe, e não a minha de fato — disse ele.

— Está tudo bem — retrucou Lettie corajosamente. — Foi um engano.

— Mas não foi! — protestou o Mago Suliman. — Você me permitiria ao menos tê-la como aluna?

Lettie enrubesceu violentamente ao ouvir isso e ficou sem saber o que responder.

Mas Sophie pensou que esse era um problema de Lettie. Ela tinha o seu. Howl disse:

— Acho que devemos viver felizes para sempre.

E ela achou que ele falava sério. Sophie sabia que viver feliz para sempre com ele seria bem mais movimentado do que qualquer história poderia fazer crer, mas estava determinada a tentar.

— Deve ser de arrepiar os cabelos — acrescentou Howl.

— E você vai me explorar — disse Sophie.

— E depois você vai cortar todas as minhas roupas para me dar uma lição — disse ele.

Se a atenção de Sophie e Howl não estivesse totalmente concentrada, eles poderiam ter notado que o Príncipe Justin, o Mago Suliman e a sra. Fairfax estavam todos tentando falar com Howl, e que Fanny, Martha e Lettie puxavam as mangas de Sophie, enquanto Michael puxava o casaco de Howl.

— Foi o uso de palavras mágicas mais preciso que já vi — disse a sra. Fairfax. — Eu não saberia o que fazer com aquela criatura. Como costumo dizer...

— Sophie — disse Lettie —, preciso de um conselho.

— Mago Howl — disse o Mago Suliman —, preciso me desculpar por tentar mordê-lo tantas vezes. Normalmente, eu não sonharia enfiar os dentes num compatriota.

— Sophie, acho que este cavalheiro é um príncipe — disse Fanny.

— Senhor — disse o Príncipe Justin —, preciso lhe agradecer por me resgatar da Bruxa.

— Sophie — disse Martha —, seu feitiço foi quebrado! Está ouvindo?

Mas Sophie e Howl, de mãos dadas, só sabiam sorrir, sem conseguir parar.

— Não me incomodem agora — disse Howl. — Tudo o que fiz foi pelo dinheiro.

— Mentiroso! — exclamou Sophie.

— Eu disse — gritou Michael — que *Calcifer voltou!*

Isso atraiu a atenção de Howl e também a de Sophie. Eles olharam para a lareira, onde o conhecido rosto azul cintilava entre a lenha.

— Você não precisava fazer isso — disse Howl.

— Eu não me importo, desde que eu possa ir e vir — replicou Calcifer. — Além disso, está chovendo em Market Chipping.

Este livro foi composto na tipografia Minion,
em corpo 11,5/16, e impresso em
papel off-white 80 g/m² Santa Marta